神々と戦士たち

I

青銅の短剣

GODS AND WARRIORS
MICHELLE PAVER
TRANSLATION BY YUKIKO NAKATANI

ミシェル・ペイヴァー＝著
中谷友紀子＝訳

あすなろ書房

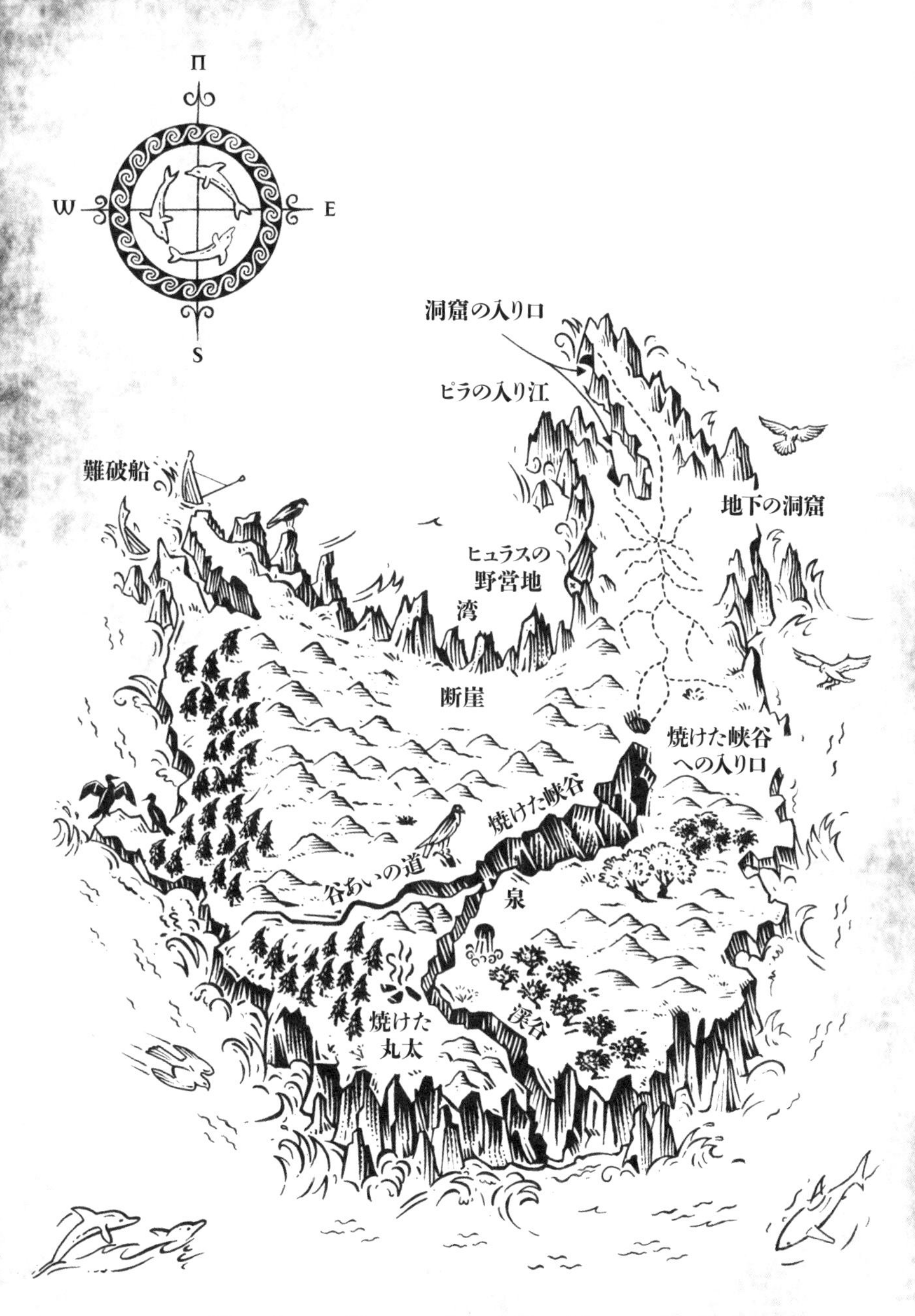

洞窟の入り口
ピラの入り江
難破船
地下の洞窟
ヒュラスの
野営地
湾
断崖
焼けた峡谷
への入り口
焼けた峡谷
谷あいの道
泉
焼けた
丸太
渓谷
W
E
S

背びれ族の島（女神の島）

目次

おもな登場人物

ヒュラス　ヤギ飼いの少年
ピラ　ケフティウの大巫女の娘
イシ　ヒュラスの妹
テラモン　ヒュラスの親友。族長の息子
テストール　リュコニアの族長
ネレオス　村の長
パリア　村のまじない女
クラトス　カラス族の隊長
ユセレフ　エジプト人の奴隷。ピラの世話係
ヤササラ　ケフティウの大巫女。ピラの母親

神々と戦士たち

GODS AND WARRIORS

I

青銅の短剣

01
青銅の怪物

黒い矢柄にはカラスの羽根があしらわれている。矢尻は見えない。ヒュラスの腕に食いこんでいるのだ。

ぐらつく矢を手でおさえながら、ヒュラスは斜面をかけおりた。ぬいているひまはない。黒の戦士たちがいつやってくるかわからない。

のどのかわきと疲れのせいで、まともに頭がはたらかない。太陽が照りつけ、イバラのしげみも体をかくしてはくれず、ひどく無防備な気がする。けれどなにより、妹のイシのことが心配でたまらなかった。それに、スクラムがあんなことになるなんて。

山のふもとへ通じる崖道まで出ると、ヒュラスは立ちどまってあえいだ。コオロギの羽音が耳のなかでワンワンいっている。ハヤブサの鳴き声が渓谷にこだましている。追っ手の音は聞こえない。うまく逃げきれたのだろうか。

いまだに信じられなかった。きのうの夜、ヒュラスとイシは西の峰にある洞穴で野営をしていた。それがいまは、妹とはぐれ、飼い犬のスクラムは死に、ヒュラスは命からがら逃げようとしている。真っぱだかで、ナイフも持たず、やせっぽちの体につけているのは、ひもを通して首からさげたみすぼらしい小さなお守りだけだ。

腕が焼けつくように痛む。矢柄を手で支えたまま、ヒュラスはよろよろと崖のふちに近づいた。谷底を流れる川に小石がパラパラと落ちていき、目がくらみそうになる。斜面は切り立ち、足元のすぐ下にマツの木のてっぺんが見えている。目の前にはリュコニアの山々が横たわり、崖道の背後には雪をいただくリュカス山が、ひときわ高くそびえている。

渓谷をさらにくだった先にある村のことが気にかかる。それに、山の向こうのラピトスにある族長の要砦には、友だちのテラモンもいる。黒の戦士たちは、村にも火を放ち、ラピトスまで襲ったのだろうか。でも、だとしたらなぜ煙があがっていないのだろう。なぜ危険を知らせる角笛の音が聞こえないのだろう。なぜ族長と家来たちは反撃しないのだろう。

腕が痛くてたまらない。これ以上、ほうっておくわけにはいかない。ヒュラスはタイムの葉をつみ、それから傷に当てるために、ビロードモウズイカの葉を一枚ちぎりとった。灰色をしたその葉は一面うぶ毛におおわれていて、ぶあつく、やわらかい犬の耳のようだ。ヒュラスは顔をしかめた。スクラムのことを考えちゃだめだ。

襲われるほんの少し前まで、スクラムとはいっしょだった。ひっつき虫と呼んでいる草の実がいっぱいついた毛むくじゃらの体をヒュラスにおしつけていた。ヒュラスは二、三個ひっつき虫を取ってやっただけで、スクラムの鼻づらをおしのけて、ヤギを見張りに行けと命令した。はいはい、わかってますよ、それがわたしの仕事ですからね。スクラムはそう言いたげな顔でふりかえりながら、尻尾をふりふり、ゆっくりと去っていったっけ。

考えちゃだめだ、とヒュラスは必死に自分に言い聞かせた。

歯を食いしばると、矢柄をつかんだ。ぐっと息を吸いこむ。そして矢を引きぬいた。

あまりの痛みに気を失いそうだ。くちびるを噛(か)み、体を前後に揺(ゆ)すりながら、吐(は)き気(け)といっしょにおしよせる真っ赤な痛みの波と闘(たたか)った。スクラム、どこにいるんだ？　なんでそばに来て、傷をなめてくれないんだ？

顔をゆがめながら、タイムの葉をつぶし、傷口(きずぐち)におしあてる。片手(かたて)なので苦労したが、どうにかこうにかビロードモウズイカの葉を上からあてがい、草をよじってつくったひもを、歯も使ってきつく結(ゆ)わえつけた。

引きぬいた矢尻(やじり)は地面に落ちている。ポプラの葉のような形で、先端(せんたん)はするどくとがっている。こんなものを見るのは初めてだ。山の民(たみ)は、火打ち石で矢尻をつくる。豊(ゆた)かな人々(ひとびと)なら青銅(せいどう)を使う。これはちがった。黒光りする黒曜石でできている。村のまじない女が持っているかけらを、ヒュラスも見たことがある。まじない女によれば、黒曜石というのは、〈母なる大地〉の血が地の底の熱いはらわたから噴(ふ)きだして石に変わったもので、海の向こうの遠い島々(しまじま)からやってきたのだそうだ。

あの黒の戦士たちは、いったい何者なんだろう。なぜ自分を追っているんだろう。なんにもしていないのに。

イシは見つかってやしないだろうか。

すぐ後ろで、カワラバトの群(む)れが羽音を立てて飛びたった。

ヒュラスはふりかえった。

急なくだり坂になった崖道が山ひだをまわりこんだあたりに、赤い土ぼこりが立っている。大勢(おおぜい)の人間の足音と、矢筒(やづつ)のなかの矢がカタカタと鳴る音が聞こえてくる。ヒュラスは胸(むね)が悪くなった。

やつらがもどってきた。

*

ヒュラスはかがんで身を乗りだすと、斜面に生えていた若木につかまり、崖にへばりついた。

足音が近づいてくる。

爪先でさぐると、岩のでっぱりが見つかった。そこに足をかけてじりじりと体を横に移動させ、崖に張りだした岩棚の下に身をかくした。木の根っこに顔がおしつけられる。下をのぞいてみたものの、すぐに後悔した。木々のこずえが一面に広がり、めまいがしそうになる。

戦士たちは猛烈な速さでやってきた。皮のきしむ音が聞こえ、むっとするような汗のにおいがする。そして、かぎおぼえのある苦いような異臭も。ゆうべもそのにおいがした。戦士たちの肌に塗りたくられた灰のにおいだ。

ヒュラスの姿は岩棚でかくれているが、崖道の左手は、渓谷につきだすようにカーブを描いている。戦士たちの足音が通りすぎていった。カーブにさしかかったとき、赤い土ぼこりのなかにその姿が見えた。恐ろしげな黒い生皮のがんじょうな鎧に、いくつもの槍や短剣や弓。黒く長いマントがカラスの翼のようにはためき、兜の下の顔も灰で黒く塗られている。

ぎょっとするほどすぐそばで、戦士のひとりが声をあげた。

ヒュラスは息をつめた。声の主は真上にいる。

坂をのぼっていたほかの戦士たちがまわれ右をし、引きかえしてきた。ヒュラスのほうに。

そのあとから、小石を踏みしめながら坂をくだってくる音がした。ゆっくりとした足取りからして、隊長だろうか。鎧が、聞きなれないカチャカチャという音を立てる。

「見てください、血です」また戦士の声がした。

ヒュラスはぞっとした。血。地面に血をしたたらせてしまったのだ。

そのままじっと待った。

隊長は返事をしない。

戦士はあわてたように言った。「このヤギ飼いのものでしょう。もうしわけありません。生けどりにすべきでした」

やはり答えはない。

ヒュラスの脇腹を汗が流れ落ちた。そうだ、矢尻を崖道に置きっぱなしにしてしまった。どうか見つかりませんように。

首をのばすと、隊長の手が崖のふちの岩をつかむのが見えた。

力強い手だが、生気が感じられない。肌には灰が塗りたくられ、爪は黒く汚れている。手首にはめた籠手は、夕日のような濃い赤色で、まばゆいほどにギラギラと輝いている。これほどそばで見るのは初めてだったが、ヒュラスにもそれがなにでできているかはわかった。青銅だ。

土ぼこりが目に入ってくる。でも、まばたきもできない。ふたりの男は、息づかいまで聞こえるほど近くにいる。

「始末しろ」隊長が言った。感情のこもらない声。ヒュラスの頭に、日の光の当たらない、冷たい場所が浮かんだ。

なにか重そうなものが崖から投げすてられ、ヒュラスのすぐそばに落ちてきた。イバラに引っかかり、ゆらゆらと揺れている。ヒュラスは吐きそうになった。

それは、見るも恐ろしい姿になりはてた少年の体だった。どす黒い血にまみれ、青いはらわたがミミズの群れのように飛びだしている。見おぼえのある顔。スキロスだ。友だちではないが、ヒュラスと同じヤギ飼いだった。二、三歳ほど年上で、けんかとなると容赦がなかった。

なきがらは手がとどきそうなほど近くにあった。死者の霊が腹を立て、自由になろうともがいているのを感じる。見つかろうものなら、のどの奥にすべりこまれてしまうだろう……。

「これで全員片づきました」と先ほどの戦士が言った。

「少女はどうした」隊長がたずねた。

ヒュラスの胃がちぢみあがった。

「あの子はかまわないでしょう。まだほんの……」

「それに、もうひとりの小僧もだ。逃げたやつがいただろう」

「傷を負わせてやりました。そう遠くへは行けないはず……」

「それなら、まだ全員は片づいていない。その小僧に息があるうちは」隊長は冷ややかに言った。

「はい」戦士の声はふるえていた。

ふたりは小石を踏みしめて坂道をのぼりはじめた。そのままのぼりつづけてくれ、とヒュラスは祈った。

崖につきだしたカーブにさしかかると、隊長が立ちどまった。片足を岩にかける。身を乗りだすと、もう一度あたりを見まわした。

ヒュラスの目にうつったのは、人ではなかった。闇と青銅の怪物だ。たくましいすねには青銅製のすね当てをはめ、黒革の短いキルト（巻きスカート）の上に青銅の鎧をまとっている。胸は青銅の薄板におおわれ、その上から、いかめしい肩当てがかぶせられている。顔はまったく見えない。鼻と口まですっぽりとおおう青銅の長い首当てに、イノシシの牙のかけらを張りつけた黒い兜。その首当てと兜のあいだのわずかなすきまがのぞき穴になっている。兜には青銅のほお当てと、黒い馬毛の飾りもついている。

人間らしく見えるのは、髪の毛だけだった。戦士らしく、いくつかの束に分けてヘビのように編みあげられ、肩にたらされている。どの束も太く、ナイフの刃さえはねかえしそうに見える。

気づかれるかもしれないと思いながらも、ヒュラスは目をそらすことができなかった。首当てと兜のあいだののぞき穴を見つめずにはいられなかった。そこにあるはずの目は、しきりに斜面を見まわし、ヒュラスをさがしているにちがいない。

一瞬、その頭が川上のほうへ向けられた。

なんとかしなきゃ、とヒュラスは心のなかで言った。相手の注意をそらさないと。もしもふりかえって、こっちを見たら……。

岩のでっぱりで体を支えながら、ヒュラスは若木をつかんでいる手を片方はなし、スキロスのなきがらが引っかかっているイバラのほうへのばした。力をこめておすと、なきがらが揺れた。さわるな、と言っているみたいだ。

兜の頭はこちらを向きかけている。

ヒュラスは力いっぱい体をのばし、もう一度おした。スキロスはあちこちにぶつかりながら、転がり落ちていった。

「見ろよ。逃げていくぜ」戦士のひとりが言った。

笑い声があがったが、隊長はだまっている。兜をかぶった頭は、スキロスのなきがらが谷底まで落ちるのを見とどけ、やがて引っこめられた。

目に入ってくる汗をまばたきでふせぎながら、ヒュラスは坂をのぼる戦士たちの足音が遠ざかるのを聞いていた。

体の重みで若木がいまにもぬけそうだ。ヒュラスは木の根をつかもうとした。手はとどかなかった。

02

よそ者

ヒュラスは、転がるように川岸まですべり落ちた。小石がパラパラと降ってくる――でも、矢は飛んでこなかった。

ハリエニシダのしげみに頭からつっこんでも、ぐっとこらえて身動きしなかった。動くものは、なにより目につきやすいからだ。打ち身や引っかき傷はできていそうだが、骨は折れていないし、お守りもなくしてはいない。

ハエが耳元でブンブンいい、背中には日ざしが照りつける。ヒュラスはようやく頭をもたげると、渓谷を見わたした。黒の戦士たちの姿はない。

斜面の少し上にスキロスのなきがらが引っかかっていた。といっても、全身ではなく、はらわたは広げて干された漁網みたいに岩一面に飛びちっている。早くもハゲワシたちが上空を旋回しはじめていて、スキロスの首は、それをながめているようにねじ曲がっている。

霊が旅立つ手助けをしてやらなければならないが、危険をおかしてまで埋葬し、儀式を行うことはできなかった。「ごめんよ、スキロス。助けてくれない人間は助けない。それが生き残るための掟だろ？」

ヤナギとクリの木が川面をおおうようにしげっている。よかった、これで姿をかくせる。ヒュラスはよろめきながら浅瀬に入り、ひざをつくと水を飲んだ。体にも水をかけると、その冷たさが傷だらけのほてった肌にしみ、思わず声が出た。水面には自分の姿がゆがんでうつしだされている。目つきはけわしく、口元は緊張でこわばっている。髪はのびほうだいでぼさぼさだ。

のどのかわきがいえてひと息つくと、襲われてから初めて、まともにものを考えられるようになった。食べ物と服、それにナイフがいる。なによりもまず、村に行ってみなくては。そこがいちばん安全な場所だとイシは知っているはずだから、いまごろはもうたどりついているだろう。そうに決まってる。

渓谷にはハゲワシの鳴き声がひびきわたっていた。くねくねとした首とほこりっぽい翼が、スキロスのなきがらの上にむらがっている。霊にあとをつけられないように、ヒュラスはあわててワイルドガーリックの葉をちぎり、それをばらまきながら歩いた。霊は食べ物のにおいを喜ぶ。香りがきつければきついほどいい。それから渓流にそってかけだした。

どの木にもどの岩にも見つめられている気がした。ヒュラスのことを密告しようとしているのだろうか。この山々はヒュラスの育った場所だ。かくれた小道も、野の生き物たちの暮らしもよく知っている。あのタカの鳴き声も、どこからか聞こえるウォー、ウォーというライオンの遠吠えも。〈怒れる者たち〉がいるので近づいてはいけない、焼けこげた地割れも。でも、いまやなにもかもが変わってしまった。

「まだ全員は片づいていない」と隊長は言っていた。ヒュラスが生きていることを知っているのだ。でも、〝全員〟とはだれのことだろう。

そうだ、とヒュラスは気づいた。スキロスはヤギ飼いというだけじゃない。〝よそ者〟だ。

ヒュラスもよそ者だった。イシも同じだ。ふたりは村の外で生まれた。幼いころに村長のネレオスに山で拾われ、ずっとこき使われてきた。夏にはネレオスのヤギを山頂まで連れていき、冬には渓谷で世話している。

でも、なぜ黒の戦士たちはよそ者を追っているんだろう。わけがわからない。よそ者のことなど、だれも気にしやしないのに。だれからも見くだされているのだから。

太陽が西にかたむき、渓谷の両脇に影がさしはじめた。どこか遠くで犬が吠えている。不安げな声だ。鳴きやんでくれ、とヒュラスは思った。

一本の木の下に、山の神に捧げられた三本脚の小さな粘土の供物台が見つかった。かびくさいウサギの毛皮が上からかけてある。ヒュラスはその毛皮をひっつかむと、腰に巻いた。トカゲが冷ややかな目でこちらを見ている。精霊の化身だといけないので、ヒュラスは小声でわびた。

真っぱだかでなくなったのはよかったが、空腹で目がまわりそうだった。初夏なのでイチジクにはまだ早いが、ネズミに食いあらされたあとのイチゴの実がなっていたので、走りながらつんでは食べた。イバラのしげみにはモズのはやにえが見つかった。コオロギが三匹と、スズメが一羽、枝に串刺しになっている。「ごめんよ」とひとことモズにあやまり、ヒュラスはそれをたいらげると、羽根や骨のかけらを吐きだした。

オリーブの木々と斜面にこしらえられた段々畑のなかをつっ切った。大麦の収穫期なのに、あたりにはだれもいない。みんな村に逃げかえったのだろう。黒の戦士たちが村を焼き打ちしていなければの話だが。

ほっとしたことに、村は無事だったが、不気味なほどに静まりかえっていた。イバラの垣根の向こうには、日干しレンガづくりの小屋が、おびえたヒツジたちのように寄りそって建っている。たき火のにおいはしているが、声は少しも聞こえない。そのへんにロバやブタたちが放し飼いにされて、残飯をあさっているはずなのに、一頭も見あたらない。それに精霊の門も閉じられている。

門には赤土が塗られ、梁にぶらさげられた野牛の角から先祖が見おろしていた。カササギの姿をしているが、それが先祖なのはまちがいない。ただし、ヒュラスの先祖ではないけれど。

道すがら失敬してきた大麦をばらまいてみたが、先祖はその捧げ物を無視した。ヒュラスがよそ者なのを知っているのだろう。精霊の門はそうやって村を守り、よそ者をしめだしているのだ。

門がほんの少しだけ開き、うす汚れた顔がいくつものぞいた。ヒュラスのことはよく知っているくせに、不審者でも見るようににらみつけてくる。何人かは大ウイキョウの茎でできたたいまつを手にしていて、それがパチパチと音を立てている。全員が斧や鎌や槍をにぎりしめている。

犬たちがいっせいに吠えたてながら、門のすきまから飛びだしてきた。先頭にいるのはダートという牧羊犬だ。イノシシのようにでかく、命令されれば人ののどぶえを食いちぎるように訓練されている。毛をさかだてながらヒュラスの前まで来ると、威嚇するように頭を低くしたまま、にらみつけてきた。ヒュラスが立ち入りを禁じられた者だとわかっているのだ。

ヒュラスは足をふんばった。一歩でも後ずさりをしようものなら、ダートは襲いかかってくるだろう。「入れてくれ！」ヒュラスは叫んだ。

「なんの用だ」村長のネレオスが姿を見せ、噛みつくように言った。「おまえは山でヤギを見張ってろ！」

「入れてください！　妹をさがしてるんです」

「ここにはいない。なんだって、ここにいると思ったんだ？」

ヒュラスはたじろいだ。「でも……それじゃ、どこにいるんです？」

「知らんさ、死んだんだろ」

「うそだ」そう言いながら、ヒュラスはパニックに襲われていた。

「ヤギをほったらかしにしおって！　ヤギを連れてもどらんかぎり、妹をここには入れん！　ぶたれて赤むけにされたくなけりゃ、おまえも近づくな！」ネレオスは怒鳴った。

「妹はきっと来ます。入れてください！　やつらに追われてるんです！」

　ネレオスは眉をひそめ、ごつごつした片手であごひげを引っかいた。足はいかにも農民らしくガニ股になり、てんびん棒をかつぎつづけてきた両肩にはこぶができているが、まるでイタチのようにぬけめがなく、なるべく得をしようと、いつも頭をめぐらせている。きっといまは、ヤギをほったらかしにしたヒュラスを罰したい気持ちと、生かしておいてさらにこき使ってやれという思惑とのあいだで、板ばさみになっているはずだ。

「やつら、スキロスを殺したんです。ぼくも殺される。掟をやぶって、入れてください！」

「追っぱらってちょうだいよ、ネレオス。あなたがこの子を拾ってきてから、面倒ばかり起きるじゃない！」女が金切り声で言った。

「犬をけしかけてやって！　この子がいることがやつらに知れたら、わたしたちみんなが危険なめにあうわ！」と別の女も叫んだ。

「そうよ、けしかけてやんなさい！　なにかしでかしたに決まってるわ、だから追われてるのよ」

「やつらは何者なんです？　なんでよそ者を追ってるんですか？」ヒュラスは声を張りあげた。

「知ったこっちゃないし、興味もない」ネレオスはまた怒鳴ったが、その目には恐怖の色がにじんでいた。「東のほうからやってきて、よそ者を追っているということしかわからん。やりたきゃやらせとけばいい。わしらをそっとしておいてくれるなら、好きにしてもらってかまわんさ！」

村人たちはいっせいに同意の声をあげた。

ヒュラスはくちびるをなめた。「助け合いの掟があるじゃないか！　だれかが危険なめにあっていたら、かくまわないといけないはずだ！」

一瞬、ネレオスはためらった。やがて、けわしい顔になり、吐きすてるように言った。「よそ者は別だ。さあ、立ち去らんと、犬をけしかけるぞ！」

*

じきに日が落ちるが、行くところがない。

ふん、べつにいいさ。ヒュラスは頭のなかで村人たちに毒づいた。助けてくれないなら、自分でなんとかしてやるさ。

マツの木立のなかを引きかえしながら、村の裏手にまわった。だれもいない。みんなまだ精霊の門に集まったままだ。

ヒュラスがこれまで村に入ったことはないと連中は考えているかもしれないが、そんなことはない。よそ者は、生きていくためなら、盗みだってやるのだ。

イバラのしげみをかき分け、いちばん近くにある小屋にしのびこんだ。夫に先立たれたティロというこすっからい老婆の住まいだ。火がたかれ、暗がりのなかに赤っぽい煙が立ちこめているせいで、イエヘビに捧げられたミルクの小皿を引っくりかえしてしまった。すみっこにある寝床で、ボロ布のかたまりがうなり声をあげた。

ヒュラスは身をこわばらせた。やがて息を殺したまま、ブタのもも肉の燻製を釘からはずした。

ティロは寝床でもぞもぞと体を動かし、いびきをかいた。

梁にかけられているチュニック（ひざ上まである上着）にも手をのばしたが、サンダルは盗まなかった。夏ははだしで通すことにしているからだ。ティロがまたいびきをかいた。そそくさと立ち去りながら、ヒュラスはイエヘビのための皿を元にもどした。ヘビはたがいに話をするから、一匹のきげんをそこねたら、全部のヘビを敵にまわすことになる。

となりにあるネレオスの小屋には、だれもいなかった。ヒュラスは革でできた水袋と、ベルトに使えそうな生皮の縄をひっつかんだ。さらに草で編んだ袋を食料袋にして、渦巻き状になった血入りの腸詰と、ヤギのチーズと、平たいパンと、それからオリーブもつかめるだけつかんでつめこんだ。瓶に入ったワインもひと口失敬し、残りに灰を投げ入れてやった。いままでさんざんぶたれてきたお返しだ。

人々の声が近づいてきて、精霊の門が閉じられる音がした。来た道を引きかえす途中で、ナイフを盗むのを忘れたことに気づいたが、あとの祭りだった。

月が昇り、コオロギの歌声が大きくなるなか、ヒュラスは村を見おろす暗いアーモンドの木立にたどりついた。急いでチュニックを身にまとい、縄を腰に巻いた。

ミツバチが二、三匹、まだ巣のまわりで飛びまわっていて、その下の草むらに供物台が見つかった。神の使いたちが満腹したあとでありますようにと願いながら、ヒュラスは捧げ物をほおばった。ハチミツのケーキをふたつと、つぶしたレンズマメが入ったおいしいヒヨコマメ粉の薄焼きケーキ、魚の干物、そしてチーズのかけらも。ハチたちのためにちょっぴり残し、イシをお守りくださいと祈りを捧げた。ブンブンという羽音が返ってきた。願いは聞きとどけられたのだろうか。

考えてみると、イシがここを通ったわけはない。通ったなら、ケーキを食べたはずだ。ここで待ってみるべきか、それともイシがラピトスまでテラモンをさがしに行ったと考えて、そちらに向かってみるべきだろうか。でも、ラピトスは山の向こう側のどこかにあるはずだと知っているだけで、ヒュラスもイシも行ったことはない。テラモンからわずかに話を聞かされているだけだ。

　どこか遠くで、先ほどの犬がまだ吠えつづけている。だれもむかえに来てはくれないだろうとあきらめてしまったような、悲しげな声だ。鳴きやんでくれ、とヒュラスは思った。スクラムを思いだしてしまう。

　スクラムのことを考えたくはない。ヒュラスは心のなかに壁を立て、その向こうに思いだしたくないつらいことをおしこめた。

　山では日暮れとともに気温がぐっとさがる。ごわごわした羊毛のチュニックを着ていても、身ぶるいがした。体もくたびれはてている。ヒュラスは村をはなれ、寝る場所をさがすことにした。

　いくらも行かないうちに、犬の鳴き声の調子が変わったことに気づいた。ふんがいしたような長い遠吠えになっている。

　カーブをまわると、声は急に大きくなった。

　その犬はスクラムほど大きくはないが、同じくらい毛むくじゃらだった。マツの枝でこしらえた小屋のそばの木につながれている。水の椀が置かれているが、中身は飲みつくされている。犬はまだ若く、びっくりしたようすだが、ヒュラスの姿を見るとすっかり興奮して、後ろ足で立ちあがると、大喜びで前足をばたつかせた。

　胸のなかに手を差しこまれ、心臓をぎゅっとつかまれたような気がした。スクラムの姿が目に浮かんだ。脇腹に矢が刺さり、倒れて死んでいる姿が。

　犬はしきりに吠え、尻尾をふっている。

「静かにしてろ！」ヒュラスは言って聞かせた。

犬は小首をかしげると、クーンと鳴いた。

ヒュラスは急いで水袋の水を椀に注ぎ、腸詰も投げてやった。犬はピチャピチャと水を飲み、腸詰をたいらげると、ヒュラスをおし倒して、ほおをなめた。悲しみで胸がきゅっとする。毛皮に顔をうずめ、生温かい犬のにおいをかいだ。泣き声がもれてしまい、犬をおしのけると、後ずさりをした。

犬は尻尾をふり、せがむようにクーンクーンと鳴いた。

「ひもははずしてやれない。ついてくるつもりだろ。ぼくがつかまっちゃうじゃないか！」

お願いです、という目で犬が見つめてくる。

「だいじょうぶさ。おまえをつないでいった人は、水を置いていってくれたんだろ。すぐにもどってくるよ」

だって、そうだろう？　連れていくわけにはいかない、黒の戦士たちに追われているんだから。犬にはかくれることなんて理解できない。姿を見られないようにしろ、なんて言っても無理だ。

でも、もしも殺されてしまったら？　スクラムみたいに。

気が変わらないうちに、ヒュラスは水の椀をひっつかみ、木からひもをはずし、犬を引っぱって歩きだした。村が見えるところまで来ると、犬を木につなぎ、椀に水を入れてやり、首の結び目がきつすぎないかたしかめた。

「だいじょうぶ。だれか来てくれるさ」ヒュラスは小さく言った。

しゃがみこんだ犬は、小さく鼻を鳴らしながら、ヒュラスを見送った。ふりかえると、ぱっと立ちあがり、期待するようにまた鳴いた。

ヒュラスは歯を食いしばり、夜の闇のなかを走りだした。

＊

月が雲にかくれ、ヒュラスは道に迷ってしまった。水袋と食料袋がずっしりと重い。ようやく、丘の木立のなかに石積みの小屋が見つかった。しんと静まりかえっていて、人の気配はない。身をかがめてせまい戸口をくぐり、瓶のかけらを踏みしめながら、しめっぽい土のにおいを吸いこんだ。なかは寒く、なにかが死んでいるようなにおいがする。でも、かくれるにはちょうどいい。

暗がりのなかで、壁にもたれてうずくまった。体には犬のにおいがしみついている。スクラムとの最後のひとときを思いだしてみた。鼻づらをおしやったのはおぼえているけれど、スクラムが喜ぶように、耳をなでたり、前足をかいてやったりしただろうか？

もう二度とスクラムには会えない。大きく温かい、毛むくじゃらな体をこすりつけてはもらえない。ひげの生えた鼻づらをあごの下にもぐりこませ、ヒュラスを起こしてくれることもない。

ヒュラスは水袋をこじ開け、がぶりとひと口飲んだ。食料袋も開け、オリーブを取りだした。手がふるえる。オリーブを落としてしまった。地面を手で探った。見つからない。

心に築いた壁がくだけちった。なにもかもが一気によみがえった。

ヒュラスとイシは、西の峰にある洞穴で野営をしていた。イシはツルボランの根を掘りに行ってもどってきたところで、ヒュラスはリスの皮をはいで、たき火で焼いていた。

「川で体を冷やしてくる。リスを黒こげにするんじゃないぞ」ヒュラスはイシに声をかけた。

「あたしがそんなことしたことある？」イシはむっとしたように言いかえした。

「おとつい」

「してないもん！」

返事もせずに、ヒュラスは小道をくだりはじめた。

「黒こげじゃなかったでしょ！」イシの叫び声が追いかけてきた。

小川に着くと、ヒュラスは岩の上にナイフと投石器を置き、チュニックをぬぐと、水に体をひたした。山の峰に、ヒューヒューヒューとタカの鳴き声がこだましていた。なにかの前ぶれだろうか、とヒュラスはぼんやり思った。

と、とつぜんスクラムがけたたましく吠えはじめた。早く来て！　大変だよ！　早く来て！

そしてイシの悲鳴が――。

チュニックをかぶっているひまはなかった。ヒュラスはナイフをつかむと、小道をかけのぼった。クマか？　オオカミか？　それともライオンか？　あんな悲鳴をあげるなんて、きっと一大事だ。

野営地のそばまで来ると、男たちの張りつめた低い声が聞こえ、奇妙な苦い灰のにおいがした。ヒュラスはネズのしげみに身をかくし、枝のあいだからようすをうかがった。

ヤギが四頭、殺されていた。残りは逃げてしまっていた。戦士たち（戦士だって？）が野営地を荒らしまわっていた。スクラムの姿が目に入ったとたん、ぞっとした。ひっつき虫だらけのもじゃもじゃの毛皮と、太くてがっしりした足。脇腹には矢がつき刺さっていた。

それから洞穴にかくれているイシが見えた。目鼻立ちのするどい小さな顔が、ショックで真っ青になっていた。なんとかしないと、やつらに見つかってしまう。

投石器は川に置いてきてしまった。手元には石のナイフがあったが、そんなもの、なんの役に立つだろう？　こちらは夏を十二回すごしただけの少年で、あちらは大の男が七人、しかも山ほど武器を持っている。

ヒュラスは目立つ場所に飛びだすと、叫んだ。「こっちだ！」

灰色の顔が七つ、ヒュラスのほうに向けられた。

男たちを妹から引きはなそうと、ヒュラスは木々のあいだをジグザグに走りぬけた。声をかける危険はおかせなかったが、イシはかしこい。そのすきをついて、洞穴を飛びだした。

ヒュンヒュンと矢が飛んできた。一本が腕に刺さった。ヒュラスは悲鳴をあげ、ナイフを落としてしまった……。

小屋のなかでうずくまりながら、ヒュラスはひざをかかえて体を揺すった。叫び、怒鳴り、わめきちらしたかった。いったいどうして、黒の戦士たちは襲ってきたのだろう。自分やイシやスクラムが、なにをしたっていうんだ。

目がじんとしてきた。のどにかたまりがこみあげた。ヒュラスはそれを怒りとともにのみこんだ。泣いたってスクラムはもどってこない。イシが見つかるわけでもない。

「泣くもんか。あいつらになんか負けないぞ」そう声に出して言った。

涙をこらえようと、ヒュラスは歯を食いしばり、こぶしを壁にたたきつけた。

*

戸口からさしこむ月明かりで目をさましたとき、一瞬、ヒュラスはどこにいるのかわからなかった。横向きに寝そべったまま、パニックと闘った。やがてすべてを思いだし、いっそうつらくなった。

でも、じきに夜が明けるから、ラピトスまでテラモンをさがしに行こう、とヒュラスは自分をはげました。イシもそこにいるだろう。いなくても、きっと見つけだす。イシは根性があるし、山のこともよく知っている。生きていてくれるはずだ。

死んでいるかもしれないという考えは、心からしめだした。

暗がりに目がなれてくると、戸口のそばに粘土でできた火鉢らしきものがあるのに気づいた。黒くこげた骨が積まれている。その横には、欠けたナイフと、ていねいにふたつに折られた矢が数本。

いやな予感がして、ヒュラスは身を起こした。折られた矢が置いてある理由はひとつしかない。

反対側の壁に、人間のなきがらがあおむけに横たわっていた。顔には布がかけられているが、色染めされていないチュニックと、たこのできた足から見て、農民だったのだろう。

死者の身内は、黒の戦士たちへの恐怖と、死者の怒れる霊をなだめるしきたりとのあいだで、板ばさみになったにちがいない。それでも、儀式はきちんと行われていた。なきがらはアシを編んだゴザの上に寝かせられ、死者の魂が使えるように、ふたつに折られた鎌と槍がそえられている。同じ理由で、杯と碗が粉々に割られ、首をしめて殺された犬も横たえられている。これで、あの世でも主人のそばにいられるだろう。死者は農民のなかでも豊かなほうだったらしい。すみっこには、奴隷の死体も置かれている。犬と同じように、主につかえることができるよう、殺されたのだ。

墓だったのか、とヒュラスは思った。墓のなかに逃げこんでしまうなんて。

いいしるしを見のがすなんて、信じられなかった。ハチの巣に村人たちが捧げ物をしていたのも、このせいだった。ミツバチたちにも、葬儀のごちそうがおすそ分けされていたのだ。それに墓の戸が開いていたのは、魂が通りぬけられるようにするためだ。

ヒュラスはことごとく掟をやぶってしまった。額にこぶしを当てて西から近づかなかったし、入ってもいいかと先祖にたずねもしなかった。

息をつめたまま、ヒュラスは持ち物に手をのばした。

すみっこにいる奴隷の死体が目を開き、じろりとヒュラスを見た。

03

ケフティウから来た男

死体はろうのように青白く、亡くなって間がないように見えた。月明かりを浴びて、両目がキラリと光る。

ヒュラスは壁ぎわにちぢこまった。血の気のないくちびるが開くのが見えた。声がもれる。

死の国から聞こえるようなぼんやりとした声。冷たく高い空を飛ぶタカの鳴き声のような、ヒュラスには意味のわからない言葉。

まさか。こんなのうそだ。

死体は、しゃがれた声で長いため息をついた。「なあ……待ってくれ……」

ヒュラスははっとした。その声がほこりを舞いあがらせるのが、月明かりのなかに見えた。息。この死体は息をしている。「い、生きてるんですか」ヒュラスはささやいた。

死体は歯をむきだして、ぞっとするような笑みを見せた。「もう……長くはないよ……」

ヒュラスはおっかなびっくりにじりよった。手の汗で地面がべたつく。生々しい血のにおいがする。

死にかけている男は若く、あごひげも生えていなかった。奴隷だと思ったのはかんちがいだった。黒髪は長くのばされ、編んで体の下にしかれている。それに農民でもなかった。足がきれいすぎる。質のいい亜麻布でできたひざ丈のキルトには、すその部分にらせん状のふちどりがある。ほっそりとした腰には、太い革のベルトがきつく巻きつけられている。ベルトには上等そうなさやに入った短剣が差してあり、首からは白い骨をけずってつくった美しいお守りがぶらさげられている。お守りは小さな魚の形をしていて、謎めいた笑みを浮かべて飛びはねている。若者の胸にはどす黒く光る血の筋ができ、魚はその上で泳いでいるように見えた。

「かくしてくれ……」若者はあえぎながら言った。

ヒュラスは後ずさりをしかけたが、若者の氷のような指にぎゅっとつかまれた。

「ぼくはケフティウ（クレタ島）から来た」よその土地の言葉を話すような、たどたどしいしゃべりかただった。「大きな島だ……海の向こうにある……」若者の顔が引きつった。「夜明けが来る。墓を閉じに人がやってくる。見つかったら、ハゲワシのえさにされてしまうだろう」苦しげなまなざしがヒュラスに注がれる。「ぼくの魂が安らげるように、手伝ってくれないか」

「無理です。ぼくは逃げなきゃ……もしつかまったら……」

「ナイフがいるだろう」苦しげにケフティウ人の若者が言った。「この短剣を持っていくといい。盗んだんだ。貴重なものだよ。人には見せちゃいけない」

ヒュラスのうなじの毛がさかだった。「なんでナイフがいるってわかるんです？」

ぞっとするような笑みがまた浮かんだ。「死ぬために墓にしのびこんだ男。生きるために墓にしのびこんだ少年。これが偶然の出会いだと思うかい？」

どうしていいかわからなかった。月は沈みかけ、コオロギたちの歌声が変わりはじめている。村人たちが来る前に、ここから逃げなければならない。

「かくしてくれ……」ケフティウ人がすがるように言った。

死にぎわの願いは、おろそかにはできない。無視するわけにはいかなかった。

ヒュラスは急いでかくし場所をさがした。墓のなかは思っていたより広く、暗がりのなかで何度も粘土の棺の山につまずいた。煮炊きに使う鍋ほどしかない子ども用の棺もあるが、ほとんどが大きな棺だった。ひときわ暗いすみっこに置かれたものを見つけ、ふたを持ちあげると、かびくさい骨のにおいが立ちのぼった。

素手でふれることだけは、ぜったいにできない。ヒュラスは折られた矢を一本つかむと、頭蓋骨と大きな骨を脇に寄せ、場所を空けた。

「持ちあげるのは無理です。自分で入ってください」ヒュラスは言った。

ひどく恐ろしかったが、ヒュラスは死にかけた男を引きずり、背の高い棺にもぐりこむのを手伝った。そして粘土でできた子宮にいる赤ん坊のように、手足を折りまげて丸まらせてやった。すさまじい苦痛のはずなのに、ケフティウ人はかすかにうめいただけだった。

「どうやってここまで来たんですか」すべてがすむと、ヒュラスは息を切らしながらきいた。「だれにやられたんです?」

ケフティウ人は目を閉じた。「東の人間だ……ミケーネの。きみの……土地の言葉ではなんと言うのかな。やかましい鳥で……」弱々しくカアと鳴いてみせた。

「カラス?」

「そう。カラス族と呼ばれている。強欲で、意地汚いから」

ヒュラスは黒の戦士たちを思いうかべた。黒いマントが、翼みたいにはためいていたっけ。

ケフティウ人はまた歯をむきだした。「夜のことだ……ぼくは粗末な野ウサギの毛のマントを着て、貧乏人のふりをしていた。やつらはぼくを〝よそ者〟とかんちがいしたらしい。よそ者って、どういう意味なんだい」

「村の外で生まれた人間」ヒュラスはぶっきらぼうに言った。「守ってくれる先祖もいないし、村のなかで暮らすことだって許されない。生け贄の儀式にも加われないから、肉を食べようと思ったら、ひまを見つけて狩りをするか、山でヒツジを殺して、山くずれで死んだように見せかけなけりゃならない。みんなからばかにされている。それがよそ者です」

「きみはよそ者なんだね」ケフティウ人はヒュラスを見つめて言った。「たしかに、変わった姿をしているようだな、髪も……野山で暮らしているわけか。リュコニアにはよそ者がたくさんいるのかい」

ヒュラスは首をふった。「知ってるかぎりじゃ、ほんの少しです」

「それで……きみ、家族は？」

ヒュラスは返事をしなかった。ヒュラスとイシが山でネレオスに拾われたとき、体の下にしいてあったクマの毛皮以外、なにも身につけていなかった。だからネレオスは、ふたりが母親に捨てられたのだと言っていた。ヒュラスは信じていなかった。ネレオスの言うことなどひとつも信じていないし、たったひとつの母さんの思い出とは食いちがっていたからだ。母さんはぼくとイシが大好きだったとヒュラスは確信していた。捨てたりするはずがない。

「ぼくの島では」ケフティウ人が低い声で言った。「きみみたいな人々を、野山の民と呼んでいる。肌に模様を描いていてね。きみはちがうんだな……どうやってよそ者だと見分けられるんだい」

ヒュラスは左の耳たぶにふれた。「ここに切れこみがあるんです。拾われたとき、村長のネレオスにやられて」そこでつばを飲みこんだ。イシが耳を切られたときの悲鳴は、いまでも忘れられない。

「きみたちは女神を信じているのかい」ケフティウ人はささやくように言った。

「え？」ヒュラスはとまどった。「ぼくらが信じているのは、〈山の神〉と、あと〈野の生き物の母〉です。でもそれがどう――」

「ああ、よかった……」

「カラス族のことを教えてください」ヒュラスはがまんできずにさえぎった。「やつらは何者なんです？　なんでよそ者を追ってるんですか？」

「女神は……土地によって、いろんな名前で呼ばれている。でもみな同じ女神なんだ……」

ヒュラスは返事をしようと口を開いたが、ちょうどそのとき、丘の斜面から、ポポポとヤツガシラの鳴き声がひびいてきた。じきに夜が明ける。「行かなくちゃ」

「だめだ！　いてくれ！　ひとりで死にたくない！」

「無理です」

「こわいんだ！　ぼくの土地じゃ、死者は海の見える場所に葬られる。でもここには海のものなんてなにもない。きっと故郷にもどれない」

「胸にさげてる魚があるから――」

「魚じゃない、イルカさ。でも、これは象牙でできているから、海のものじゃないんだ！　たのむから……」

ヒュラスは心を鬼にして、持ち物をまとめはじめた。が、ひと声うなると、もう一度棺のそばににじりよった。

「どうぞ」ヒュラスはぼそりと言い、自分の小さなお守りの袋をもぎとると、ケフティウ人の手ににぎらせた。「たいして効(き)き目(め)はなかったけど、どのみち助かるわけじゃないから。力をあたえてもらえるように、山のてっぺんで見つけた水晶(すいしょう)のかけらが入ってます。勇気を授(さず)かるように、ライオンの尻尾(しっぽ)の毛も何本か。洞穴(ほらあな)で死骸(しがい)を見つけたから。それと、貝殻(かいがら)も。なにに効(き)くかは知らないけど、海のものでしょ」

「海だって！」ケフティウ人はぱっと顔を明るくした。「行ったことがあるんだね！」

「いえ、一度も。だれかにもらったんですけど、ぼくは――」

「海はきっと、きみに答えを教えてくれる。そう、それに背(せ)びれ族(ぞく)がきみを見つける……」ケフティウ人はいきなりヒュラスの手首をつかむと、ぐっとそばに引きよせ、黒い目にただならぬ激(はげ)しさをたたえてヒュラスを見つめた。「背びれ族は、きみが来るのを知っている」そこでいったん息をついてからつづけた。「紺碧(こんぺき)の世界で、きみをさがしている……きみを見つける……」

ヒュラスは悲鳴をあげ、手をふりほどいた。

「背びれ族は、きみを島へ連れていく……空飛ぶ魚に、歌う洞窟(どうくつ)……歩く丘(おか)……青銅(せいどう)の木々(きぎ)……」

それはうわごとだった。うす明かりが墓(はか)のなかにしのびこんできた。ヒュラスは水袋(みずぶくろ)を背負(せお)い、食料袋(しょくりょうぶくろ)に手をのばした。

「海に着いたら――」ケフティウ人がまた話しはじめた。

「ぼくは海になんか行かない――」

「ぼくの髪(かみ)をひとふさ、捧(ささ)げてほしいんだ」

「無理だ、そう言ったでしょ！」

「切って、さあ切ってくれ……」

ヒュラスは歯を食いしばり、矢尻(やじり)をつかむとくせの強い黒髪(くろかみ)をひとふさ切りとり、腰(こし)の縄(なわ)にはさみこんだ。

「ほら、これでいいでしょ！　これ以上はなにもしてあげられない！」

ケフティウ人は、ヒュラスを見あげてにっこりした。先ほどのぞっとするような笑みではなく、本物の笑顔で、別人のように見えた。「海に着いたら、背びれ族に、ぼくの魂を受けとるようにたのんでほしい……彼らはきっとやってくる……力強く、美しく……いっせいに波間をジャンプしながら……そして〈光り輝く者〉のところにぼくを連れていってくれるだろう。そうしたら、ぼくは安らぎを得ることができる。一滴の水が、海に加わるように……」

「なんべん言ったらいいんだ、海には行かない！」

答えはなかった。

沈黙が気になり、ヒュラスはふりかえると、棺をのぞいた。

ケフティウ人は、うつろな目でヒュラスを見あげていた。

なぜだかわからないまま、ヒュラスは手をのばすと、ほっそりとしたほおにふれた。水が砂にしみこむように、またたくまに体から熱が失われていくのがわかった。ほんの一瞬前まで、生きた人間だったのに。いまはただ、ぬけがらだけが残されていた。

丘の斜面で、またヤツガシラが鳴いた。

ヒュラスは大急ぎで重たいふたをずらし、元どおりに閉じると、短い祈りを捧げた。

明るくなるにつれ、壁ぎわに積みかさねられた棺がよく見えはじめた。踊りながら生け贄を捧げる人々の絵が赤と黄で描かれている。すみっこにケフティウ人のウサギの毛のマントが落ちているのを見つけ、ヒュラスはそれを棺の裏にかくした。ケフティウ人が横たわっていた場所には大きなしみができている。それにも砂をかけた。これがせいいっぱいだ。

遠くから、アシ笛の音がひびいてきた。村人たちがやってくる。黒の戦士たちにおびえながらも、先祖となった身内のために、ワインとハチミツをそなえに来ずにはいられなかったのだ。

ぐずぐずしているひまはない。ヒュラスは戸口へ向かった。

短剣。ケフティウ人は、短剣をくれると言っていた。でももう死んでしまったし、短剣は棺のなかのなきがらのそばに置いてきてしまった。それでもふりむいてみると、驚いたことに、短剣は棺の外のよく見える場所に落ちていた。

棺に入る前に、ケフティウ人がさやからぬき、そこに落としたんだ、とヒュラスは思おうとした。そうに決まってる。だからそこにあるんだ。

持っていくといい……人には見せちゃいけない……。

短剣は青銅製で、飾りけのないすっきりとした形をしていた。刃の付け根は幅広で角ばっていて、柄にはなめらかな飾り鋲が三ついている。先へいくほど細くなる刀身は、ヒュラスのてのひらの倍ほどの長さで、力強い真っすぐな筋が切っ先まで通っている。朝日を浴びた刃先は、ほの赤くきらめいている。それほど美しいものを見るのは初めてだった。

ヒュラスは短剣を取りあげた。ずっしりと重く、ひんやりしていたが、すぐさま手の温もりが柄に伝わった。

アシ笛の音が近づいてくる。

ヒュラスは短剣をつかみ、逃げだした。

04

戦車

丘の斜面に身をかくしたとたん、村人たちが墓までやってきた。

ありがたいことに、異状には気づかれていないようだ。村人たちはさっそく墓の入り口に石を積みあげはじめている。ひとりの少年のそばに、昨夜の犬がたたずんでいるのが見えた。無事でよかった。ヒュラスはそう思ったが、犬が少年の手をフンフンとかぐのを見ると、胸が痛んだ。スクラムもよくああやっていたっけ。

ヒュラスは丘の上へとかけだし、ケフティウ人の霊を追いはらうためにクロウメモドキの葉をつみながら、切りとったひとふさの髪の毛と短剣を食料袋におしこんだ。あとでさやをつくるつもりだが、いまはかくしておくしかない。青銅はよそ者が持てるものではない。堂々と持ちあるいたりしたら、自分が泥棒だとふれまわっているようなものだ。

テラモンから聞かされたラピトスの話を残らず思いだそうとしながら、山すその丘陵地帯を東へ向かった。まばらに生えたマツは目かくしにはならないし、人の背丈ほどもあるアザミには、イノシシの牙のように長いとげが生えていて、ヒュラスを引っかいた。それにしても、黒の戦士たちもだれの姿も見あたらないな、と考えながら山ひだをまわりこんだとたん、二輪戦車にぶつかりそうになった。

　二頭の馬と、生皮の兜をかぶった戦士の姿に、ヒュラスはぞっとした。戦士は背中を向けていたが、馬がいななくと、こちらをふりかえった。ヒュラスはきびすをかえすと、戦車が追ってこられない丘の上めざして一目散に逃げだした。丘を越えると、反対側の斜面をかけおり、その先に流れる川へと急いだ。戦車は騒々しい音を立てながら、土ぼこりをあげて丘のふもとをまわりこんでくる。戦士の叫び声も聞こえる。ヒュラスは水袋と食料袋を背中ではずませながら、川に飛びこんだ。

　背後でガタンと音がし、馬たちのいななきが聞こえたかと思うと、戦士がヒュラスめがけてかけてきた。ヒュラスはジグザグに逃げた。戦士もジグザグに追う。肩に手がかけられ、ヒュラスはぐいっと引きもどされた。ふたりは水しぶきをあげながら倒れた。戦士は腕がためをかけてきたが、ヒュラスは相手をおし倒すと、頭を水に沈めた。戦士のめちゃくちゃにつきだしたこぶしが、腕の傷を直撃する。ヒュラスはうめき声をあげると横ざまに倒れた。戦士はヒュラスの手をふりほどき、水を吐きだしながら起きあがった。ヒュラスが股ぐらにひざ蹴りを食らわせる。戦士はウウッとうなると倒れこんだが、先に立ちあがると、ヒュラスのあごに蹴りを入れた。ヒュラスはよろめいた。戦士はヒュラスをなぐり倒して馬乗りになり、両手で髪をつかむと、歯がガタガタいうほど揺さぶった。

「ヒュラス、ぼくだ！　テラモンだよ！　友だちの！」

*

「信じられないよ、なんでぼくがわからないんだ」テラモンが息をはずませながら言った。

「だから」ヒュラスもあえいだ。「あんなものかぶってたから、見えなかったんだって」

　ふたりは川岸に腰をおろし、冷たい水であざを冷やしていた。馬たちはそばにつながれ、おとなしく水を飲んでいる。

「蹴とばしてごめんよ」テラモンがぼそっと言った。

「おぼれさせようとして、ごめん」ヒュラスも答えた。

テラモンは笑い声をあげた。「その腕、どうしたんだ」

「矢が刺さったんだ」間に合わせの傷当てがはがれてしまい、傷口はズキズキと痛む。

「痛むかい？」

ヒュラスはその顔に水を引っかけた。「どう思う？」

テラモンはにやりとし、お返しに水を浴びせた。そしてひょいと立ちあがった。「行こう。ここにいちゃまずい」当然のようにいっしょにいようとしてくれている。ヒュラスは感謝の気持ちを示したかったが、言葉が浮かばなかった。

友だちになって四度の夏がすぎていたが、ふたりはそれをずっと秘密にしていた。テラモンの父親が、息子がよそ者とつきあうのを許さなかったからだ。それでもテラモンは、ときどきこっそりと家をぬけだしては、ヒュラスとイシに会いに来た。でもそのために、父親をだますうしろめたさに苦しんでもいた。

はじめのうち、ヒュラスは疑っていた。この裕福そうな少年は、なにをねらっているんだろうと。でもすぐに、友だちがほしいだけなんだと気づいた。ふたりはちっとも似ていなかったが、だからこそ気が合ったのかもしれない。なにかを決めるとき、テラモンはそれを実行する前にじっくりと先を考える。一方、ヒュラスはさっさと決めて、ぱっと行動にうつす。でないと、生きのびられないからだ。テラモンは戦士の掟にしたがって生きていて、ヒュラスはそれを笑っていたが、ひそかに心ひかれてもいた。それになにより、テラモンには敬愛する父親がいる。ヒュラスには想像もつかなかった。自分の父親のことはなにひとつ知らなかったし、だれかを尊敬したこともなかったから。

だれにも知られないまま、ふたりの友情は四年もつづいていた。もちろんイシは知っていて、テラモンにとてもなついていた。初めていかだをつくったのも、泳ぎをおぼえたのも、ふたりいっしょだった。テラモンは怒りくるった雄牛からヒュラスを助け、ヒュラスはきげんの悪い雌ライオンの洞穴からテラモンを救いだした。テラモンのほうが一歳年上で、たくさん肉を食べているので体も大きいが、ヒュラスのほうがけんかにはなれていた。テラモンはヒュラスが盗みをはたらくのをひどくいやがり、恥ずべきことだと言うが、それでも一度もヒュラスを裏切ったことはないし、失望させたこともなかった。

でもいま、戦車がこわれていないかたしかめるテラモンを見ながら、ヒュラスはふたりのちがいを思い知らされていた。

テラモンは族長の息子で、それにふさわしい身なりをしている。チュニックはそでとすそに緋色の縞模様があしらわれ、ふくらはぎまであるブーツも、ベルトに差したナイフのさやも、油でみがきあげられている。長い黒髪は戦士らしく編んであり、毛先がほどけないように、円盤型の小さな粘土細工でとめてある。手首にはピカピカの赤碧玉でできた印章をぶらさげていて、そこには背中の毛をさかだてた小さなイノシシがきざみこまれている。今年の春、十三歳になってイノシシ狩りをはじめたときに、父親から贈られたものだ。自分の兜をつくるには、十二頭のイノシシを殺して、牙を集めなければならない。いまのところ、しとめられたのは一頭だけだが、テラモンはヒュラスの助けを借りようとはしなかった。戦士になるためには、自分ひとりでやらなければならないのだ。

「テラモン、どうなってるんだい」ヒュラスはだしぬけに言った。「カラス族は、なぜよそ者を追ってるんだ？」

「カラス族って？」テラモンはとまどった顔をした。

「襲ってきてる戦士たちさ、黒ずくめの！　なんだって、よそ者ばかりをねらってるんだろう」

　テラモンは眉をひそめた。「わからない。知らせを聞いてすぐ、きみに伝えに行ったんだ。あの野営地も見た」

「やつら、スクラムを殺したんだ」

「知ってる。埋めておいたよ。ひどいありさまだった。きみも殺されたかと思った。足跡を見つけたけど、途中で見失ってしまって。イシの足跡もあったけど――」

「逃げのびられたのか？」ヒュラスは叫んだ。

「西へ向かったみたいだけど、やっぱり途中で見失ってしまった」

「西だって！　ぼくは東へ行こうとしてたのに！　きっと村に逃げこむか、きみをたずねていくと思ったんだ」

「見つけられるさ、ヒュラス。きっとだいじょうぶだ」

「まだ九歳なんだ」

「女の子までは殺さないさ」

「だいたい、なんでぼくらが殺されるんだ？」

「言っただろ、知らないよ！」

「知らないって、どういうことだよ」ヒュラスはかっとなった。「きみの父さんは、リュコニアでいちばんえらい人だろ！」

「ヒュラス――」

「族長じゃないか！　襲われたら、戦うべきだろ！　なんだって自分の領地の人間が殺されてるのに、ほうっておくんだ」

テラモンの黒い目がけわしくなった。「父さんの決めることにけちをつける気か」

「それとも、守ってくれるのは村人だけなのか。自分たちの安全のために、よそ者は見殺しにするってことか」

「父さんにけちをつける気か」テラモンがつめよった。端正な顔をこわばらせ、ナイフの柄をにぎりしめている。

テラモンのやっかいなところは、なによりも名誉を重んじることだった。ほんのちょっとでも肉親を侮辱されようものなら、容赦しない。

「ちがう。きみの父さんにけちをつけてるわけじゃない」

「ならいい」テラモンはそっけなく言った。

腹立たしげな沈黙が流れた。テラモンが馬のところに行って、ひづめに石がはさまっていないかたしかめているあいだ、ヒュラスは川辺でじっとしていた。友にはむっつりとだまりこむくせがあることは知っている。自分から沈黙をやぶろうとはけっしてしないだろう。青銅の短剣を見せてみようかとも思ったが、そうするとその剣が盗まれたものであることも、知らない男の死体を墓にかくしたことも言わなければならなくなる。テラモンはふるえあがるだろう。

かわりにヒュラスは、テラモンのナイフを貸してほしいと声をかけた。テラモンは無言のままナイフを投げてよこし、ヒュラスはそれで自分のチュニックを細長く切りとった。イヌゴマを見つけ、葉を二、三枚噛んでやわらかくすると、傷口に塗りつけ、上から布切れを巻いて固定した。それから戦車のそばまで歩いていき、ナイフを返した。テラモンはそれを受けとったが、まだ口をきこうとしない。

沈黙にたえられなくなり、ヒュラスは話しかけた。「へえ、これが馬なのか」

テラモンはなにかぶつぶつとつぶやいた。

山には馬がいないので、これまでヒュラスは、遠くからちらりと見たことしかなかった。手前にいるほうの馬は怪物のように大きく、つやつやとした栗毛に、マツやにのように黒い尻尾をしている。なでようとすると、耳をぺたんと倒し、嚙みつこうとした。

もう一頭のほうが人なつっこく、ヒュラスの胸に鼻づらをおしつけ、耳元に鼻息を吹きかけてきた。大きな黒い目はスモモのようにやわらかそうだが、首は、さわるとかたく筋張っているのがわかる。「きみの馬なの？」

「そうじゃない」テラモンは鼻を鳴らした。「父さんのだ。勝手に乗るなって言われてる」

ヒュラスは口笛を吹くと、いやみっぽく言った。「まさか、盗んだなんて言わないよな」

テラモンは赤くなった。「借りたんだ」

考えごとをするときのくせで、テラモンは印章をいじくっている。「あの連中は、ならず者じゃないんだ、ヒュラス。東のほうの、ミケーネの大族長のもとから来ている。それに〝カラス族〟なんて名前じゃない。コロノスという偉大な一族なんだ。大勢の戦士たちをしたがえている。ものを知らない農民たちが、一族とその戦士たちをごちゃまぜにして、カラス族なんて呼んでるだけさ」

ヒュラスはテラモンをきっとにらんだ。「ずいぶんとくわしいじゃないか」

「ぼくは族長の息子だから。当然、少しは知ってる」テラモンが言いかえした。

「ふん、ぼくに言わせりゃ、カラスはカラスだ。スクラムを殺して、ぼくとイシまで殺そうとした」

「わかってる、でも……」テラモンはいっそう顔を赤くした。「父さんは争うつもりはないんだ」

ヒュラスはまじまじとテラモンを見つめた。「争うつもりはない？　ならず者たちが自分の領地に乗りこんできて、みんなを殺してるってのに？」

「ヒュラス……」テラモンはためらった。「父さんは族長なんだ。だから、つきあう相手を好きに選ぶわけにはいかないことだってある」

ヒュラスは聞いていなかった。「きみはどうなんだよ。きみも〝争うつもりはない〟って言うのか」

テラモンは眉をひそめた。「なんでよそ者が追われているのかはわからないけど、できるだけ調べてみるよ」そしてヒュラスの目を真っすぐに見ると、「ぼくはきみの友だちだ」とはっきり言った。「いっしょにイシをさがそう。きみのことも助ける。名誉にかけて誓うよ。さあ、話は終わりにして、もう行こう」

テラモンは手綱をにぎり、戦車に飛びのった。棒立ちになった馬たちをなんとかなだめようとする。

「扱いかたは知ってるのかい？」ヒュラスもとなりに乗りこんだ。

「しっかりつかまってろ。ひざを曲げとくんだ」テラモンが低く言った。

馬たちがいきなりかけだしたせいで、戦車はがくんと揺さぶられ、ヒュラスはあぶなく投げだされそうになった。

「つかまってろって言ったろ！」テラモンが叫んだ。

石ころだらけの道を走ると、きゃしゃな枝編みの車台はガタガタと揺れた。いまにも粉々にこわれてしまいそうだ。足元を支える生皮の底敷きはあぶなっかしくたわんでいるし、ひづめが砂をはねあげるので、まともに目を開けていられない。でも、たしかに馬は速かった。これほど速く走れる生き物がいるなんて知らなかった。景色が飛ぶように通りすぎていき、熱風に髪をくしゃくしゃにされ、ヒュラスは声をあげて笑った。

テラモンはそんなヒュラスをちらりと見ると、にやっとした。

と、ヒュラスは進む方向がまちがっていることに気づいた。手綱をぐいっと引っぱり、無理やり馬たちを止めさせた。「こっちじゃない！　西へ行かなきゃ！」

「なんてことするんだ！」テラモンが怒鳴った。ぷりぷり怒りながら、馬たちを落ち着かせようとする。「戦車じゃ山はのぼれない。それに、道には見張りがいるから、通りぬけられっこない。山のふもとをまわりこむしかないんだ。よくよく考えた結果なんだよ！　南へくだって海に出て、それから――」

「海だって？」ヒュラスは叫んだ。

「小舟を見つけて、海岸伝いに北へ向かうんだ。山の向こう側に舟をつけて、そこから陸にあがる。そんなに遠くはないし。それからイシを見つけよう。約束する」

海か、とヒュラスは思った。

海に着いたら、とあのケフティウ人は言っていた――着いたら、と。もう決まっているかのように。

「どっちに進むんだ」とテラモンがきいた。「早く決めてくれ、ヒュラス、これ以上、馬をおさえていられない」

ヒュラスはくちびるを嚙んだ。「きみの言うとおりだな。南にくだって、海からまわりこんだほうがいい」

「そりゃどうも」テラモンがピシャリと手綱で尻を打つと、馬たちは走りだし、土ぼこりをあげながら騒々しく小道をかけぬけた。

考えなおしている時間はなかった。カーブを曲がると、急に目の前がひらけはじめた。木々におおわれた広大な平野のなかに、ところどころ、金色の大麦畑や銀色のオリーブ畑が見える。はるかかなたには山々の峰がつらなり、空につきだすようにそびえている。

　これほど東に来るのは初めてのことで、一瞬、ヒュラスはおじけづいた。いままで見たことのあるものといえば、リュカス山の峰々と渓谷と村がすべてだった。その向こうにあるもののことは、おぼろげに想像していただけだった。

　テラモンの父親が平野の豊かな実りによって富をなしていることはヒュラスも知っている。そしてその族長領のリュコニアが、アカイアと呼ばれる広大な土地の最南端にあることも。どこか遠くには、ほかにもメッセニアやら、アルカディアやら、ミケーネやらといった族長領があり、おまけに海の向こうには、怪物の住む土地まであるらしい。でも、そういった場所のことをまともに考えてみたことはなかった――いままでは。外の世界は、想像もつかないほどはてしないからだ。自分がアリのようにちっぽけで、かんたんにたたきつぶされてしまいそうな存在に思えてくるほどに。

　のっぽのアシがおおいかぶさるようにしげった小川にたどりつくと、テラモンは手綱を引いて馬たちを止め、水を飲ませた。ふたりは戦車から飛びおりた。テラモンは岩の上に転げ落ちてしまい、うめき声をあげると、肩をさすった。地面に立っていても、ヒュラスにはまだ戦車の揺れが残っているように思えた。アシは人間の背丈の三倍ほどもあり、かくれ場所としてはもってこいだが、どうにも落ち着かなかった。黒の戦士たちがこっそりとしのびよってきそうな気がする。

　テラモンは子牛皮の袋を戦車から取りだし、干したヒツジの肝臓のかたまりと、木の栓がついた牛の角の水筒を投げてよこした。

「なんだい、これ」ヒュラスはきいた。

「クルミの煮汁さ。きみの髪を染める。黄色い髪なんて、ほかにいないから、かがり火みたいに目立ってるだろ。ほかの人間と似たような姿じゃないと、つかまってしまうよ」

肉をたいらげると、ヒュラスはクルミの煮汁を髪に塗りたくった。髪はぬれた砂のような色から、まだらなこげ茶色に変わった。

「よくなった」テラモンはそう言うと、あたりを偵察しに出かけた。ヒュラスは馬といっしょに残った。

　人なつっこいほうの馬はスモーク、気の荒いほうはジンクスという名前だった。スモークは片方の後ろ足を曲げて静かにたたずんでいるが、ジンクスのほうは鼻を鳴らし、頭を揺さぶってばかりいる。鼻は骨張り、怒ったような目をしていて、スモークほど美しくはないが頭はよさそうだ。怒るのも無理はない。戦車を引かされるなんて、がまんならないのだろう。

　そうなんだろ、と話しかけると、ジンクスは耳をそばだて、ヒュラスの手を嚙もうとした。ヒュラスは苦笑いをした。「だれも信用しないんだな。かしこいやつめ」

　そのとき、二頭が耳をぴんと立て、かん高くいなないた。

　それに応えるように、遠くからいななきが返ってきた。

　テラモンがアシをかき分けながらもどってきた。「ヒュラス、来たぞ！　早く！　向こうに小道がある！」

　ヒュラスは戦車に飛びのり、テラモンに手をさしだしたが、驚いたことに、テラモンは食料をほうってよこし、手綱をヒュラスの手におしつけた。「南へ行くんだ。川ぞいをくだって、小舟を見つけろ――」

「なんでだよ？　きみも来るんだろ！」

「ぼくが連中をまいてやる。それから、山を越えて向こう側で合流する――」

「テラモン、きみを置いてなんか行けない！」

「そうするしかない、それしかチャンスはないんだ」

「かまわないさ！」

「連中はぼくを追ってるんじゃない、きみを追ってるんだ！　早く行け！」

05

族長の息子

馬たちは信じられないほど力が強かった。ヒュラスは手綱をにぎりしめ、戦車からふり落とされないようにするのがやっとだった。

ちらりとふりかえってみて、まずいぞと思った。戦車の後ろには、だれもがすぐにそうとわかる、もうもうたる土ぼこりがあがっていた。やがて前方に、分かれ道が見えた。右の道は戦車が走れる広さがあるが、左の道は、アシにおおわれている。川に通じているのだろう。

全身の力をこめて手綱を引き、馬たちの首を横に倒して急停止させると、ヒュラスは地面に飛びおり、大急ぎでジンクスの引き具を戦車からはずした。ジンクスは足を踏み鳴らし、手に嚙みつこうとしたが、なんとか手綱はもつれさせずにすんだ。左にいるスモークは戦車につないだままにした。尻をピシャッとたたくと、スモークは戦車をがたつかせながら、猛烈な勢いで広いほうの道を走りだした。うまくいけば、カラス族たちがその土ぼこりを追っているあいだに、逃げきれるかもしれない。

ヒュラスが背中によじのぼると、びっくりしたジンクスはだっとかけだした。ロバには乗ったことがあるが、馬に乗るのは初めてで、ジンクスのほうも乗られるのをひどくいやがった。ヒュラスは必死にたてがみにしがみついた。アシの穂が顔を引っかき、背中で食料袋がぴょんぴょんとはずむ。

ジンクスはヤナギの下をかけぬけ、ヒュラスをふり落とそうとした。ヒュラスはジンクスの骨張った背にほおをおしあて、枝をよけた。

ずっと争いがつづいたあと、ジンクスはいきなり立ちどまり、走ろうとしなくなった。ヒュラスは悪態をついて馬からすべりおりると、川岸に連れていき、水を飲ませた。

うっそうとしげったアシが緑のトンネルをつくり、コオロギの羽音がひどくやかましい。カラス族が追ってきても、足音が聞こえそうにない。テラモンが心配だった。連中をまいておくと言っていたけれど、そんなことをして殺されたりしないだろうか。

むしゃむしゃと大ウイキョウを食べるジンクスをながめているうちに、ヒュラスは自分も腹ぺこだったことに気づいた。テラモンがくれた食料は戦車に置いてきてしまったが、自分の食料袋はまだ持っている。オリーブとチーズのかたまりを取りだすと、いくらか食べ、ジンクスにもちょっぴり分けようとした。馬は耳をふせ、歯をむきだした。

汗で黒ずんだジンクスの脇腹には、細かな黒い傷あとが縦横にきざまれている。ヒュラスにも、ネレオスにぶたれた傷あとがある。

「かわいそうに、ジンクス」そう声をかけると、ジンクスは警戒するような顔でヒュラスをちらりと見た。

ヒュラスはチーズとオリーブを二個、地面に置いた。ジンクスはオリーブのにおいをかぎ、チーズを踏みつぶした。

ヒュラスは湯気を立てている背中をなでようとした。「おまえは悪い子じゃないんだろ。ぶたれるのがいやなだけだよな」

ジンクスは後ずさりをし、前足で蹴ろうとした。ヒュラスが飛びすさると、手綱が手からするりとぬけ、ジンクスはアシのしげみに飛びこんだ。

あとを追ったが、ジンクスは走り去った。

最初はイシとスクラム、それからあの犬、そしてテラモン、今度はジンクスまで。意地悪な精霊に、友だちを持つのをじゃまされているみたいだ。

「ならいいさ。ひとりで行くから」ヒュラスはつぶやいた。

丘陵地帯を流れる川にそって、一日じゅう歩いた。すぐにアシが大きらいになった。カサカサというひそやかな音をしきりに立てるうえに、見通しが悪いので、どこに向かっているのかも、先になにがあるのかもわからない。

やがて谷間にさしかかり、さらに歩きにくくなった。

真っ赤な火の玉のような太陽が、黒々とした山並みの向こうに沈んでいく。三本の牙のようなリュカス山の峰が、驚くほど遠くに見えている。イシやスクラムといっしょに歩きまわった山道や、テラモンと競争でのぼった〈先祖が峰〉のことが頭に浮かんだ。峰の上には不気味な灰色の空が広がり、雷まで鳴りはじめた。〈父なる空〉が雲を寄せあつめ、嵐をつくろうとしている。風と雨にさらされたイシの姿が見える気がした。

これまで、イシのことをそんなに好きだと思ったことはなかった。質問ばかりしてくる、じゃまでうるさい妹だとしか思っていなかった。いま初めて、ヒュラスは妹のいないさびしさを感じていた。

リュカス山のふもとに、小さく揺らめく赤い火が見えた。ラピトスのかがり火だろうか。テラモンは父親の要砦で無事でいるだろうか。それとも、カラス族が火を放ったのだろうか。

二度とイシにもテラモンにも会えないかもしれない。そんな恐ろしい予感が、ふいにヒュラスを襲った。

＊

「戦車を盗みおって！」テラモンの父、テストールが怒鳴った。「馬もだいなしだ！　この一大事に、おまえまでやっかいをかけるのか！」

テラモンはくずおれないように、壁で体を支えた。くたびれはてているうえ、ぶたれることもわかっていた。父は牛皮のむちを手にしている。ぶたれるときに声が出てしまいませんようにと願うしかなかった。

最悪なのは、かくれてヒュラスと友だちづきあいをしていたことを、父に知られてしまったことだった。いっしょに戦車に乗っているところを、ヒツジ飼いのひとりに見られてしまったのだ。

「うそまでつきおって」と、怒ったライオンのように行ったり来たりしながら、父はうなった。「それも何年も！　それがりっぱな行いか？」

「いいえ」テラモンは小さく言った。

「じゃあ、なぜだ」

テラモンは深呼吸をした。「ヒュラスはぼくの友だちです」

「やつはよそ者で、泥棒なんだぞ！」

「でも……どうしてよそ者が殺されるんです？　そんなのまちがってる！」

「まちがっているかどうかなど、きいとらん！　いいから、やつの行き先を言うんだ！」

テラモンはあごをあげた。「い、言えません」

「言えないのか、言いたくないのか？」

「言いたくありません」

テストールは息子をにらみつけた。それから両手をあげた。父が遠くの壁ぎわまで歩いていき、緑の大理石の椅子にどさっと腰をおろすのを、テラモンは見守った。椅子の両脇にはライオンが描かれていて、音のない咆哮で族長にあいさつをしている。

テラモンと父のほかには、要砦の大広間にはだれもいなかった。古いお香と怒りのにおいがたちこめている。梁の上にいるネズミたちさえ静まりかえっている。ときどき中庭でサンダルの音がするが、だれも近よってこようとはしない。族長のテストールはおだやかな男で、めったに声を荒らげたりはしない。そうするときはよっぽどのことがあるのだ。

テラモンは部屋の中央にある大きな円形の炉をはさんで父と向きあっていた。歩幅にして二歩分ほどの大きさのおき火の海がくすぶり、それを四本のりっぱな柱が守っている。柱には怒ったスズメバチのような黒と黄色のジグザグ模様がきざまれている。

その火は先祖代々、たやすことなく守られてきたものだ。テラモンは幼いころ、彩色のほどこされた炉の枠のまわりをハイハイしてまわるのが好きだった。そんなとき、父はすわって家来たちと酒を飲み、女官たちが機織りをしながらおしゃべりし、大きな犬たちはのんびりと尻尾をふっていた。床もテラモンのお気に入りで、赤と緑の魔よけの模様をじっくりながめたものだった。その模様がいま目の前でまわりはじめ、テラモンは気分が悪くなってきた。

「この子が気絶しそうだから、だれか椅子を持ってきてやれ」と父が声を張りあげた。

奴隷が急ぎ足でやってきて、テラモンの前に椅子を置き、さっといなくなった。

テラモンはプライドにかけてそれを無視した。「やるべきことをやったんです」

父がにらみつけてきた。

でも、それは本当だった。テラモンはヒュラスの逃亡を助けるため、おとりになって戦士たちをまいたのだ。それに戦車の残骸と、あわれなスモークも見つけだした。スモークはひづめに石がはさまってしまい、ギョリュウの木の下でぽつんとたたずんでいた。ジンクスの行方はわからない。ヒュラスが海に向かっているところでありますように、とテラモンは願った。

「どうしてよそ者が追われてるんです？」テラモンはもう一度きいた。

「どうしてやつがおまえの友だちなんだ」父はピシャリと切りかえした。「自分の親よりも大事だと言うつもりか」

「そんなことありません！」

「なら、なぜだ」

テラモンはくちびるを噛んだ。それはたぶん、自分とヒュラスがあまりにちがっているからだろう。テラモンは侮辱されると何日もすねてしまうのに、ヒュラスは人にどう思われようとてんで気にしない。どうせ見くだされているんだから、気にしたってしかたがないと言う。気が強くて、独立心にみちている。どちらも自分には足りないものではないかと、テラモンはひそかに思っている。それにヒュラスにはお手本となる父親もいない。でも、そんな思いを父に説明することはできなかった。

テラモンは父が太ももにひじをつき、両手で顔をおおうのをながめた。赤いチュニックはほこりだらけで、心労で疲れきっているように見える。

テラモンの胸に父への愛情がおしよせた。そして親子のきずなにひびを入れたヒュラスに怒りをおぼえた。ヒュラスは友だちだが、友情と肉親の情とのあいだで板ばさみになる族長の息子のつらさなど、わかりっこない。

ヒュラスはテラモンの生きる世界のことをなにも知らない。先祖たちがイノシシを槍でしとめたり、敵を征服したりする姿が描かれた壁画も見たことはない。青銅の飾り鋲がついた扉や、大理石の碗や黄金も見たことがない。階段や風呂さえ見たことがない。ヒュラスと会うとき、テラモンが持っていくのが二番目にいいナイフだということも知らない。青銅のナイフだと、見せびらかしていると思われそうだからだ。

父はしかめっ面をしながら、ひげを引っぱっている。「おまえが思っているより、ことは深刻なんだ」ふいに口を開いてそう言うと、ため息をついた。「おまえが農民なら、村からほとんどはなれずに一生をすごすことだってできる。だが、われわれはちがうんだ、テラモン。われわれは、上に立つ者なのだ」顔がいっそうけわしくなる。「ここ何年も、わたしはアカイアの各地で起きている事態から、リュコニアを守ってきた。だが、いまはちがう。もう防ぎきれない」

「どういうことです?」

父はちらりとテラモンを見ると、目をそらした。

テラモンはドキリとした。父の目には、これまで見たことのない色が浮かんでいた。恐れの色が。

「父さん、ごめんなさい」テラモンは思わず言った。「でも、どんなことが起きようと、ぼくがお力になります!」

父は立ちあがり、むちをふりあげた。そして背中を出すようにと息子に告げた。「父さんこそ、すまん」

*

日が暮れるころ、ヒュラスは川岸に引きあげられた漁師のいかだを見つけた。こいつはいい。これで川をくだって、海まで出ることができる。

いかだに腹ばいになり、両手で水をかいた。ありがたいことに人影は見あたらないが、一度だけ、アシのしげみのあいだからちらりと村のかがり火が見えた。カラス族を警戒して精霊の門は閉じられ、人々はそのなかで身を寄せあっているのだろう。でも、平野にも精霊の門はあるんだろうか。平野の人々は黒い大麦を育てるうえに、爪先がない、と山ではうわさされているけれど……。

ふと思いつき、ヒュラスは食料袋のなかから青銅の短剣を取りだした。それをにぎっていると、強くなった気がした。さやをつくるには暗すぎるので、かわりにヤナギの樹皮を細くさき、それをよりあわせてひもをつくり、外から見えないように、短剣をチュニックの下の太ももにくくりつけた。それから、気は進まなかったが、ケフティウ人の髪もしっかりと腰の縄に結びつけた。死人の髪にさわるのはいやでたまらなかったが、食料袋に入れたまま、川へ落としてしまったら、そっちのほうが大変だ。腹を立てた霊につきまとわれることになる。

ヒュラスはいかだのへりにつかまり、暗がりに目をこらした。川はゴボゴボと音を立てながら、ヒュラスを海へと運んでいく。

海はきっと、きみに答えを教えてくれる――ケフティウ人はそう言っていた。

山の民のヒュラスにとって、海といえば、はるか遠くに見える青みがかった灰色のぼんやりとしたものでしかなかった。でも、幼いころには、ネレオスのつれあいのパリアから深海の怪物たちの物語を聞かされ、おどかされたものだった。だから近づきたくはなかった。

夜がふけるにつれ、野の生き物たちが姿を見せはじめた。クサリヘビが、先の細くなった頭を月光に照らされながら泳いでいく。川岸には雌ライオンがいて、口元から水をしたたらせながら顔をあげ、通りすぎるヒュラスをながめている。アシのあいだには、ぼんやりとした水の精の影がのぞいている。冷たい銀色の目でつらぬくように見つめられ、ヒュラスはまるで自分が存在していないような気持ちになった。

いったい全体、どんな力によって自分は山を追われることになったのだろう。いままで、偉大なる神々のことを深く考えたことはなかった。あまりに遠い存在だったし、ヤギ飼いになど興味はないだろうと思っていたから。でも、もしかして自分がなにかの神さまを怒らせてしまったとしたら？〈父なる空〉や、〈地を揺るがす者〉や、〈野の生き物の母〉を。あるいは、本物の名前で呼ぶことさえはばかられる、不気味な不死なる存在を。たとえば、〈怒れる者たち〉は、肉親を殺した人間をつけねらう。年老いたクモのように洞穴のなかにうずくまり、あらゆる生き物たちの命の糸を寄せあつめて巣を編んでいる〈灰色の姉妹〉たちもいる。

スキロスを殺し、自分を生かすと決めたのは、どの神なのだろう。

そしてイシのことは？

ホタルがチラチラと光り、明るい金色の糸を引きながら、飛び去っていく。アシの葉の上には一匹のカエルがいて、たらふくホタルを食べたせいで、おなかを緑色に光らせている。

カエルはイシのお気に入りだ。いつだったか、ヒュラスはこのカエルとよく似たやつをつかまえて、小枝のかごに閉じこめたことがあった。イシは、おなかが光らなくなるまでずっとカエルをながめつづけ、それからそうっと川へ連れていって、逃がしてやった。

イシはいつだって野の生き物たちと友だちになろうとしていた。イタチとも、アナグマとも。一度など、ヤマアラシと遊ぼうとして、ひどいめにあったこともあった。スクラムのことも大好きだった。イシが四歳で、スクラムがまだほんの子犬だったころ、ヒュラスが「あっち〈スクラム〉へ行け！あっち〈スクラム〉へ行け！」と叫ぶと、スクラムはあっちへ行くかわりに、耳をはためかせ、舌をつきだしながら、飛ぶようにかけよってきた。イシはそのたびに笑ったものだ。何度やってもあきることがなかった。手をたたきながら、「スクラム！　スクラム！」と声を張りあげては、笑い転げていた。

イシのことを考えたせいで、さびしさがいっそうつのった。

クマの毛皮にくるまれ、山でネレオスに拾われてからずっと、ふたりはいっしょに世界に立ちむかってきた。ヒュラスが五歳、イシが二歳のときのことだ。クマの毛皮を取りあげられようとしたとき、ヒュラスはネレオスに噛みついてやった。イシは笑っていたっけ……。

＊

まぶしい日ざしでヒュラスは目をさました。いかだは砂の上に乗りあげていた。川の声は、遠くから聞こえるため息のような、巨大な生き物が立てる寝息のような音に変わっていた。

いかだから這いだすと、そこは白く輝く砂利の浜だった。もう川ではない。目の前には、はっとするほど青い水が、きらめきながら空までつづいていた。白いさざ波が足にまとわりつく。浅瀬は透明そのもので、底まで見通せる。水草は緑ではなく、なんと紫色をしていて、そのあいだには、黒いとげの生えた丸くて小さい奇妙な生き物の姿が見える。ハリネズミが水中にいるみたいだ。

ヒュラスは身をかがめ、一本の指で水にさわった。その指をなめてみた。塩からい。

背びれ族は、きみが来るのを知っている、とあのケフティウ人は言っていた。紺碧の世界で、きみをさがしている……。

ヒュラスははっとした。

海に着いたのだ。

06

呼び声

イルカは落ち着かなかった。

このところずっと、自分がなにかをしなければならないような気がしているのに、それがなんなのかわからなかった。奇妙なことに、群れのほかの仲間たちは、同じようには感じていないのだ。

いつもなら、自分がなにかを感じたら、ほかのみんなも感じる。それがイルカというものなのだ。カチカチ、ピィーピィーという声と、おたがいの頭のなかの考えを、チラチラ光るクモの巣のように張りめぐらせ、いつもそのなかを泳ぎまわっている。みんなでそろってジャンプをくりかえしていると、群れ全体で一頭のイルカになったみたいに思えることさえある。

でも、いまはちがった。説明しようとしても、だれもわかってくれなかった。母さんさえも。だから、しばらく群れからはなれて、ひとりで調べてみることにした。

まずは、〈境目〉をあたってみた。海のなかで、とくににぎやかで、明るい場所だ。海鳥のかん高い鳴き声や、シュワシュワという波打ちぎわの音が聞こえてくる。つるつるとした肌ざわりを楽しみながら海草の森をつっ切り、浅瀬でゴカイをつついているタイの群れの気配を感じとった。それから外の世界にある島を見てみようと、胸びれをひとふりして〈上〉へと飛びだした。耳ざわりな音が聞こえるうえに、太陽は緑色ではなく、黄色をしている。でも、やるべきことがそこにないことはたしかだった。

水しぶきをあげながら水中にもどると、イルカは騒がしい〈境目〉をあとにして、今度は美しい〈青い深み〉にもぐっていった。あたりはやわらかく冷たい光につつまれ、自分の出すカチカチという声もちゃんと聞きとれる。タコが吸盤で這いずる音が聞こえ、つい追っかけたくなる。タコはおいしいし、つつきまわしてタコツボから追いだすのも楽しい。けれども、なにかしなければという感じは心にフジツボのようにひっついていて、いっこうに消えてくれなかった。

さらに深くもぐると、海は暗く、冷たくなっていった。イルカはしきりに音を放ち、ごつごつのサンゴにおおわれた岩の音を聞いた。ボラが大あわてで逃げだし、ハタは警戒音を送りあっている。イルカは相手にしなかった。さらに深みをめざし、激しくカチカチと音をひびかせながら、〈黒い底〉までたどりついた。もうなにも見えないが、山や谷があるのも、闇のなかで目の見えない生き物たちがうごめくのも、音でわかる。ここまで来ると波は重々しくゆっくりになり、落ち着かない〈境目〉の騒々しさのあとには、心地よく感じられる。でも、さがしているものは、そこにも見つからなかった。

息つぎのために、急いで〈境目〉にもどりながら、次はどうしようかとイルカは考えた。心を決めるのはいつも早いほうだ。それで失敗してしまうこともあるけれど。だからいまも、どうすればいいかぱっと思いついた。すぐにもどるからと仲間たちに言い、くるりと背を向けると、沖へと勇ましく飛びだしていった。

しばらくのあいだは、ごちゃごちゃとした騒音を聞きわけ、潮流の味をたしかめるのにかかりきりだった。波のうねりが大きく、波間を行ったり来たりするのが楽しくてたまらない。ピィーピィーという仲間たちの声がかすかになってきても、こわいとは思わなかった。わくわくしていた。イルカは若く、群れのだれよりも勇敢で、冒険が大好きだった。

知らない生き物に出会うのも大好きだ。ただし相手のほうは、たいてい喜んではくれない。何度か失敗を重ねた結果、クラゲは刺すもので、カニははさむものだということを学んだ。それに、魚と仲良くなってもしょうがないということも。うっかり食べてしまうから。アザラシと愉快に遊んだときは最高だったけれど、相手はじきに自分がアザラシなのを思いだして、泳いでいってしまった。最悪だったのは、別の群れの雌イルカと友だちになろうとしたときだった。腹に頭突きをされ、くちばしに嚙みつかれ、ずいぶん痛い思いをしたっけ。

と、なにか大きくて重たそうなものが〈境目〉で揺れている音がした。

はじめはクジラかと思ったが、近よってみると、尾びれがないし、木でできているのがわかった。

人間がいるんだ！

人間は大好きだ。とてもへんてこだから。空気穴もないし、口でおしゃべりをする。それに、まともに泳げないらしく、〈境目〉近くでバシャバシャやるだけだ。気の毒だな、とも思う。〈上〉にはきゅうくつで干からびた陸しかないのに、そこでずっと暮らさないといけないのだから。

でも、人間たちは勇敢で、イルカに負けないほど頭もいい。なにより気に入っているのは、人間たちが乗っている木のかたまりの前を泳ぐことだった。後ろから水をおしてくれるので、なにもしなくても速く泳げてしまうのだ。クジラの前を泳ぐのとそっくりだけれど、クジラみたいにいやがったりすることもない。

イルカは人間たちの前で、ひとしきりごきげんに波間をはねまわってみせた。人間たちは身を乗りだし、こちらに呼びかけながら、胸びれを打ち鳴らしている。へんてこで聞きとりにくい声は、なにを言っているのかさっぱりわからないが、親しみがこもっていて、会えて喜んでいるのだけは感じられた。

群れからはなれすぎたので、そろそろもどろうと思ったとき、イルカは人間のひとりが不幸せなことを感じとった。

木のかたまりの底のほうにかくれていて姿は見えないが、それは女の子で、おびえていて、そしてとても怒っていることがわかった。その子が気の毒で、なにか役に立ちたいと思ったけれど、どうすればいいかわからない。

はるか遠くのほうから、仲間たちのかすかな呼び声が聞こえてくる。イルカは残念だった。もっと人間たちといたいのに。さがしているものも見つかっていないし、それがまだどこかで自分を待っていることも、ひれで感じとっている。たぶんそれは人間に関係のあることだ。

それでも、群れの呼び声は強力だった。

さよならのしるしに、イルカは水上にジャンプし、尾びれをふった。人間たちは歯を見せながら、胸びれをふりかえしてきた。

そうしてイルカは美しい〈青い深み〉にふたたび飛びこみ、群れのもとへと急いだ。

07

ケフティウの花嫁

船の外でザブンという音を聞いたピラは、イルカが海に飛びこんだところを思いうかべた。水夫たちが騒いでいるので、イルカが来ていることはわかったが、姿を見ることはできなかった。外に出るのは許してもらえない。

船倉のなかは暑く、アーモンドと吐いたもののにおいが立ちこめている。身動きすることもできない。まわりには積み荷がぎっしりと置かれ、頭上の甲板は、手をのばせばさわれるほど近くにある。パニックでのどがつまりそうになる。むさぼるように空気を吸ってみたが、息苦しさは消えなかった。もしも船が沈んだら、おぼれ死んでしまう。

そんなこと考えちゃだめ。海は荒れていない。船も沈んだりしない。

ピラは石の印章をにぎりしめ、横たわったまま、帆がはためく音や、甲板のきしむ音に耳をすました。船旅はいっこうに終わらず、横揺れがつづくので、ひどく船酔いしていた。一度など、布の包みの上に吐いてしまった。暗くてたしかめられなかったが、その包みが母のとっておきの服だったらいい、とピラは思った。船倉になんて閉じこめたお返しだ。

きのうまで、ピラは海など見たこともなかった。それに母の大巫女の命令が守られていたら、いまだに見てはいなかっただろう。ユセレフの手で船にかつぎこまれたときは、おしおきとして、目かくしをされていたからだ。でも、船倉に入れられる直前、ユセレフは言いつけをやぶり、目かくしをはずして、ちょっとだけ外を見せてくれた。

ピラはたくさんの海の絵にかこまれて育った。自分の部屋の壁にも海が描かれていた。ギザギザ模様で表現された青いさざ波と黄色い日の光。きれいにならんだ小魚たちをつつきながらほほ笑むイルカ。海底には、ウニやくねくねした緑の海草が沈んでいて、大きな目をしたタコが這いずっている。

本物の海は、ぜんぜんちがっていた。こんなにせわしなくて、だだっ広いところだったなんて。話にはさんざん聞いてきたものの、外の世界に出るのはこれが初めてだった。ずっと女神の館のなかで育ったからだ。そこは丘一面に建てられた建物で、広間や中庭をはじめ、貯蔵庫や炊事場や工房がいくつもあり、人々がミツバチのようにいそがしく動きまわっている。〝石づくりのハチの巣〟とピラは呼んでいた。そこを出ることはぜったいに禁止だった。

ピラの部屋の窓はうす暗い通路に面していて、なにも見えなかったが、ときどき奴隷たちの目を盗んで、中央の中庭をかけぬけ、階段をのぼって最上階のバルコニーへと出てみることがあった。そこからはオリーブやブドウの果樹園がながめられ、さらには大麦畑や森のはるか向こうに、ふたつの峰をいただく〈地を揺るがす者〉の山まで見わたすことができた。

十二歳になって、外に出ることを、ピラは楽しみにしていた。戦車にも乗れるし、山にものぼれるし、犬だって飼える。

そう思うと、なんとかがまんすることができた。十二歳になったら自由にしていいと、母のヤササラは約束してくれたのだ。

十二歳になる前の晩、ピラは興奮のあまり寝つかれなかった。
翌朝、真実を知らされた。

「でも、約束したじゃない！　自由になれるって言ったじゃない！」とピラは母にくってかかった。

「いいえ」ヤササラは落ち着きはらって答えた。「外に出してあげると約束したのよ。だから出してあげます。今日、あなたは女神の館を去るのです。海をわたってリュコニアへ行き、結婚するために」

ピラは怒りくるい、嚙みつき、わめきたてた。でも、心の奥底では、そんなことをしてもむだだとわかっていた。大巫女のヤササラの意志は、御影石のようにかたい。十七年ものあいだそうやってケフティウを支配してきたのだ。その力を保つためなら、娘だろうとなんだろうと、犠牲にするだろう。

やがて、ピラは騒ぐのをやめた。女奴隷たちの手で、金の飾りのついた紫の亜麻布のドレスに着がえさせられているあいだ、むっつりとだまりこんでいた。部屋に入ってきたユセレフのことも無視した。兄のように思っていたユセレフまで、自分を裏切っていたなんて。いっしょになってうそをついていたなんて。

「すみませんでした。教えてはいけないと言われていて」ユセレフは静かに言った。

「いつから知ってたの？」ピラはそっぽを向いたままたずねた。

「二度前の収穫期から」

「それじゃ、二年も？」

ユセレフは返事をしなかった。

「だから、あんなに熱心にアカイアの言葉をおぼえさせようとしたのね」ピラは皮肉っぽく言った。

「楽しいだろうから、機織り小屋のおじいさんからアカイア語を教わろうって言ってたわよね。気がまぎれていいでしょう、って」

「あちらの言葉を話せたほうが、便利だろうと思って」

「自由になれるって信じさせておくなんて」

ユセレフは眉をひそめながら、ひざ上丈のキルトのしわをのばした。「希望は必要ですから」ぽつりとそう言った。「だれにでも。だからこそ生きていける」

「それがうそでも？」

「そう。うそでも」

ピラは出ていくようにと冷ややかに命じたが、その姿が消えたあとに、ユセレフがみずからのことを言っていたのだと気づいた。ユセレフは十歳のときにエジプトから無理やり連れてこられ、女神の館に奴隷として売られたのだ。それから十三年がすぎたが、いまでも故郷に帰りたいと願っている。

ピラは船倉のなかで、落ち着きなく身じろぎした。ユセレフに水袋をわたしてもらっているので、どうにか口をゆすぐことはできたが、いやなにおいが鼻にこびりつき、歯のあいだには吐いたもののかけらがまだはさまっている。

うす暗がりのなかに、リュコニアの族長への贈り物がならんでいるのが見えていた。嫁入りの土産物だ。人の背丈ほどもある瓶に入った濃い黒ワインに、美しく染められた亜麻布の包み、雪花石膏の小瓶に入ったアーモンドの香油、貴重な錫のかたまり。ピラの心臓が怒りで高鳴った。これじゃ、わたしも積み荷の一部にされてるみたいじゃない。

不平を言ったことに対して、母が自分にどんな罰をあたえようとしているのか、よくわかった。危険にはさらさないけれど、きゅうくつでくやしい思いをさせるつもりなのだ。リュコニアに到着したら、海ぞいの集落からはなれた場所に上陸することも決められていた。そこでピラを船からおろし、族長の目にふれる前に身づくろいをさせるのだ。

ケフティウをはなれる前、ユセレフはピラを安心させるようにこう言った。「わたしもお供しますから。ひとりにはさせませんよ」

それだけが心の支えだった。それでも、先のことを考えると、息が苦しくてたまらなかった。

アカイアについて知っていることといえば、ケフティウのずっと北にあることと、戦争好きで凶暴で信用できない人々が住んでいるということくらいだった。リュコニアはアカイアの最南端に位置していて、とりわけ野蛮な地だそうだ。そこには女神の館はなく、国を治めているのも巫女ではない。かわりに族長がいて、要塞があるのだという。ピラもその要塞に住むことになるのだ。これからずっとそのなかで暮らし、そこを出られるのは、死んで墓に運ばれるときだけだと母からは聞かされた。

のどにパニックがこみあげた。それじゃ、石の牢屋から別の石の牢屋へとうつるだけだ……。

「出して！」こぶしで船板をたたきながら、ピラは叫んだ。「出してよ！」

だれも来ない。

こんなところにいるなんて現実じゃない、とピラは思いこもうとした。いま、わたしは船倉なんかにいるんじゃなくて、さっきのハヤブサといっしょに大空を舞っているところなの。

ぎゅっと目をつぶり、先ほどユセレフが目かくしをはずしてくれたときのことを思いだそうとつとめた。甲板に立って、まぶしさにまばたきしていたときのことを。

初めてこの目で見た海。金色の浜辺を飛ぶ白いハトたちに、広い広い青空の下ではためく緑の帆。

あれを見たのも、そのときだった。雲を見あげようと首を曲げたとき、絹をさくような音が聞こえ、黒っぽいものがさっと太陽のなかから姿をあらわした。

それがハトの群れめがけて舞いおりるところを、ピラは魅入られたように見つめていた。ハトたちは散りぢりに逃げようとしたが、それは目にもとまらぬ早わざで襲いかかった。やがて攻撃をやめると、優美なカーブを描き、ゆったりと翼をはためかせながら飛び去った。片方のかぎ爪には、しとめたハトがぶらさがっていた。

「あれはなんなの？」ピラは息をひそめてきいた。

ユセレフは、小さくなっていく黒い影に向かっておじぎをした。「ホルス」自分の国の言葉でそう小さくつぶやいた。「永遠に不滅ならんことを」

「太陽から飛びだしてきたわ」ピラはつぶやいた。「いったい……いったい、どこに住んでるの？」

「どこにでも。いたるところに。あれはハヤブサですよ」

どこにでも住むことができるなんて。どこにでも行けるなんて……。「あんなに速く飛ぶもの、初めて見たわ」

「そうでしょう。ハヤブサはこの世でいちばんすばやい生き物ですから」

船倉で身を丸めながら、ピラは印章を指でまさぐった。紫水晶でできていて、小さな鳥の彫刻があしらわれている。これまでずっと、スズメだと思っていたが、ハヤブサだったのだ。

そのとき、ピラははっとした。自分がハヤブサになり、帆柱のてっぺんにとまっているところが目に浮かんだ。そして翼を広げ、飛び去っていく……。

これまで、逃げだそうと考えたことはなかった。もうすぐ自由にしてあげる、という母のうそを信じていたからだ。でも、もしも――もしも逃げだすことができたら？

ピラの心は燃えたった。頭がまわりはじめた。

うまく逃げられたとしても、見ず知らずの土地では生きていけないだろう。だからケフティウに帰らなければ。ということは、リュコニアの族長の息子との縁談をやめさせる必要がある。

でも、どうやって？

そのとき、ひらめいた。青麦の祭りのとき、母が供物の器のひとつにひびが入っているのを見つけたことがあった。「これをさげなさい」母が不快そうな顔でそう言うと、奴隷がそれを取りあげて、壁の向こうに投げすてた。最上階のバルコニーにいたピラは、その器がケシの花畑のなかに落ちるのを見た。うらやましかった。傷はついているけれど、外に出ることができるのだから。

そのときは、それ以上のことは考えなかった。でも……。

傷ついたものは、女神の館では価値を失う。傷ついたものは、外に出される。

船の揺れが急に変わり、ピラの考えごとは中断された。横揺れはおさまり、上下にはずむような動きに変わっている。男たちのかけ声や、ガタガタという騒々しい音が聞こえてくる。櫂が引きあげられているのだろう。と、頭上の床板がずらされ、塩からい空気が胸いっぱいに広がった。ユセレフの手がさしだされた。

太陽に目がくらむ。打ちよせる波の音と、カラスの鳴き声が聞こえる。「ここが……リ、リュコニアなの？」ピラはつっかえながらきいた。

ユセレフがピラの手をにぎりしめた。「勇気を出して、ピラさま。ここがあなたの新しい故郷になるんですよ」

08

海へ

イバラの木に止まったカラスが、キラリと光る冷たい目でヒュラスを見ていた。

「あっちへ行けよ」ヒュラスは息をはずませて言った。

カラスはばかにするように笑った。ヒュラスが顔の汗をぬぐうあいだに、カラスのほうはヒュラスが一日かけて歩くぐらいの距離を飛ぶことができるのだ。海岸には、黄色い花をつけたとげだらけのハリエニシダと、目にしみるような樹脂のにおいを放つマスチックの低木とが、からまりあうようにしげっている。太陽は容赦なく照りつけてくる。水袋はとっくに空になってしまった。海はヒュラスをあざけり笑っている。こんなにたくさんの水があるのに、飲むことができないなんて。

いかだを失ってしまったことが、くやしくてたまらなかった。海岸をうろついていたのはほんの少しの時間だったのに、もどってみると、いかだはすでに海へと流され、手のとどかない波間にただよっていた。だからこうして、岩だらけの岬をいくつも越えていくしかなかった。

「小舟を見つけて、海岸伝いに北に向かうんだ。山の向こう側に舟をつけて、そこから陸にあがる」とテラモンは言っていた。

小舟を見つける？　どうやって？　ヒツジ飼いの小屋がふたつ三つ見えるほかには、人の気配など少しもないのに。それに、イシと山ではぐれて、もう三日になる。

カラスがまた笑った。ヒュラスは石を投げつけた。カラスは空に舞いあがり、飛び去った。まるでなにかを伝えに行こうとしているかのように。

石なんて投げなければよかった。

*

ばかでかい船が、湾に浮かんでいた。これまでヒュラスが見たどんな舟よりも、十倍は大きい。船首は鳥のくちばしのようで、なんでも見通せそうな大きくて黄色い目がついている。船腹からは、巨大なムカデの足のようにいくつもの櫂がつきだし、後方には大きな緑の翼が生えた木がそびえている。前にテラモンから、翼で風を受けて飛べる船というものがあると聞いたことがあったが、てっきりうそっぱちだと思っていた。

足元の浜辺では、男たちが天幕を張ったり、まわりのマツ林に薪を集めに行ったりしている。カラス族ではない。ケフティウ人だ。墓にいた若者と同じように、ひげは生えていないし、らせん状のふちどりの入ったキルトをはき、腰にはベルトをしめている。持っている武器はりっぱな青銅製の両刃の斧だ。柄の左右に、三日月形の刃が背中合わせについている。使うあてなどないかのように、無造作に岩に立てかけてあるが、カラス族のことを聞いていないのだろうか。こわくはないのだろうか。

そのとき、あるものが目に入り、ヒュラスの心臓は高鳴った。船の後ろに、小舟がつながれている。母牛に寄りそう子牛のように、浅瀬で小きざみに揺れている。あそこまでなら、泳いでいけそうだ。

日が暮れると、ヒュラスは浜辺におり、天幕から少しはなれたしげみのなかで待つことにした。

ケフティウ人たちは家畜も連れてきていた。ヒュラスは雌のヒツジが殺され、皮をはがれるところをじっと見ていた。串刺しにしたヒツジの肉を焼いているそばで、男たちは網でとった魚をさばき、おき火のなかでそれも焼きはじめた。それから瓶のワインを碗に注いで水とまぜ、煎った大麦とくずしたチーズを加えた。やがてジュージューと焼けるヒツジ肉から脂のにおいがただよいはじめ、ヒュラスは空腹のあまりめまいをおぼえた。

いちばん大きな天幕の垂れ布がめくれ、ひとりの女が出てきた。そのとたん、小舟を盗むのがひどくむずかしいことがわかった。

相手はただの女ではなく、巫女だった。ぴっちりとした緑色の胴着は、胸元が大きくえぐれて乳房があらわになっている。そこに、ハトの卵ほどもある真紅の宝石がついた首飾りをさげている。足首まであるスカートには、紫と青のひだが波のように幾重にも重ねられ、太陽のかけらのようにキラキラ光る小さな魚の飾りがあしらわれている。波打った髪と両腕に巻きつけられたヘビも、金色に輝いている。タカのように黄色くとがった爪をしていて、傲慢そうな顔は真っ白に塗られている。

二十歩ほどはなれた場所から見ているヒュラスにも、巫女の力は感じとれた。どうすればいい？　巫女からものを盗むなんて、とんでもないことだ。どんな呪いをかけられるかわかったものではない。

ひとりの奴隷が、光でも注がれていそうなほどうすい杯を手わたした。巫女は舌を鳴らすような聞きなれない言葉で祈りを捧げながら、ワインを火に注ぐと、浅瀬に入っていって、脂身を数切れ波間に投げ入れた。捧げ物が終わると、男たちはすわりこんで食事をはじめたが、巫女は波打ちぎわに立ったまま、海をながめていた。

一羽のカラスが舞いおりてきて、浅瀬の脂身をさらい、巫女の前を横切るように飛び去った。巫女はその姿をじっと見つめている。先ほど見たのと同じカラスだ。自分のことを告げ口しているんじゃないかとヒュラスは思い、ぞっとした。

案の定、巫女はかくれているヒュラスのほうをふりかえった。ヒュラスは凍りついた。巫女の黒い瞳がこちらに向けられている。強い意志の力を感じる。思わず立ちあがって降参してしまいそうだ。

そのとき、ひとりの少女が天幕から飛びだしてきて、ケフティウ語でなにやらわめいた。

みんながいっせいにふりむいた。ヒュラスはふうっと息を吐いた。巫女の目もヒュラスのほうからそれて、少女に向けられている。

少女も巫女と同じ黒い瞳と波打った髪をしているので、母と娘なのだろう。でも、巫女のほうは堂々としたタカを思わせるのに比べ、娘はやせっぽちのひな鳥にしか見えない。金色のミツバチの飾りがついた紫のチュニックを着ていて、不愉快そのものの顔つきだ。砂利の上を歩きまわりながら、意味のわからない言葉で母親に文句を言っている。

巫女はひとこと言葉を発し、てのひらでなにかをかき切るしぐさをして、娘をだまらせた。少女は腹が立ってたまらないというように、両肩を怒らせたまま立ちつくした。巫女は海のほうを向いた。少女の負けだ。

奴隷らしき若い男が少女に近づいてきて、腕に手を置いたが、少女はそれをふりはらった。若者はケフティウ人ではないようだが、どこの人間なのかはわからない。肌は赤みがかった褐色で、目には黒いふちどりが入れられている。生成りの亜麻布でできたキルトをはいていて、胸には目玉のお守りをさげている。ケフティウ人と同じようにひげは生えていないが、奇妙なことに、頭もつるつるにそられている。

若者はもう一度少女にふれると、天幕のほうを示した。少女は気がぬけたように、あとにつづいた。

ワインの効き目で、野営地は騒がしくなりはじめた。男たちは千鳥足でマツ林に入っていっては、また、たき火のそばにもどってきた。月が昇りはじめた。やがて騒ぎはおさまり、天幕の明かりも消えた。見張りがひとりだけ、火のそばに残った。が、じきにいびきをかきはじめた。

ヒュラスは息をひそめながら、天幕のあいだを通りぬけ、火から二、三歩はなれたところにある岩陰に身をかくした。ここからは気をつけないと。浜辺は砂利だらけだ。やっかいなことに月もやけに明るい。

動きだそうとしたそのとき、巫女の天幕から黒っぽい人影がするりと出てきて、人目をはばかるようにヒュラスのほうに近づいてきた。なんと、あの少女だ。

あっちへ行け、とヒュラスは頭のなかで毒づいた。

チリンという腕輪の音が聞こえるほど少女がそばまでやってきたので、ヒュラスは心臓が止まりそうになった。少女は気づかない。たき火のそばまで来て立ちどまり、炎をじっとにらんでいる。こぶしをぎゅっとにぎり、弓の弦のように体をこわばらせている。

いったいなにが気に入らないんだ。いまごろイシは、山のなかで必死に生きのびようとしているところだろう。なのに、このめぐまれた少女は、なにもかも持っている。奴隷も、暖かい服も、食べきれないほどの肉も。それ以上、なにが望みだというんだ？

と、少女はたき火のなかから棒切れを拾いあげた。そして先っぽに息を吹きかけ、真っ赤に燃えたたせた。やせっぽちの胸を波打たせながら、思いつめたようにそれを見つめている。チュニックについている飾りは、ミツバチではなくて、小さな両刃の斧だった。少女はまだ棒切れを見つめている。

頭でもおかしいのだろうか。

とつぜん、少女は息を吸いこむと、火のついた棒をほおにおしあてた。

そして悲鳴をあげ、棒を投げすてた。ヒュラスは思わず飛びあがった。それに気づいた少女が、こちらを向いた。その目が見ひらかれる。叫び声がもれた。見張りは目をさまし、ヒュラスに気づいて、大声をあげた。男たちが天幕から飛びだしてきた。

林のなかから戦士たちがあらわれた。カラス族だ。そこに野営地があったのだと気づき、ヒュラスはぞっとした。まさかそんなところでひそかにカラス族が野営しているとは。

先頭の戦士が浜辺にたどりつき、ヒュラスを見つけた。耳たぶの切れこみにも気づいた。「見つけたぞ！」

ヒュラスはよろめきながら少女の脇をすりぬけ、海に飛びこんだ。

水中にもぐり、やがてせきこみながら顔をあげた。背後では叫び声があがり、追っ手の足音も聞こえる。食料袋と水袋のせいで、体が沈みそうになる。ふたつともかなぐり捨てた。矢がヒュンヒュンと音を立ててそばをかすめる。ヒュラスは水にもぐると、小舟めざしてやみくもに泳ぎはじめた。手が木でできたものにふれた。やっとのことで舟によじのぼると、ともづなをほどき、櫂を見つけだして、ぎこちない手つきで沖へとこぎだした。アシでできた軽い舟なら扱いなれているが、これはずっと重たい。大波が来るたびに、びっくりしたロバのように止まってしまう。

後ろをふりむくと、男たちが別の小舟を浅瀬に浮かべようとしているところだった。いったいどこに置いてあったのだろう。早くも舟に飛びのり、櫂をたぐりよせようとしている。船首には弓矢を持った男がすわり、ねらいをさだめている。ヒュラスは身をふせた。矢は舟の腹に刺さってふるえた。

腕の筋が焼き切れてしまいそうになるまで、こぎつづけた。まぬけめ、とヒュラスは自分をののしった。ケフティウ人たちはカラス族を恐れていない——仲間同士だからだ。

黒々とした岬の影をやっとのことで通りこすと、波が高くなり、その力で小舟がおされはじめた。やがてあたりには白い霧が立ちこめ、とたんに背後のカラス族たちの叫び声が遠くなった。海が助けてくれようとしている。

希望に力づけられ、ヒュラスはさらに霧のなかを進んだ。

手を休め、耳をすましてみる。

声は聞こえない。櫂があげるしぶきの音も。聞こえるのはただ、舟の腹に打ちよせる波の音と、自分の荒い息づかいだけだ。

「どうもありがとう」と、そばで聞いているかもしれない精霊に向かってヒュラスはつぶやいた。

ヒュラスは力つきるまでこぎつづけた。そして最後の力をふりしぼり、櫂を引きあげると、舟底にうずくまった。霧のせいでチュニックには水滴がつき、肌もひんやりとしめっている。海は吐息のような音を立てながら、しょっぱい味のする胸にヒュラスを抱き、やさしく揺すってくれる……。

ヒュラスは自分が眠りこんでいるのがわかっていた。頭のおかしいケフティウ人の少女が夢にしのびこんでこようとするのに腹を立てていた。少女は浜辺に立ち、火のついた棒を手に、ヒュラスをあざ笑っていた。

「妹はどこだ！」ヒュラスは叫んだ。

「いないわよ！」少女のあざけるようなケフティウ語の意味が、なぜかヒュラスにもわかった。「あなた、来る場所をまちがえたのよ。もう見つけられないわ！」

少女の腕が長く長くのびてきて、小舟に棒をつき立て、穴をあけた。海水が一気に流れこんでくる。少女は気がふれたように大笑いした。「イシは背びれ族につかまったの。あなたもつかまるわ！」

ヒュラスははっと目をさました。

霧は晴れ、空が白みかけている。海はあいかわらず、やさしくヒュラスを揺らしている。

ぼんやりとした頭で体を起こした。東のほうから、太陽が昇りはじめている。夜明けが空を血の色に染めている。西のほうは……。

西のほうには、陸がなくなっていた。

パニックになり、ヒュラスは東西南北を見まわした。

陸は見えない。

まわりには、一面海が広がっていた。

09

罰

夜の海は、奇妙な音を立てていた。まるで運命からのがれようとしたわたしをあざけっているみたい、とピラは思った。顔を傷つけたら、結婚せずにすむだろうと思っていたのに。それはまちがいだった。

ほおが焼けつくように痛む。ピラはその傷をつくった瞬間を、何度も思いかえしていた。肌が焼けるにおい。暗がりからのぞいていた野蛮そうな少年。そして、なにもかもがだいなしになってしまった。

「さあ、これを」とユセレフが言った。ピラの天幕の入り口にひざまずき、やわらかい亜麻布の端切れと、緑色の泥のようなものが入った雪花石膏の小さな器をさしだしている。ユセレフのマントには霧のせいで水滴がつき、髪もひげもうっすらとのびかけている。端正な顔は、とがめるようにしかめられている。いかにもエジプト人らしく、美しさとは神々からの授かり物だと、ユセレフは信じている。だからピラのしたことは冒とくに等しいのだ。

「それ、なにが入ってるの」ピラはきいた。

「塗り薬です、尊いかた」

尊いかた。そう呼びかけるのは、ピラに腹を立てているときだけだ。

ユセレフはだまりこんで器をピラにわたすと、姿勢を正した。ピラはどろどろしたもののなかに指をつっこむと、それをほおに塗りつけた。猛烈な痛みが襲う。泣きそうになるのをぐっとこらえた。

「そうじゃありません」ユセレフは静かに言った。器を取りあげると、亜麻布の端切れに薬を塗りつけ、ピラの頭をかたむけさせると、その端切れを傷におしあてた。ピラは折れるほど強く奥歯を噛みしめた。

ユセレフはますます顔をしかめた。「これでは、あとが残ってしまう」

「そのためにやったのよ」

「なぜ？　どうしてそんなことを？」

「顔に傷のある娘なんて、だれもほしがらないと思って。送りかえされるだろうから、その途中で逃げるつもりだったの」

「まったく！　いったい、何度言ったらおわかりになるんです。母上にはさからえません。かないっこないんです！」

ピラは答えなかった。

母はピラのしでかしたことを知っても、あわてたりしなかった。落ち着きはらったまま、娘の顔をじっくりとながめた。そして、「こんなことをしても、なにも変わらないのよ」と言った。

「そんなのわからないわ。リュコニア人たちは、きっとひと目見ていらないって言うわよ」

「いいえ、それはないわ。そんなことは言えっこない。ケフティウは強大だから。取り決めのとおり、ラピトスに行くの。あなたは、自分をふた目と見られない姿にしただけよ」

ユセレフは清潔な亜麻布をピラのあごの下に巻きつけ、薬を塗った布を固定した。「さあ。わたしにできるのはこれくらいです」

　話をつづけてもらおうと、ピラが塗り薬の中身をたずねると、ユセレフはケシの汁とヘンナと、少量のクジャク石だと答えた。

　それを聞いて、少しだけ元気が出た。クジャク石を使ってくれたということは、ユセレフがそれほど腹を立てているわけではないということだ。クジャク石というのは貴重なもので、ユセレフはそれをとても大切にしている。自分の信仰する神の顔と同じ緑色をしているからだ。ごく細かい粉にひき、とっておきの薬として使ったり、ふるさとが恋しいときには、エジプトの夢を見られるようにと、まぶたに少し塗ることもある。

　霧の向こうから男たちの声がただよってきて、ピラはなにごとかとたずねた。「カラス族がもどってきたんです。霧のせいで、あの少年を取りにがしたんでしょう」

「いったい、何者なの。どうして追われているの」

「ただのヤギ飼いだそうですよ。うわさでは、族長の息子を殺そうとしたとか」

「うわさ？」

　ユセレフはくちびるをねじまげた。「ごぞんじでしょう、わたしはよそ者は信じない。エジプト人しかね」

　それはふたりが昔からよく言いあっている冗談だった。傷がひどく痛みさえしなければ、ピラはほほ笑んでいただろう。

「釣り舟も二艘、岸にやってきていますよ。カラス族におびえていましたが、魚を買ってやったら、こわさも忘れてしまったようで」そう言って立ち去ろうとしたユセレフを、ピラは引きとめた。

「ねえ、ユセレフ。わたしといっしょにいてくれるのよね。族長の要砦にも来てくれるんでしょ？」

ユセレフの顔に浮かんだためらいを見て、ピラはぞっとした。「いっしょに行くはずだったんです」ユセレフは静かに言った。「でも、あなたが顔にそんなことをしたものだから、わたしはケフティウにもどるようにと、母上に命じられました」

目の前に、黒々とした裂け目が広がった。「でも……あなたがいないと困るわ」

「わたしにはどうしようもないんです、ピラさま。おわかりでしょう」

「でも、どうしてなの？」

「もうしあげたでしょう。顔を傷つけた罰です。あなたがいちばんこたえる罰だと、母上はごぞんじなのです」

「いやよ！」ピラはユセレフの腕にしがみついた。「そんなのひどすぎるわ！」

「すみません、ピラさま。あなたの……あなたのお世話をするとお約束したのに。できなくなってしまいました」

「ユセレフ！」

　ユセレフは行ってしまった。

　ピラは暗がりのなかでひざをかかえて丸くなった。心はうつろで、吐き気もする。物心ついたときからずっと、ユセレフはピラの世話をしてくれていた。ピラのいちばん古い記憶は、高い壁の上をあぶなっかしく歩いていて、落っこちる寸前にユセレフに抱きとめられたことだった。おもちゃがわりにとトカゲをつかまえてくれたし、動物の頭をした故郷の神々の話もしてくれた。ユセレフはただの奴隷なんかじゃない。実際には持つことができなかった、兄さんのような存在だった。

　天幕の壁がせまってくるような気がした。息ができない。ピラはサンダルもはかずに、夜の闇へと飛びだした。

霧のどの奥までしのびこみ、とがった石が足を刺す。黒く長いマントをまとったおぼろげな人影の横を、よろめくように通りすぎた。相手はピラにはおかまいなしで、マツ林のなかの野営地にもどっていった。

ピラはカラス族が大きらいだった。船が錨をおろしたとたんに、カラス族は林のなかからあらわれた。本物のカラスが死体にむらがるみたいに。リュコニアの族長の命令でやってきたと聞かされたが、ピラは信じていなかった。あんな恐ろしげな顔をして、不気味な黒曜石の矢まで持った連中が、だれかの命令にしたがっているはずがない。生まれてからずっと強大な力のもとで育ってきたから、ピラは悪のにおいを感じとることができた。カラス族には、ぞっとするような邪悪なにかがある。

霧のなかに、浜に引きあげられたオンボロの小舟があるのが見えた。いつのまにか、湾のはずれまで歩いてきてしまった。

小舟の脇には老人がすわっていて、煙をあげる魚油ランプの明かりをたよりに、網をつくろっていた。牛糞のようにいやなにおいをさせ、見たこともないほど汚いチュニックをまとっている。もじゃもじゃのあごひげには、鼻水がこびりついている。

ピラが見つめていると、老人はしょぼしょぼとした目で見かえしてきた。そしてピラの手首にはめられた金の腕輪に目を落とした。

キィーッ、キィーッ。丘の上で、鳥の鳴き声がした。

聞きおぼえのある声だ。鳥の鳴きまねが上手なユセレフが、前に聞かせてくれたことがある。

ピラははっとした。あのハヤブサは自分に呼びかけている。いまがチャンスだと教えてくれているのだ。

ピラは腕輪のひとつをはずすと、漁師にさしだし——海を指さした。

10

お告げ

頭上で円を描くハヤブサを見て、テラモンは足を速めた。ハヤブサは南から飛んできた。どうか、ヒュラスが海にたどりついたしるしでありますように。

昨夜打たれた背中はみみずばれになり、そこに食料袋がこすれてひりひりと痛む。頭もくらくらする。

むち打ちのあと、父の説教は夜おそくまでつづいた。「そろそろおまえも、自分のつとめを果たすときだ」と父はいかめしい顔で言った。それはつまり、海の向こうのケフティウに住む少女と結婚しなければならないということだった。それからさらに、族長領のことや、アカイア各地で起きていることにリュコニアが巻きこまれないようにしてきた理由についても聞かされた。横になってからも、さめることのできない悪夢でも見ているように思え、テラモンは寝つかれなかった。とうとうたえきれなくなり、要砦をぬけだすと、逃げてきたのだった。息子がいなくなったと知ったら、父はどんな顔をするだろう。それは考えるな、とテラモンは自分に言い聞かせた。

山頂へとつづくいちばんの近道を通ってきたので、正午ごろにはてっぺんまでのぼりきることができた。ヒュラスとイシが伝言を残すのに使っている岩のところに急いだ。秘密のくぼみのなかには小石が置かれ、炭でなにか描かれている。飛びはねているカエルだ。テラモンはくちびるを噛んだ。イシが自分の無事を知らせようと、ヒュラスにあてて描いたものだろうか？　それとも、ヒュラスが残したものだろうか。あるいは、どちらかが自分に残した伝言かもしれない――でも、どういう意味だろう？

テラモンはあわてて足跡をさがした。踏みあらしてしまう前に、そうしておくべきだったのに。ヒュラスなら、そんな失敗はしないだろう。足跡のたどりかたを知りつくしているから。かたい岩の上を歩いた霊の足跡だってたどれるにちがいない。

初めて会った瞬間から、テラモンはヒュラスと友だちになりたいと思った。四年前の冬、父と狩りに出ていたときのことだ。村を通りかかったとき、数人の少年たちが、うす汚れたアナグマの毛皮のマントを着た幼い少女に石を投げているところを見かけた。自分の背丈の倍はある相手に向かって、少女は棒をふりまわしていた。すると森のなかから別の少年が飛びだしてきた。髪はぼさぼさで、小汚いウサギの毛のケープと、泥がこびりついた生皮のブーツを身につけていた。少年は少女のベルトをつかみ、いじめっ子たちに向かってこう言った。「今度こいつに手出ししたら、足を折ってやる」あざけられても、少年は目をそらさなかった。相手をにらみつけていた。気圧されたいじめっ子たちは、こそこそと逃げだした。

テラモンは、その少年がうらやましくてならなかった。少年が言葉を実行にうつすだろうと、村の悪ガキたちはすぐにさとったのだ。自分なら、きっと本気かどうかためされて、降参していただろう。

伝言用の岩のそばには、イシの足跡がいくつかと、ヒュラスのものもひとつだけ見つかった。夜のうちに嵐が来たが、足跡から見て、ヒュラスが来たのはその前で、イシが来たのはあとだろう。

イシの足跡は西にあるメッセニアの湿地のほうへとつづいていた。テラモンが立っている場所からも、かなたにあるその湿地が見えていて、さらにその向こうには、くすんだ青色の海が広がっている。イシに追いついて、それからふたりをさがしに来たヒュラスと合流できるかもしれない。そうしたら、どんなにすばらしい再会になるだろう……。

西に向かって歩きだそうとしたとき、マツの木の下に老婆がうずくまっているのが目に入った。老婆は山のようなぜい肉をふるわせながら、体を前後に揺すっていた。知っている人間だ。だれでも知っている。テラモンは身がまえた。

パリアが山をうろついていることは、予想しておくべきだった。戦士たちをこわがるはずもないからだ。パリアはネレオスのつれあいで、村のまじない女でもあった。たき火の灰や、葉ずれの音で、神々の思し召しを知ることもできるし、呪いや魔法をあやつることだってできる。まじない女の前を横切ることなど、だれもしたがらない。コロノス一族の戦士たちだって。

「ずいぶん遠出をしてきたじゃないか、坊ちゃん」とパリアはいやなにおいのする傷んだ歯をむきだして言った。

「あんたもだ、ばあさん」テラモンは警戒しながら答えた。そばに寄ると、小便のにおいが鼻をつき、チュニックのひだのあいだでシラミがうごめいているのが見えた。

「どこへ行きなさるんだね」パリアはへつらうようにおじぎをしながら言った。

テラモンは顔を赤らめた。そんな従順な態度はにせもので、たんなるからかいでしかないことは、おたがいにわかっている。こちらがこわがっていることも、パリアにはお見通しなのだ。

パリアはしゃがれた笑い声をあげ、マツの幹をたたいた。「パリアはお告げを聞きに来たのさ。でも、坊ちゃん、あんたは逆の方向に進んでる。ラピトスで族長さまがお待ちだよ」

テラモンは気色ばんだ。「あんたに父の考えなど、わかるもんか」

「おや、パリアは、わざわざ聞かんでも、いろんなことがわかるのさ。ラピトスがわざわいに見まわれていることも、テストールさまが息子の帰りを待っていることもね」

テラモンはたじろいだ。イシを追って西へ行くべきか、それとも家へもどるべきか。「葉っぱで占ってくれ」とテラモンはパリアに言った。「どっちへ進めばいいか」

パリアはしなびた乳房のあいだから、鳥の皮でつくった小袋を取りだした。それをひっくりかえして、てのひらに粉をとると、木の根元にばらまいた。「骨だよ」クックッと笑いながら、パリアはそう言った。「細かくくだいた骨を、木に捧げるのさ。ゆとりのある連中は占い師のところへ行き、貧乏人は、パリアにお代をはらって、木のお告げを聞いてくれと言う。どちらも同じ神の言葉なんだがね」

「謝礼のことなら」テラモンはいらいらしながら言った。「待ってくれ」

パリアは横目でテラモンを見た。「パリアは待つともさ。坊ちゃんはちゃんとはらってくれるからね」

どこからともなく風が吹きよせ、マツの木をざわめかせた。パリアは首をかしげてそれを聞きながら、ろくに見えない黒い目でじっとテラモンを見すえていた。テラモンは目をそらせなかった。背中を流れ落ちる汗がみみずばれにしみた。魂のすみずみをパリアに探られているのがわかる。

ようやくパリアが口を開いた。「人の行く道は、木の根のようにこんがらがっておる。坊ちゃんの心も同じさね。この木はそう言っとる」

「そ、そんなの、答えになってない」テラモンはつっかえながら言った。

くさい息をぷんぷんさせながら、パリアはまたにやりとした。「だが、それが真実なのさ」

「なぞなぞなんて、たのんでない」テラモンは怒鳴った。

パリアは笑い、ふたたび木に骨の粉を捧げはじめた。

テラモンは行きつもどりつしながら、棒切れでアザミをなぎはらった。山の向こう側に行ってイシを見つけ、ヒュラスとも再会しなくては。でも、父はラピトスで自分を待っている。ラピトスはわざわいに見まわれている……。

テラモンは棒切れを投げすてた。友だちのほうが、自分を必要としている。

まじない女にそっけなく会釈すると、テラモンは食料袋を背負い、海をめざして西へと歩きはじめた。

II

十字のしるし

朝のあいだじゅう、一羽の海鳥が舟につきまとってきて、「どうだい、まだ生きてるかい」というようにヒュラスを見おろしていた。櫂でたたこうとしてみたが、あきらめた。ちっとも当たらない。

北をめざしてこいでいるのに、海はしきりに南へとヒュラスを引きもどそうとした。いつまでたっても陸は見えてこなかった。太陽にじりじりと両肩を焼かれ、頭はがんがんする。塩気が腕の傷にしみる。飲みこむつばもないほどにのどがカラカラで、ひどくひもじい。食料袋を捨てたりしなければよかった。

舟がいないかと、目が痛くなるほど水平線をながめつづけたものの、さっぱり見あたらなかった。遠くに帆が見えたと何度も思ったが、結局はただの波だった。でも、カラス族は追ってきているだろう。情け容赦のないやつらだから。まるで〈怒れる者たち〉が人に姿を変えたみたいだ。

のどのかわきにたえられず、ヒュラスは海水をすくって飲んだ。胸が悪くなった。舟のなかに小便をして、それも飲もうとしてみたが、あまりにもまずくて、吐きだした。

太ももにはまだ青銅の短剣をくくりつけてあるが、魚は一匹も見あたらない。透明な膜みたいな気持ちの悪い生き物が、ぴくりぴくりとただよっているだけだ。一匹つかまえてみたが、イラクサよりもこっぴどく刺すので、すぐに投げすてた。

　そのとき、いい考えが浮かんだ。太ももに結んだヤナギの樹皮のひもは、かわいてきつく食いこんでいたが、なんとか結び目をほどき、短剣を体からはずした。チュニックのすそを細長く切りとり、海にひたすと、それを頭に巻いた。ぬれた布が、ひんやりと心地いい。ずいぶん楽になった。それから全身に水を浴び、チュニックを水びたしにした。なんでいままで気づかなかったんだろう。

　青銅の短剣が日の光を浴びてギラリと輝き、そのとき初めて、柄の部分になにか彫られているのに気づいた。丸に十字のしるしだ。どういう意味だろう。

　刃にうつった自分の顔が目に入った。やせこけているが、意志が強そうに見える。ヒュラスは元気づいた。まだできることはあるし、短剣も役に立ってくれるはずだ。

　もう一度チュニックのすそを切りとると、中央に二か所切れこみを入れ、目のまわりに結んだ。てきめんに、太陽のまぶしさがましになった。

　それから、ヤナギのひもを取りあげて、櫂の細いほうの先に短剣の柄をくくりつけた。これでいい。うまいぐあいにじょうぶな銛ができた。本物の銛よりかなり重たいが、手に取ってみると、刃がキラリと光り、ヒュラスの心に自信がみなぎった。

　自分はひとりじゃない。この短剣さえあれば。

*

　銛が幸運を運んできてくれるかと思ったが、昼下がりになっても、魚はぜんぜんやってこなかった。海鳥までいなくなってしまった。目の前に黒い点々が浮かびはじめた。痛いほどに空腹だった。

海がこんなに広く、こんなに奇妙なものだとは思ってもいなかった。においもしなければ、かくれる場所も、道もない。ヒュラスは爪につまった赤い土をじっと見おろした。それが山の最後の名残りだった。ずんと気持ちは沈んだ。スクラムは死んでしまった。テラモンやイシともはなればなれだ。自分ははてしなく広がる水の真っただなかにいる。

舟べりから身を乗りだし、ヒュラスは水の底をのぞきこんだ。浜辺では、海は明るい青色に見えていたのに、ここではほとんど黒に近かった。底は見通せない。だいたい、底なんてあるんだろうか。

はるか下の暗がりを、なにかがすうっと横切った。

ヒュラスは舟べりをぎゅっとつかんだ。海には恐ろしいものが山ほどいるのだ。足がたくさん生えていて、船を海中に引きずりこんで難破させる怪物たちがいると、パリアは言っていた。ナイフのような歯で人間をむさぼり食う、巨大な魚たちも……。

下のほうからは自分がどんなふうに見えているか、ふいにヒュラスは気づいた。もろくてちっぽけな貝殻の上にうずくまり、食べられるのをただ待っているようなものだ。

背後でチャポンと音がした。ヒュラスはぱっとふりかえった。

海はおだやかだが、水面に泡が浮かんでいる。

また水音がした。今度は前方だ。

ヒュラスは見た。波の上に、魚が飛びあがっていた。魚なのはたしかだが……なんと、翼が生えている。

ぽかんと口を開けたままながめていると、その魚は空中を横切り、ふたたび水面におりたかと思うと、尾びれをくねらせ、奇妙なとがった翼を扇形に広げて、もう一度飛びあがった。

空飛ぶ魚……ケフティウ人の声が頭にひびいた。そういえば——なんだったっけ？　なにかやり忘れていることがあるような気がしてしかたがない。

よく考えてみるまもなく、水面は空飛ぶ魚たちでわきかえりはじめた。飛んでは落ち、飛んでは落ちするたびに、海は白く波だっていく。

ヒュラスは両手で銛をつかんでつきだしたが、ねらいをはずして海に落ちそうになった。

そのとき、なじみのあるものが目に入った。魚ではなくて、カメだ。舟の陰をゆっくりと泳いでいる。ヒュラスは銛をつきだした。よし！　短剣はやわらかい腹の肉につき刺さった。もっと深く刺そうと、身を乗りだし――ヒュラスは転がり落ちた。

緑色の冷たい海のなかを沈んでいく。耳がワンワンいい、泡のなかでもがくうちに上も下もわからなくなった。銛をはなすな、しっかりにぎっておくんだ！

水を蹴って明るいほうをめざし、水面からザブリと顔を出した。

舟はなくなっていた。まわりにあるのは、波ばかりだった。

大波に体を持ちあげられたかと思うと、海中に引っぱりこまれる。せきこみ、あえぎながら、ヒュラスは〈野の生き物の母〉に祈りを捧げた。海を支配している偉大なる神、〈地を揺るがす者〉にも。

ふたたび海に持ちあげられたとき、びっくりするほど遠いところで揺れている舟がちらりと見えた。

片手で銛をしっかりとにぎりながら、ヒュラスは波と戦った。これまで泳いだことがあるのは、浅い泉か川ぐらいだった。海はずっと骨が折れる。と、またもや大波に引きずりこまれ、舟にたたきつけられた。

海水を吐きだしながら、ヒュラスは舟べりをよじのぼった。つづいて銛も引っぱりあげると、息も荒く倒れこみ、ほっとしながら太陽を見あげた。気がたかぶって笑い声がもれた。

短剣の先に刺さったカメは、まだ弱々しく身もだえしていた。ヒュラスは身を捧げてくれたカメに短い感謝の言葉をかけ、首をひねって苦しみを終わりにしてやった。それから短剣を櫂からはずし、カメののどをかき切ると、その血を飲んだ。

生きているかぎり、塩気まじりの甘美な味がのどを通っていくその感じを忘れることはないだろう。ブドウのようにプチプチとした目玉の冷たい舌ざわりも。ひんやりとした汁気たっぷりのおいしい肉も。

すっかり人心地がついた。カラス族が来ようが来まいが、かならず生きぬいてやる。

ヒュラスは肉の残りを短剣で切りとり、天日で干した。それから甲羅の中身をきれいにこそげとり、肉のかけらをしゃぶりつくした。頭の日よけは海でなくしてしまったが、かわりに甲羅を使えばいい。それに舟の底にたまってくる海水をかきだすのにも便利だろう。

作業がすむと、短剣をきれいにし、感謝の言葉を捧げた。「よくやったよな、ぼくもおまえも」返事をするように青銅がキラリと光った。短剣がほかの人間のところではなく、自分のところに来てくれたことが誇らしかった。

青銅。これまではろくに考えたこともなかったが、いま初めて、ヒュラスはそのふしぎな力を実感していた。石のようでいて石ではなく、土と火から生まれるもので、そのふたつの力を宿し、いつまでも古びないもの……。

捧げ物をするのを忘れていた。

ヒュラスはカメの魂が新しい肉体を見つけられるように、頭を海にほうりなげてから、ひれを二本、長い腸を使ってたばねた。そして〈地を揺るがす者〉と〈野の生き物の母〉に心からの感謝の言葉をつぶやき、捧げ物を舟べりから水のなかへ落とした。

海の底から巨大なあごがあがってきて、それを飲みこんだ。

12

灰色の背びれ

チャポンという水音が聞こえた。怪物があらわれた場所には、さざ波が立っている。舟よりも大きなあご。イノシシの牙よりもするどい歯。手を引っこめるのが一瞬でもおそかったら、腕ごと食いちぎられていただろう。

そして、それはいまもこの下のどこかにいる。

舟べりにふれないようにしながら、ヒュラスは身を乗りだした。水面には光と影がうつしだされている。どこにいてもおかしくない。怪物が緑の水のなかを泳ぎまわっている姿が目に浮かんだ。その水のなかで、ついさっきまで自分も泳いでいたなんて。

ヒュラスは銛をつかんだ。が、それは銛ではなく、櫂だった。カメをさばくのに短剣ははずしてあった。短剣を取りあげたものの、ぽとりと落としてしまった。ぎこちない手つきで櫂に結びつける。早く、早く、早く。

やっとできあがった。ヒュラスは銛をかまえ、海を見わたした。

波も雲の影も、なにもかもが怪物に見える。影がひとつ、ぐんぐんとこちらに近づいてくる……。

カモメが鳴き声をあげ、上空へ舞いあがると、水面にうつっていたその影は消えた。

ヒュラスはほっとして体の力をぬいた。ふるえながら、カメの甲羅(こうら)の帽子(ぼうし)をぬぐと、顔の汗(あせ)をぬぐった。

ただのカモメじゃないか、と甲羅をしっかりとかぶりなおしながら、ヒュラスは自分に言い聞かせた。

そして凍(こお)りついた。

反対側の水面のすぐ下に、怪物がいる。

ヒュラスはぞっとした。とがった背(せ)びれと、鎌(かま)の刃(は)を思わせる口。そして底知れぬ闇(やみ)のような目。

海には巨大(きょだい)な魚の仲間が二種類いると、前にパリアから聞いたことがある。イルカとサメだ。「もしも出くわすようなことがあったら、それがイルカであるようにと祈(いの)ることだね。イルカは聖(せい)なるもので、人間は食べんから。サメはちがう」とパリアは言っていた。どうやって見分けられるのか、とヒュラスがたずねると、パリアは笑った。「サメは笑わんし、皮膚(ひふ)は御影石(みかげいし)のようにザラザラしとるのさ。でも、それがわかるくらい近づいてしまえば、手おくれだがね」

ザラザラの皮膚にさわってみなくても、それがサメなのは明らかだった。山で出会うどんなどうもうな獣(けもの)も——ライオンも、クマも、オオカミだって——あんな目はしていない。明るさのかけらもない目。まるでカオスのなかにぽっかりとあいた穴(あな)のようだ。神々(かみがみ)でさえ足を踏(ふ)み入れるのを恐(おそ)れる、うつろな場所みたいだ。

サメはあざけるように巨大な尾(お)びれをゆっくりとくねらせると、舟の下をつっ切った。

ヒュラスはじっと待った。

サメはあがってこない。いったいどこにいるのだろう。

風がやんで静けさがおとずれた。息苦しいほどの暑さだ。空は陰気(いんき)な黄色に染(そ)まり、海と交(まじ)わるあたりは灰色に沈んでいる。

なにかがぶつかり、舟が揺れた。ヒュラスは汗ばんだ手で銛をにぎりなおした。サメはけだるそうに尾びれをひるがえすと、はなれていった。えらのまわりに波紋が広がり、灰色の背びれがすうっと波を切る。

と、ただならぬすばやさでこちらに向きなおると、サメはふたたび近づいてきた。

足をふんばりながら、ヒュラスは銛をかまえた。

サメはどんどん近づいてくる。ヒュラスは銛をふりかざし、その頭につき立てた。サメが身をよじり、銛がもぎとられそうになる。ぐいっと力をこめて引きぬくと、はずみで舟から落っこちそうになり、甲羅の帽子がふっ飛んだ。サメは舟の下をくぐると、それをくわえた。巨大な頭を左右にふりながら、まるでカバの樹皮かなにかのようにやすやすと甲羅を噛みくだき、粉々にした。そして、かけらと泡をあたりにちらばらせたまま、深みへと消えた。

汗びっしょりのまま、ヒュラスは銛をおろした。身をよじったときのサメのすさまじい力の感触がまだ手に残っている。でも、水のなかには血らしきものは見えなかった。血を流させることさえできなかったのだ。どんな短剣でも――たとえ青銅製でも――あんな怪物は倒せない。

そして、きっとまたもどってくるだろう。

*

太陽が波間に沈んでも、サメはまわりを泳ぎまわっていた。ヒュラスは闇がやってくるのがこわかった。

やがて、はるか南のほうに、希望の兆しがちらりと見えた。海の向こうに、でこぼこした黒いものがつきだしている。ヒュラスは目の上に手をかざした。船じゃない。陸だ。

ヒュラスはこぎはじめた。片方の櫂には短剣が結わえつけられたままなので、こぎかたはぎこちない。灰色の背びれが、目の端にちらりとうつった。サメをふりきることはできないが、陸に着くまでこぎつづけさえすれば……。

風が出てきて、ヒュラスを後おしした。海が助けてくれている。陸へと運んでくれている。

サメは近づいたりはなれたりしながら舟を追ってきていたが、襲ってこようとはしなかった。なんだか、なにかを待っているみたいだ、とヒュラスは落ち着かない気持ちで考えた。

ふと気づくと、波が高くなり、白い泡が立ちはじめていた。舟の揺れが強まり、へりから水が飛びこんでくる。何度も櫂を置いて、手で水をかきださなければならなかった。

サメがなにを待っているのか気づき、ヒュラスはぞっとした。北のほうでは、空が真っ黒になっている。サメは舟を襲う必要がないのだ。嵐が近づいてきているから。こんなちっぽけな舟など、ひとたまりもないだろう。嵐が来れば、きっと海に投げだされてしまう。

風がぐっと強くなってきた。目に見えない爪でチュニックが引きさかれそうになり、髪がむちのように顔を打つ。舟は怒りくるった雄牛のように上下に揺れている。ヒュラスはふり落とされないようにしがみつきながら、櫂をにぎりしめていた。

両方は無理だ、とヒュラスは気づいた。櫂にくくりつけたままにしておけば、そのうち短剣は流されてしまうだろう。でももし櫂からはずしたら、サメから身を守るチャンスが小さくなってしまう。でもやっぱり、短剣を失うわけにはいかない。それに、嵐のなかで、銛などなんの役に立つ？

両足を舟の横に当ててふんばりながら、ヒュラスはなんとか結び目をほどき、急いで短剣の柄にひもの一端を結び、もう片方の端を自分の手首に結わえつけた。それがすんだとたん、舟の舳先が持ちあげられ、そして水面にたたきつけられた。全身の骨がミシミシいい、櫂は二本ともふっ飛んだ。
ヒュラスは必死でしがみついていた。

耳をつんざくような雷鳴がとどろき、嵐がおとずれ、猛烈な雨が降りだした。ヒュラスはあっというまにずぶぬれになった。〈父なる空〉と〈地を揺るがす者〉の戦いのあいだにはさまれてしまったのだ。木ほどの高さのある波が雲に向かってかぎ爪をのばし、風は怒りの叫びをあげながら海を襲い、波しぶきをちぎりとって空へ巻きあげている。

海がまた舟を水上におしあげ、そして下にたたきつけた。今度は空が見えなくなった。まわりは真っ暗だ。山のような大波にのまれてしまったのだ。それから波のてっぺんまで容赦なく持ちあげられた。一瞬、動きが止まり、眼下に深い淵が口を開けるのが見えた。やがて舟は下降をはじめ、どんどん速度を速めながら真っ黒な水の壁へと近づいていき……。

たたきつけられた舟は、卵の殻のように粉々にこわれた。

13

約束

風はない。波もない。星空の下、ヒュラスはおだやかに呼吸をする黒い海に浮かんでいた。

寒い。長時間水のなかにいるので、皮膚がしわしわになり、むけてきている。生きていることが信じられないくらいだった。

短剣が命を救ってくれた。結んであったひもがばらばらになった舟板にからまり、もう一方の端がヒュラスの手首に結わえてあったので、沈まずにすんだのだ。板はちょうど寝そべることができるぐらいの長さがあり、ヒュラスはときどき横になっては、手や足や短剣を使って水をかいた。が、後ろが見えないのが不安になり、身を起こして板にまたがった。すると、今度は足を水につけているのがこわくてたまらなくなり、また腹ばいにもどるのだった。

どちらにしても、どんなに水をかこうと、海のはてに見える陸にはいっこうに近づけなかった。

青銅の短剣が、欠けていく月に照らされて光っている。いい相棒ではあるけれど、身の安全を守ってはくれないだろう。嵐が去ったあと、サメの姿は見ていないが、どこかにいるのはわかっていた。

くたくたに疲れはてていても、ヒュラスは水をかく手を休めなかった。休めば眠りこんでしまい、サメのえじきになるに決まっている……。

なにかが足をこすった。ヒュラスははっと目をさました。そこらじゅうで魚が泳ぎまわっていた。えさを食べに水面にあがってきた細長い体が月明かりに輝いている。大きな魚たちが小魚たちを追いかけまわしている。

水をかきはじめると、魚たちもついてきた。やがて、あらわれたときと同じように、とつぜん姿を消した。ヒュラスは動きを止めた。なんの意味がある？　いつまでたっても陸にたどりつけるはずなんてない。あの小魚たちのように、ここで食われるのを待っているしかないんだ。

海が答えを教えてくれる、とあのケフティウ人は死ぬまぎわに言っていた。でも、それがうそだったのがわかった。海はヒュラスをもてあそんでいるだけだ。オオヤマネコがネズミをもてあそぶみたいに。

そよ風が吹きよせ、ヒュラスの耳にささやきかけた。ふいに、ケフティウ人との約束を思いだした。魂を自由にするために、髪の毛を海に捧げると約束したんだった。

驚いたことに、髪の束はまだ腰の縄にくくりつけられたままだった。びしょぬれでもつれてはいるが、ちゃんとそこにあった。ヒュラスはのろのろとそれをはずし、波間に投げた。「あの人の魂を受けとってください。安らかに眠らせてあげてください」ヒュラスはつぶやいた。

静寂。

心のどこかで、自分の言葉を聞きとどけたというしるしを、海が示してくれるような気がしていた。たとえば、ケフティウ人が言っていたように、背びれ族とかいう連中があらわれて、死者の魂をむかえに来るとか。でも、髪の束はさびしげに波にただようばかりだった。夜風さえも、うちひしがれたようなため息をひとつつくと、ぱたりとやんでしまった。

ヒュラスは腹ばいになり、目を閉じた。もうがんばれない。つらすぎる。この暗闇のなかで、ひとりきりで死ぬんだ。

苦しまないですみますように、とヒュラスは祈った。海の腕のなかにそっとすべり落ちて、そのまま目ざめなければいい。

ヒュラスは頭のなかで別れを告げはじめた。さよなら、テラモン。せっかく計画してくれたのに、二度と会えなくなってごめん。話したいことがたくさんあったのに。さよなら、ヤギたち。カラス族に殺されたヤギたち、守ってやれなくてごめんよ。逃げたヤギたち、ネレオスにつかまらないように、山にかくれているんだぞ。

「ごめんよ、スクラム」ヒュラスは声に出してつぶやいた。のどがしめつけられた。目もじんとしてくる。「ごめんよ、かたきを取ってやれなくて……」ヒュラスは深く息を吸いこんだ。「イシ……イシ、ぼくは――」

妹の名前を呼んだとたん、顔に冷水を浴びせられたような気がした。あきらめようとしているのは、自分の命だけじゃない。イシの命もだ。兄さんだから、面倒を見てやらなきゃならないのに。

面倒を見ると約束したことが、母さんとのたったひとつの思い出だった。そのとき、ヒュラスは星空の下でクマの毛皮にくるまり、イシと身を寄せあっていた。暗くて母さんの顔は見えなかったけれど、温かい手でほおをなでられ、長い髪に鼻をくすぐられるのを感じた。母さんはかがみこんで、「妹の面倒を見てやってね……」とささやいたっけ。

いまあきらめたら、イシまで死んでしまうことになる。母さんとの思い出をけがすことになる。そんなことはできない。体のなかにある、しぶとく激しい力の種のようなものがそう言っていた。

ヒュラスはよろよろと起きあがった。板にこぶしをたたきつける。そして水をかきはじめた。

星々が明るく輝きはじめた。青銅の短剣がキラリと光り、ヒュラスをはげました。

そのとき、ヒュラスは見た。真正面の少しはなれたところに、背びれがつきでている。生きてやろうと決意したとたんに、死がやってくるなんて。

ヒュラスは両足を水から引きあげた。さざ波が板におしよせ、チャプチャプと音を立てる。前方の背びれが動きだし、板のまわりで大きくゆっくりと円を描きはじめた。

サメの頭が水面からつきだし、また沈んだ。背びれがひるがえった。こちらに近づいてくる。

もはやサメしか目に入らない。また頭がつきだされ、今度はぽっかりと開かれたあごと、内向きに生えたギザギザの歯まで見えた。黒い目はヒュラスを見すえている。ヒュラスは短剣をつきだした。サメは身をかわした。御影石のような皮膚がこぶしをこすった。

ふたたび、背びれがゆっくりと円を描きはじめた。そして見えなくなった。ヒュラスは板の上でちぢこまり、周囲に目を配った。背後からサメがあらわれた。もう一度短剣をつきだしたが、ねらいははずれ、板から落ちそうになった。サメはまた泳ぎ去った。そしてまたまわりはじめた。

サメのねらいがヒュラスにもようやくわかった。山でオオカミが同じことをするのを見たことがある。獲物の体力がどれだけ残っているか、たしかめているのだ。何度も何度も襲いかかり、弱りきって抵抗できなくなるのを待ってから、獲物をしとめる。サメはたいして待たずにすむだろう。

なにかが太ももをなでた。ヒュラスは悲鳴をあげた。

ケフティウ人の髪の毛がただよってきただけだった。短剣の先でおしやると、それは黒々とした水の上でヘビのように長くのびた。

しきりにあたりを見まわしたが、サメの姿は見えなくなっていた。月影が海の上に銀箔のような尾をたなびかせている。

黒い背びれがそれを切りさいた。向きを変えると、こちらへ向かってくる。ヒュラスはうめき声をあげ、足を引っぱりあげた。

遠くのほうに、奇妙な青い光がチラチラしているのが目に入った。

サメはどんどん近づいてくる。

光は大きくなってきた。明るさも増してきた。ヒュラスめがけて突進してくる。ヒュラスは光とサメを交互に見やった。

まわりでは、海が奇妙に輝きはじめた。青く冷たい火が燃えているみたいだ。えたいの知れない光は、月明かりの下を矢のようにやってくる。近くで見ると、弓形の大きな背中が光を放っているのがわかった。同じものが次々にあらわれ、いっせいにジャンプしながら、ヒュラスのほうへ泳いでくる。そのなかの一匹が水上へと飛びあがった。清らかな青い光でできた巨大な魚だ。首を曲げてヒュラスを見ると、その魚はまぶしい水しぶきをあげて海に飛びこんだ。

先にたどりついたのはサメのほうだった。ヒュラスは空いた手で板につかまりながら、短剣をふるった。刃がサメの脇腹をかすめた。サメは身を沈め、また浮かびあがると、反転してふたたび襲ってきた。

そのとき、海が爆発した。青く光る水しぶきをあげながら、巨大な魚が波間から飛びだしてきた。それは、魚ではなく、イルカだった。ピカピカの大きな体と、謎めいたほほ笑み。イルカは青い炎につつまれた海に飛びこむと、ふたたび飛びあがり、ヒュラスの真上で弧を描いた。あまりにまぢかだったので、青白いなめらかな腹と、くちばしについた小さな白い引っかき傷までが見えた。

ほんの一瞬、イルカはヒュラスと目を合わせると、魂の声で呼びかけてきた。やがて明るい水のなかに消えたかと思うと、すぐに浮かんできて、驚くほど器用にケフティウ人の髪を胸びれですくいあげた。そしてひれをさっと動かし、後ろにいた別のイルカに向けて髪をほうった。二頭目のイルカは口でそれを受けとめ、海中深くにもぐっていった。そのあいだに、傷あとのあるほうのイルカがサメめがけて突進し、勢いよくぶつかった。サメは身をよじって嚙みつこうとしたが、イルカのほうがすばしっこかった。サメの歯はむなしく空を嚙んだ。

ほかのイルカたちも攻撃に加わり、サメを取りかこむと、四方八方からこづきはじめた。ヒュラスは勝利のおたけびをあげた。サメは囲みをやぶって逃げだし、イルカたちがそのあとを追いはじめた。チカチカとした光がたなびき、やがて夜の闇に消えた。

ヒュラスのそばにもまだ大勢が残っていて、海はイルカたちであふれかえっていた。飛びあがり、尾びれで青く燃える波を打ち鳴らし、世にもふしぎなかん高い声で鳴きかわしている。プシューというやわらかい呼吸の音が聞こえ、頭のてっぺんの穴がぱっと開いて、まばゆい水しぶきがあがるところも見える。利口そうな黒っぽい瞳の輝きも。

ヒュラスは恐怖も絶望も忘れた。イルカたちがキラキラした泡の筋をたなびかせながら板の下をつっ切り、勢いよく飛びあがっては、冷たく青い炎で自分をびしょぬれにするところを、おそれ多い気持ちでながめていた。

彼らはぼくの魂を受けとりにやってくる、とケフティウ人は言っていた。力強く、美しく、いっせいに波間をジャンプしながら……。

サメは行ってしまった。

背びれ族がやってきたのだ。

14

背びれ族

夜がふけるにつれ、海の炎は色あせ、イルカたちもまばゆい青色から、つやつやとした銀色へと変わっていった。それでもまだ、ヒュラスのまわりには光の輪ができていた。オオカミの瞳と同じように、イルカたちの瞳が月光を反射して輝いている。さわろうと思えばさわれそうなほど、すぐそばを泳いでいる。

まるで別世界の生き物だ。ぴたりと動きをそろえ、いっせいに体をよじったり、向きを変えたりしている。ほとんどずっとだまっているが、たまに夜のしじまを切りさくような、かん高い奇妙な声をあげる。呼吸は頭のてっぺんの穴からしているようで、弧を描くように水からせりあがり、静かにプシューと息を吐きだすと、すぐにまた水に沈みこむ。さわれるほどそばを泳いでいるのに、ヒュラスにはかまおうとせず、自分たちのひそかな使命を一心に果たそうとしているように見える。

イルカたちはサメからヒュラスを救ってくれた。でも、なぜ？　イルカは〈野の生き物の母〉のしもべだ。そして、すべての神がそうであるように、〈野の生き物の母〉は、創造と破壊をつかさどっている。いったいヒュラスになんの用があるのだろう？

とつぜん、輪が広がり、イルカたちが遊びはじめた。くちばしに傷あとのあるイルカがもどってきたのだ。ということは、サメは死んだのだろうか。そのイルカは、やや小柄な、濃い灰色をしたイルカとならんで泳いでいる。そっちのイルカは脇腹が傷だらけで、尾びれに食いちぎられたような切れこみがある。年をとっているようだ。母イルカなのだろう。そのすぐそばを、赤ん坊のイルカが泳いでいる。ほかのイルカたちよりも丸っこい顔立ちで、まだ呼吸のコツをつかめずにいるらしく、空気穴から水を飛びちらせている。母イルカが水面から飛びあがると、ついていこうと尾びれで空をかき、一生けんめいにジャンプしている。

　傷あとのあるイルカ——兄さんだろうか？——が泳いでいって、海草の切れ端をくちばしにのせると、母イルカに向かってほうった。母イルカはそれを胸びれで受けとめ、赤ん坊の頭ごしに投げかえした。しばらくそれをつづけたあと、傷あとのあるイルカは赤ん坊に海草を受けとめさせてやった。それでヒュラスは確信した。こいつはきっと兄さんだ。イシが幼かったころ、ヒュラスもわざと負けてやることがあった。そのうち気づかれ、むくれられてしまったけれど。

　イルカたちの遊びは激しさを増し、ヒュラスはまた不安になった。かん高い声にも、張りついたようなほほ笑みにも、どことなく荒々しいところが感じられる。勇気をふるいおこし、ヒュラスは水をかいて板を前に進め、輪のなかから出ようとした。恐ろしい反応が返ってきた。イルカたちは輪をせばめると、バシャ、バシャ、バシャと尾びれで水面をたたきはじめた。あまりの大きな音に、木づちで心臓をなぐりつけられているような気がした。なんで怒っているんだ？　どうしろっていうんだ？

　このままずっと終わらないのかと思われたころ、ようやく尾びれの音はやんだが、イルカたちはまだヒュラスを取りかこんでいた。歯を噛み鳴らしながら、ぎりぎりまで近づいていきなり水にもぐるので、ヒュラスは思わず足を引っこめた。サメからは救ってくれたが、自由にしてはくれないらしい。

わった。イルカたちを見ているうちに、めまいがしてきた。ヒュラスはひざをかかえたまま、板の上に横たわった。イルカたちはいっこうに動きをゆるめようとせず、いつまでも泳ぎまわっている……。

＊

ヒュラスは夜明け前のうす暗がりのなかで目をさました。イルカたちはいなくなっていた。さびしかった。恐ろしい思いはしたけれど、いざいなくなってしまうと、ひとりぼっちがひどくこたえた。

陸はほんの少しだけ近づいたように思えた。崖や白い波打ちぎわが見えるようになったが、それでもまだ、とてもたどりつけそうにない。あんな遠くまで水をかいていく力など、残っていないだろう。

と、うす緑色に見えるものが足元を横切り、空中に飛びあがると、腹から水面に飛びこんで盛大な水しぶきをあげた。イルカが傷あとのあるくちばしをつきだし、ヒュラスを見た。

生き物を見て、これほどうれしかったことはない。ヒュラスは低い声であいさつした。

イルカはピィーと声をあげ、水中に姿を消した。

「もどってこい！　たのむよ！　行かないでくれ！」

イルカは板の反対側から顔を出し、また水にもぐると、びっくりするほど遠くに浮かびあがって、行ったり来たりしはじめた。背中は濃い灰色で、腹のほうは色がうすく、灰白色だ。うっすらと残る三本の傷は、歯でかじられたあとのように見える。どうしてもどってきたのだろう。ほかのイルカたちはどこにいるんだ？

頭をさげて近づいてきたイルカが、いきなり板を額でおしたので、ヒュラスは青緑色の世界のなかへ転げ落ちてしまった。水のなかには、不気味なピィーピィーという音と、かん高いカチカチという音がひびきわたっていた。イルカが空気穴から銀色の泡をたなびかせながら、ぬっと姿をあらわした。尾びれをほんのちょっと上下させているだけなのに、驚くほどの速さで進み、しきりにカチカチと音を立てながら、ぐんぐん近づいてくる。ヒュラスはパニックになり、水面に浮かぼうと足をばたつかせたが、イルカは逃がしてくれなかった。信じられないほどすばしこく泳ぎまわりながら、けたたましく声をあげるので、その音はワーンというなり声のように聞こえはじめ、体じゅうをくすぐられているような気がしてきた。ヒュラスは足をつきだし、イルカのかたい脇腹を蹴った。イルカは姿を消した。ヒュラスは水面に浮上し、激しくあえいだ。

イルカは少しはなれたところからヒュラスに向かってうなずき、おかしそうにキーキーと鳴いた。すっかり気を悪くしたヒュラスは、板まで泳ぎ、その上によじのぼった。「なんであんなことするんだよ。ぼくはなにもしちゃいないだろ!」

イルカはまた笑った。

「本当になにもしてないのに!」

イルカはピィーと声をあげた。妙なことに、その音は口からではなく空気穴から聞こえてきた。口で話をしない生き物なんて、どうやって理解すればいいっていうんだ?

イルカは水にもぐり、ふたたび近づいてきた。

ヒュラスはその顔を、短剣の平らな面でたたいた。

イルカは身をよじると、尾びれでヒュラスをたたきかえし、もう一度水のなかへつき落とした。

ヒュラスは水を吐きだしながら水面に顔を出した。

イルカはうなずき、歯を噛み鳴らした。

腹を立て、肝を冷やしながら、ヒュラスは板まで泳いでもどった。「おもしろくなんかないだろ！」

イルカはあいかわらず、いまいましいほほ笑みを浮かべている。そういえば、サメにもほほ笑んでいたっけ。どのイルカもみんな。そう、ずっとほほ笑みっぱなしなのだ。

ヒュラスはようやく気づいた。本当は、ほほ笑んでなんかいないのかもしれない。ああいう顔しかできないのだ。口がああいうつくりになっているだけのことだ。

それにあの笑い声も……笑ってなんかいないのかも。怒っているのかもしれない。

たしかめようと、ヒュラスはその声をまねてみた。てのひらで水面をたたきながら、キーキーと声をあげ、歯を噛み鳴らした。

イルカは前を横切りながら驚いたような顔をし、尾びれを水面に打ちつけた。

そのとき初めて、イルカをまじまじと見ることができた。目は暗い茶色で、利口そうだ。それにたしかではないけれど、困惑しているようにも見える。

「ごめんよ」ヒュラスは言った。

イルカは行ったり来たりをつづけている。

「さっきはぶったりしてごめんよ。でも、こわかったんだ。ぼくになにをしてほしいんだ？」

イルカがそばまでやってきた。ふと、手をのばして顔にさわってみたくなったが、できなかった。

イルカは口を開けている。ピンクの丸い舌のふちには奇妙なひだがついていて、円錐形の白い歯はヒュラスの手を噛みちぎれそうなほどするどく見える。

「なにをしてほしいんだ？」ヒュラスはまたきいた。

イルカは波間に沈み、姿を消した。

15

海の精霊（スピリット）

なにもかもうまくいかない。群れの仲間たちは狩りに出かけていったが、イルカはついていかなかった。少年を助けなきゃならない。でも、少年は助けさせてくれない。どうしてなんだろう？

少年は木切れに乗って〈境目〉をただよっていて、胸びれには恐ろしい棒を持っていた。イルカはその棒がこわかった。サンゴよりもかたそうな音がするからだ。それでも、少年のことは気の毒でならなかった。

ほかの人間たちと同じように、海には向いていないからだ。体はカレイのように平たいし、頭からは海草が生えている。尾びれのかわりにカニみたいな足が生えているけれど、たった二本しかない。それにカニとはちがってぐにゃぐにゃで、かんたんに食いちぎられてしまいそうだ。胸びれはもっとひどいもので、先っぽが細かく分かれているので、泳ぎにはまるで向いていない。サメのかっこうのえさになるだけだ。

サメのことを思いだし、イルカはちらりと不安をおぼえた。仲間たちといっしょに、〈黒い底〉まで追いつめ、さんざんにやっつけてやったから、もうもどってはこないはずだ。でも、海にはほかにもサメはいるから、少年はあっけなく食われてしまうだろう。

やっかいなのは、こちらには敵意がないということを、少年がわかってくれないことだった。伝えようとしたけれど、怒った少年に顔をたたかれた。イルカも腹を立て、それでどちらも海面をたたき、悪口を言いあってしまった。

もどかしくなったイルカは、〈境目〉をはなれ、〈青い深み〉へともぐりながら、渦巻く水のなかにサメがいやしないかと見まわした。どこにもいない。よかった。

〈境目〉にもどってみると、少年は動かなくなっていた。

最初は、死んでしまったのかと思った。やがて、少年の足がぴくりとするのが見え、人間たちがやる例の妙な行動の最中なのだと気づいた。ぱたりと動きを止めてしまうのだ。ついぎょっとしてしまうが、それが人間の眠りかただとイルカは知っていた。

イルカが浮かびあがると、少年ははっとして起きあがり、くぐもったへんてこな言葉で叫んだ。少年の恐怖が水を伝わってくる。小さくて弱々しい人間の心臓が、おびえたようにドキドキ鳴っているのまで聞こえてくる。

なにもかもうまくいかない。どうしたら少年を安心させられるのか、イルカにはわからなかった。それに、あの棒でなにかされそうでこわかった。

*

ヒュラスはイルカが恋しかった。なんでまた消えてしまったんだろう。なにが気に入らないっていうんだ?

空腹とのどのかわきで体に力が入らず、板の上にすわっているのもやっとなほどくたびれきっていた。水をかくことなど、とてもできやしない。くちびるはひび割れ、水につかりすぎた皮膚は白くふやけている。腕の傷のかさぶたがはがれ、ズキズキ、ひりひりと痛む。目を開けているのがますますつらくなってきた。

イシの声が頭のなかでひびいた。「ほら、お兄ちゃん、早くわたしを見つけて。おなかが空いちゃった！」

テラモンもあらわれて、いらだったように舌打ちをした。「まさか、あきらめやしないよな？　あんなに苦労して戦車を盗んでやったのに！」

波にほおを打たれ、ヒュラスは目ざめた。

いや、波ではなかった。海草の切れ端だ。

イルカがもどってきた。

ヒュラスはうれしさとこわさをいっぺんに感じた。心臓をドキドキさせながら片手で板をつかみ、もう片方の手で短剣をにぎった。またぶつかってくるつもりだろうか。

今回は、イルカは笑いもしなければ、歯を噛み鳴らしたりもしなかった。静かに泳ぎながら、ときどき短く水面に浮かんで呼吸をしては、また水にもぐっている。もう怒ってはいないのだろうか。

ヒュラスはおずおずと海草を手に取ると、水のなかでそれを揺らした。

イルカは前を横切った。目を合わせようとはしないが、ヒュラスの行動を気にしているのはたしかだ。次にまた横切ったとき、イルカが手に持った短剣を見ているのに気づいた。ヒュラスは板を持つ手を変え、短剣を板の上に置くと、空いた手でさそうように海草を揺らした。緊張していた。イルカも同じだった。

ヒュラスは波間に海草を投げ、じっと待った。

イルカは泳いでいって、胸びれの先に海草をそっとのせ、空中にほうりなげると、器用に口で受けとめ、横向きの姿勢で少し泳ぐと、海草をのせたまま、またヒュラスの前を横切った。

ヒュラスは海草に手をのばした。つかみそこねた。

しばしのあいだ、イルカはひとりで海草とたわむれていた。やがて海草のことなど忘れたように水にもぐった。ヒュラスは心配になって下をのぞきこんだ。またもどってくるだろうか。

と、はるか下のほうから、驚くほどの速さで浮上してくるイルカが見えた。ヒュラスはあわてて体を引っこめた。イルカはすぐ横に浮かびあがり、尾びれをふると、海のなかからなにかをはねあげ、ヒュラスの頭上に飛ばした。

そのなにかは、ポチャンと水に落ちた。イルカは泳いでいって、同じことをくりかえした。魚だ。海中から魚をほうってくれているのだ。もしかして……助けようとしてくれているのか？

三度目に高々と魚がほうりなげられ、今度はなんとかつかまえることができた。ヒュラスは勝利のおたけびをあげながら魚を板に打ちつけて殺し、その腹にかぶりついた。ほとばしりでた血が、かわききった舌を心地よくうるおす。ウロコを吐きだしながら、甘くぬるぬるとしたはらわたをむさぼった。

目玉をくりぬいて食べてから、魚の頭をちぎりとり、海に捧げた。それからふと思いつき、口笛を鳴らすと、てのひらで軽く水面をたたいた。

イルカがやってきた。ヒュラスは同じ動作をくりかえし、小声で言った。「ほら、これはきみに」

ヒュラスが魚の尻尾を投げると、イルカは上手に受けとめ、それを丸飲みにした。

「ありがとう」ヒュラスは言った。

イルカは目の前を横切ると、少し手前を引きかえしてきた。

ヒュラスは手をさしのべた。

イルカがそっと指にふれてきた。皮膚はひんやりとして、びっくりするほどなめらかだった。こんなになめらかなものをさわったのは初めてだった。イルカはまた前を横切りながら、脇腹をそっとてのひらにこすりつけ、今度はヒュラスと目を合わせた。親しげで利口そうなその茶色の目は、まるでヒュラスの心のなかまで見通していて、これまでのつらいことをなにもかもわかってくれているように見えた。カラス族の恐怖も、スクラムを失った悲しみも、イシを守れなかったくやしさも、ひとりぼっちのさびしさも。とはいっても、イルカが別世界の生き物なのもよくわかっていた。肉や背びれや骨を持つ生き物ではあるけれど、まなざしは海のように深い。イルカは海の精霊であり、〈野の生き物の母〉のしもべなのだ。

「ありがとう、スピリット」ヒュラスは小さく言った。

スピリットはあたりを泳ぎまわり、やがて板に額をあてがうと、そっとおした。

ヒュラスはようやく理解した。スピリットは落っことそうとしていたんじゃない。陸のほうへおしてくれようとしていたのだ。

そこからは、ことがうまく運びはじめた。ヒュラスはこわがるのをやめ、スピリットは強くおしすぎるのをやめた。ヒュラスが休みたくなると、スピリットはそれを察したかのように、静かに呼吸をしながら周囲を泳いでいて、ヒュラスの準備が整うのを待ってくれた。

それでも、とうとう板の上に乗っていることさえできないほど疲れきり、海にすべり落ちてしまった。もうよじのぼる力は残っていないな、とヒュラスは思った。スピリットもそれを感じとったらしく、背中に乗れというように、ヒュラスの体の下にもぐりこんだ。やわらかい灰色の皮膚に短剣を当てないようにと気をつけながら、ヒュラスは夢中で背びれにしがみついた。スピリットは陸に向かってそろりと泳ぎだした。

あっというまに陸が近づいてきた。疲れでぼうっとなったヒュラスの目に、イノシシの背中のような山の尾根と、鳥の糞がこびりついた赤黒い崖がうつった。しわがれたウの鳴き声を聞いたような気がした。それからもっと別の、なにか理解を超えたような音も。それは、かすかで、あやしげで、のどを鳴らすような歌声だった。

そよ風が海に吹きつけ、波間に大きな黒い平らな面をいくつもつくっている。まるで目に見えない巨大な生き物の足跡のようだ。岬の横を通りすぎたとき、うす暗い洞窟の入り口がちらりと目に入った。その奥から、さっきの奇妙なぼんやりとした歌声がとぎれとぎれにひびいてきた。ここはいったいどこなんだ？

死ぬまぎわにケフティウ人が言ったことが心によみがえった。背びれ族は、きみを島へ連れていく……空飛ぶ魚に、歌う洞窟……歩く丘に、青銅の木々……。

そのとき、スピリットが広々とした静かな入り江に到着し、ヒュラスはすべてを忘れた。白い砂利だらけの浜に打ちよせるさざ波は、あざやかな青い色に輝いている。

ヒュラスは砂を踏みしめた。砂。安堵のうめき声をあげ、スピリットから手をはなすと、ヒュラスはぬるぬるとした紫色の海草のなかに沈みこんだ。波をかぶらない場所まで這っていくと、岸辺に倒れこんだ。

気を失う前、最後にヒュラスが聞いたのは、浅瀬を泳ぎまわるスピリットのプシューという静かな息づかいだった。

16

女神の島

鳥が泳ぐところを、実際に水のなかを泳いでいるところを、ピラは初めて見た。黒い鳥で、目は緑色をしている。この島にだけ住んでいる魔法の鳥なのだろうか、それとも水中に暮らす鳥はたくさんいて、だれもそれを教えてくれなかっただけなのかも？

その鳥がくちばしに魚をくわえて浮かびあがり、丸飲みするのを、ピラはうらやましそうにながめていた。おなかがグゥッと鳴った。水袋とボラの干物二枚だけを手わたされ、漁師にここに置きざりにされてから、もう一昼夜になる。それから口にしたものといえば、ひとにぎりのほこりっぽいセージの葉だけだった。

ケフティウでは、食べ物の心配などしたことがなかったのに。おなかが空いたら、手をたたきさえすれば、奴隷がなんでも持ってきてくれた。小さく丸めてゴマをまぶしたおいしい揚げチーズも。スイバをつめて焼いたタコも。くだいたクルミとハチミツをたっぷりかけたイチジクのケーキも。

でもここではちがう。潮だまりには魚がいるけれど、身を乗りだすと、すぐにいなくなってしまう。魚がこんなにすばしっこいとは思ってもいなかった。これまでは絵のなかか、でなければ皿の上でしか見たことがなかったのだから。

島にきらわれているみたいだった。海鳥たちにはわめきたてられるし、とがった石が足に刺さる。ピラのいる小さな入り江にはたえまなく波が打ちよせていて、やけどしたほおにしぶきがかかってひりひりと痛む。それでも、岬を越えたところにある大きな湾に野営する気にはなれなかった。母やカラス族がさがしに来るかもしれないから、かくれていなければ。ユセレフが恋しかった。でも、自分が逃げたことでひどい迷惑をかけてしまったから、ユセレフのほうはそう思っていないだろう。ピラはなにもできずにおびえている自分に腹が立ってしかたがなかった。サンダルもマントもないので、昼間は日ざしをさえぎるものがなく、夜は寒さをしのぐこともできない。それに火のおこしかたもわからない。ざわざわと騒がしい野外で眠るのも恐ろしかった。空ははてしなく広く、星たちがまぶしいくらいに輝いている。あやしげな影がそこをさっと横切った。鳥だろうか、コウモリだろうか——それとももっと悪いものだろうか。洞窟がひとつあって、水袋に水をくむことはできたものの、そこで寝る気にはとてもなれなかった。洞窟というものは地下の世界に通じている。入るのは命がけだ。

漁師に置きざりにされたすぐあとに、嵐がやってきた。ネズの木の下に身をかくしたものの、ずぶぬれになってしまった。それから、あらゆるケフティウ人が恐れていることを経験するはめになった。地面が揺れはじめたのだ。どうか止めてください、と木の下にうずくまったまま、ピラは〈地を揺るがす者〉に祈った。来てはいけない場所に来てしまったことを、怒っているのだろうか。

揺れはじきにおさまったが、ピラは〈海の底の雄牛〉がまた暴れだすのではないかと、ひと晩じゅう眠れなかった。夜が明けると、捧げ物にと耳飾りを浅瀬にほうりなげた。もっと早くそうしておけばよかった。

この島に来てはいけなかった。それがまちがいだったのだ。ケフティウまで連れていってほしいとたのんだのに、漁師は遠すぎると言い、ピラの抗議にもおかまいなしでここに置きざりにすると、おびえたようにさっさといなくなってしまった。翌朝になって、初めてその理由がわかった。そびえている断崖絶壁は、ケフティウにある百枚もの絵に描かれているものとそっくりだった。

漁師に置きざりにされたのは、女神の島だった。

ケフティウには、大昔にここに住んでいた人々の話が伝えられている。人々はおごりたかぶり、神々の怒りをかうことになった。そしてとつぜん姿を消し、二度ともどってくることはなかったという。いまではここは聖なる無人島となり、〈消えた人々〉の幽霊が出ると言われている。おとずれる者といえば、神々をしずめるためにときどき捧げ物をしに来る巫女たちだけだ……。

太陽が昇るにつれて、空腹はますます激しくなってきた。ついに、思いきって湾のあたりまで行ってみることにした。漁師の舟でこの島に近づいていたとき、湾のはずれに難破船があるのに気づいた。そこまで行けば、食べ物を見つけられるかもしれない。

見つからなかったらどうしよう、とは考えないようにした。断崖がそびえていて、島の奥には入っていけそうにない。どうやらこの入り江から湾を通って難破船のある場所まで行くしかなさそうだ。引っかき傷をこしらえ、小バエに悩まされながらも、ピラは岬の上までのぼった。息を切らし、汗びっしょりになりながら、大きく弧を描いた湾を見おろした。

浜辺には人がいた。

ピラはしゃがみこみ、岩陰に身をかくした。

その人間は、足に波の泡をまとわりつかせたまま、腹ばいに倒れていた。きっと、おぼれ死んだ船乗りが、嵐で打ちあげられたんだろう。

ピラはとっさに頭をめぐらせた。死者のものを盗むなんて恐ろしい。でも……死体はチュニックを着ている。あれがあれば、夜も寒くないはず。それに、そばにあるのは短剣じゃないだろうか？

ピラの頭には、さらにぞっとするような考えが浮かんだ。なんとかして食べ物を手に入れなければならない。人間は食べられるのだろうか。生のままで？

ピラは勇気をかき集め、もう一度目をやった。

死体は消えていた。

一瞬、死体が後ろからしのびよってくるところが頭に浮かび、ぞっとした。それから、さっきより遠い場所にそれを見つけた。

死体ではなかった。少年が、砂利の上をよろよろと歩いている。それがだれなのかわかり、ピラははっとした。ほおに傷をつけた夜、こちらをうかがっていた村人だ。髪の色がなぜか前より明るくなっているけれど、まちがいない。細い目も、額からまっすぐ通った鼻筋も同じだ。

心臓が高鳴りはじめた。カラス族はこの少年を追っている。たしか、族長の息子を殺そうとしたという話だった。でもそれは真実ではなく、ユセレフがでたらめを聞かされただけなのかもしれない、とピラは頭をはたらかせた。だとしても、この少年は危険だ。それになんと、こちらに向かって浜辺を真っすぐ歩いてくる。

胸をドキドキさせながら、ピラは岩陰で身をちぢめた。

近づいてくる少年が砂利を踏みしめる音が聞こえてきた。そして音はやんだ。岬のふもとで立ちどまったのだ。

なるべく体を動かさないように、ピラは岩から首だけ出して斜面を見おろした。

少年は真下にいる。奇妙な砂色の髪には海草がからみつき、チュニックはぼろぼろで、塩がこびりついている。細い手足はあざだらけで、二の腕にはれあがった傷がある。手には大きな青銅の短剣をにぎっている。ピラは息を殺した。

少年が岬をのぼりはじめた。

やめて、とピラは心のなかで言った。のぼってこないで！

少年は考えなおしたらしく、下に飛びおりた。浜辺をもどっていく。

ピラはふるえながら息を吐きだした。

少年は断崖のふもとまで行き、棒を見つけると穴を掘りはじめた。なにをするつもりだろう？　それから浅瀬まで歩いていくと、波にただよっている木の板を拾いあげ、浜辺にある岩場まで運んでいくと、そこに立てかけた。さらに流木を集めている。そんな、やめて。少年は小屋をつくろうとしている。ピラがかくれているところから、二十歩とはなれていない場所に。

朝が終わりかけても、ピラは見守っているしかなかった。少年は流木の上にイバラの枝を重ねて屋根にし、小屋を仕上げた。それから平たい木切れを見つけて、短剣で切れこみを入れた。なにをはじめたのだろう？　ピラはとまどいながら、少年がすわりこんで片足で木をおさえ、手に持った棒を切れこみにつき刺すのを見ていた。少年は両手で棒をはさむと、その手を激しくこすりあわせた。手の位置を上下させながら、その動作をつづけている。と、うっすらと煙が立ちはじめた。少年は棒をまわしつづけながら身を乗りだすと、そっと息を吹きかけた。炎があがる。少年はかわいた草を少し加え、小枝を足し、最後に枝を残らずくべた。あっというまに勢いよく燃えるたき火となった。

ピラはあっけに取られ、そしてくやしくなった。小汚いリュコニアの村人のくせに、あんなことができるなんて。自分がヤギ飼いに負けるなんて。

驚いたことに、少年は三本の棒をけずって先をとがらせると、草をよじったひもでそれを流木の端に結びつけ、三つ叉の銛をつくった。そうして岩場まで歩いていくと、しゃがみこんだ。

少年はすばやく銛をつきだし、立ちあがった。銛の先には小さな魚が刺さり、もがきまわっていた。少年が生のままその魚を食べたので、ピラは気分が悪くなった。それからさらに二匹魚をつかまえると、今度はそれをたき火で焼いた。

　とっくに昼はすぎていて、ピラは空腹のあまりめまいがしてきた。少年は焼けた魚をすっかりたいらげ、頭だけを残し、小屋から二歩ほどはなれた場所にそれを置いた。気持ちが悪いけれど、捧げ物かなにかなのだろう。さらに日に焼けた肩の皮膚を二、三枚めくりとると、それもいっしょにそなえるのを見て、ピラは心の底からぞっとした。

　少年は先ほど掘った穴のところにもどり、手で水をすくい、むさぼるように飲んだ。わき水だ。そのために穴を掘ったのだ。利口なやりかただけれど、あまりたくさんは出そうにない。この点だけは、ピラのほうがうまくやったらしい。少年は洞窟にある地下水流には気づいていないのだろう。

　少年はさらに二匹の魚をしとめ、おき火のなかに入れると、干からびた海草のかたまりを小屋のなかに引っぱりこみ、そこにもぐりこんだ。

　たそがれがおとずれた。魚の焼けるにおいがそよ風に運ばれてきた。もうがまんができない。ピラは危険を忘れた。魚のにおいのこと以外、なにも考えられなかった。

　そろそろと斜面を這いおりた。小屋のそばまで行ってみると、なかからスースーという音が聞こえてきた。よかった。ぐっすり眠っている。

　灰のなかから黒くこげた魚の尻尾がつきでているのが、揺らめく熱気ごしに見えた。ピラはそっと棒を拾いあげると、魚をかきだそうとした。

　小屋のなかからにゅっと手が出て、ピラの手首をつかんだ。

17

ヤギ飼いと大巫女の娘

どんなに足をばたつかせ、爪を立てても、少年は恐ろしく力が強く、手をはなしてはくれなかった。ピラは空いたほうの手で髪を引っぱろうとした。少年はピラの片腕を後ろ手にねじあげ、砂利の上におし倒した。ピラはその顔を引っかいた。少年のこぶしが傷ついたほおに当たり、激痛が走る。ピラが悲鳴をあげると、びっくりした少年は力をゆるめた。ピラはその手をふりほどき、浜辺をかけだした。

少年は、ヘビのようにすばしこく追いかけてきた。

ピラはくるりと後ろをふりかえると、アカイア語で叫んだ。「近づかないで！　呪いをかけるわよ！」

その声に少年は立ちどまった。

「本気よ！」ピラはあえぎながら、ふるえる指をつきつけた。「はらわたが口から飛びだして、血を吐いて死ぬようにしてやるから！」

「そんなことできっこない」少年も息をはずませている。

「できるわよ」とピラはうそをついた。「やってみせましょうか？」

少年はこちらをにらみながら、手の甲で口をぬぐった。近づいてこようとはしない。そばで見ると、少年はピラと同じくらいの年頃だとわかった。でも、こわいくらいに強そうで、なんだってやりそうに見える。もつれた黄色い髪のあいだから、けわしい目でこちらを見ている。野山の獣と向きあっているみたいだ。

おびえた顔さえ見せなければ、屈服させられるはず、とピラは自分をはげました。呪いをかけられないことなんて、わかりっこないんだから。

ふるえそうになる足をふんばりながら、ピラは言った。「自分がどこにいるか知らないの、ヤギ飼いの坊や？　ここは女神の島なのよ。わたしは大巫女の娘なの。だから、わたしの言うことを聞きなさい」

少年はピラのチュニックにつけられた小さな金の斧を見やった。「ヤギ飼いの坊やじゃない。ぼくの名前はヒュラス。戦士だ」

ピラはフンと鼻を鳴らした。「うそつきね、アカイア人はみんなそうだわ」

少年は小屋に飛びこむと、短剣を持ちだし、ピラの前にかざしてみせた。「ほら、見てみろよ。これは戦士の短剣なんだ」

それは青銅製で、とても精巧なつくりをしていた。ピラは動揺をかくし、あざけるように言った。

「盗んだんでしょ」

「ちがう。これはぼくのだ」

ピラはひるんだ。少年が一歩近づいた。ピラは一歩さがった。

「ほかのやつらはどこだ」少年がたずねた。

「やつらって？」

「きみの仲間さ！　カラス族だよ！」

「わたし、ひとりよ。それに、カラス族は仲間じゃないわ」

「でも、いっしょに野営をしていただろ。やつらの船はどこだ？」

「言ったでしょ、わたしはひとりなの！　腕輪と引きかえに、漁師に逃がしてもらおうとしたのよ。でも裏切られて、ここに置きざりにされたの」

「そんなの信じると思うか？　いかれてるな。それに、きみのせいでカラス族に見つかったんだぞ」

「いかれてなんかないわよ！」

少年はぐいっと頭をあげた。「いまごろ、カラス族の船が岬の裏側で待ってるんだろ、ちがうか？」

「だったら、わたし、ここに魚を盗みに来させられたってわけ？」

少年は答えにつまった。

「言ったじゃない。ここは女神の島なのよ。だれもいないわ！」

ちょっとのあいだ、少年はこちらを見つめていた。それから背を向けると、火のそばへもどった。

ピラはかっとなった。ケフティウでは、自分に背を向ける人間なんて、ひとりもいなかったのに！失礼にもほどがある。

少年が無視しつづけるので、ピラは言った。「漁師が居場所を伝えるだろうから、わたしの国の人たちがさがしに来るわ。カラス族も連れてくるはずよ。あなたもわたしも、この島から出なきゃ」

少年は焼けた魚から灰をかき落としつづけている。信じられないほどおいしそうなにおいがしている。

「難破船も見つけたわ。場所を教えてあげたら、残骸でいかだをつくれるでしょ。それでいっしょに逃げるのよ」

少年はさっさと食べはじめ、ぽろぽろとした白い身をほおばり、パリッとした皮を噛みくだいた。

「わたしにもよこしなさい」ピラは命令した。

「自分でつかまえろよ」口をいっぱいにしたまま、少年がつっけんどんに答えた。

「なんですって！　よこしなさいよ！」

「自分でつかまえるか、腹ぺこのままでいるかだ。ぼくの知ったことか」

ピラはチュニックから金の飾りをひとつ引きちぎった。「ほら」

少年は顔をしかめた。「なんだよ、それ」

「金よ。貴重なものなの。それで物が買えるのよ」

「なら、ここじゃなんの役にも立たないってことだな」

「これがどんなに値打ちのあるものか、知らないの？　なんだって買えるのよ」

少年はあたりを見まわした。「だれから？」

ピラは歯を食いしばった。「魚を分けてくれないなら、難破船の場所も教えてあげない」

少年は意地悪く笑った。「自分で見つけられるさ」汚らしいことに、少年は指をチュニックでぬぐい、ピラをおしのけると、海へとゆっくり歩きはじめた。

ピラはそのあとを追った。怒りのあまりこみあげる涙を、まばたきでこらえた。なぐられたほおが燃えるように痛む。

短剣を盗めたら言うことを聞かせられる。そう気づいたものの、少年も同じことを思ったらしく、しっかりと腰の縄に差しこんでしまった。ほかに少年の知らないことといえば、水のありかぐらいだ。でも、洞窟があると教えてしまったら、その場所を教えるまで痛めつけられるに決まっている。

湾のなかで、なにかがキラリと光った。まぶしい大きな生き物が海のなかから飛びあがり、水しぶきをまきちらしながら水中に飛びこんだ。

少年はにっこりすると、浅瀬へとかけだした。するどく口笛を吹き鳴らす。

湾のなかにいた生き物は、くるりとふりかえると、少年めざして泳いできた。

ピラはぽかんと口を開けた。

イルカは想像していたよりずっと大きく、女神の館にあるどの絵に描かれたものよりもずっと美しかった。おそれ多い気持ちで見守っていると、イルカは弧を描いて飛びあがり、それから水中に沈んだ。波のような優雅なリズムで、飛んではもぐり、飛んではもぐりをくりかえしている。そばまで来ると、プシューというやわらかい呼吸の音が聞こえた。神々しいほほ笑みも見えた。ピラは額に手を当て、おじぎをした。

少年は腰の高さまで水につかって、待っていた。イルカがそばへよってきた。そして、顔をこすりつけた。

ピラはびっくり仰天した。イルカは少年のまわりをぐるぐると泳ぎだした。信じられなかった。

少年がやさしく水を浴びせると、イルカは喜ぶようなようすを見せた。少年はさらに深いところまで進み、泳ぎはじめた。イルカがゆっくりと少年に近づいていく。少年が両手で背びれにしがみつくと、イルカは少年を引っぱって泳ぎだした。速度があがると、少年は手足をいっぱいにのばし、飛ぶように波の上をすべりはじめた。

絶句したまま立ちつくすピラを前に、少年とイルカは湾へと出ていった。女神さまのしもべを手なずけるなんて、いったいこの少年は何者なんだろう?

少年とイルカは、大きく円を描くと、浜辺へもどってきた。少年は手をはなして浅瀬に足をつき、イルカが泳ぎ去っていくのをながめていた。笑みを浮かべているせいで、そのときだけ、やせこけた顔が別人のように見えた。

ピラを見たとき、少年のほほ笑みは消えた。「ほらな」とぶっきらぼうに少年は言った。「こういうことさ。言うことを聞くのはそっちだ。さあ、難破船に案内するんだ」

18

難破船

呪いの話は少女のでたらめだと、ヒュラスはほぼ確信していた。でも、島にはカラス族がいないという話もうそだったら？　わなにかけられることを警戒して、ヒュラスは少女に短剣をつきつけ、前を歩かせた。

「痛い、痛い」砂利の上を歩きながら、少女はそう言いつづけた。はだしで歩いたことなんてないんだろうか。

逃げてきたという少女の話も信じてはいなかった。なんで逃げる必要がある？　ほこりにまみれてはいるけれど、どこかの長の娘なのはまちがいない。手首や首、それに紫色のチュニックも、金とかいう飾りでいっぱいだ。それとも、本当に頭がいかれていて、ここに置きざりにされたのだろうか。鎌のような形の痛そうなほおのやけどを見ると、そうかもしれないという気がしてくる。

理由はどうあれ、じゃま者なのはたしかだ。自分の身も守れないのは明らかだし、ヒュラスだって生きのびるのにせいいっぱいで、人の食べるものの面倒まで見ていられない。いかだを完成させるまでがまんすることにして、あとは置きざりにするしかない。

少女はうんざりするほどのろのろと歩き、湾のはずれにある岬の突端までヒュラスを案内した。

ヒュラスは胸をなでおろした。その向こうにもカラス族の姿はなく、浜辺に停泊中の船も見あたらない。そこには浜辺そのものがなかった。少女の言うとおり、難破船があるだけだった。

もともとは、堂々とした船体を持つがんじょうな船だったのだろう。それがいまは、海の力によって、まるで木の皮ででもできているみたいに、あっけなくたたきこわされている。ヒュラスは、船と岩場のすきまに打ちよせる荒波をじっと見つめた。飛びこえるには広すぎるし、泳ごうとすれば、体がばらばらになってしまうか、おぼれ死んでしまうかだろう。たぶん両方だ。

それに、船にわたれたとしても、その先はどうすればいい？　材木も縄も、全部船から運んできて、それからいかだをつくり、サメだらけの海に出てリュコニアまでもどらなけりゃならない……。

「小屋にある板を使えばいいのよ。それを橋にすれば」少女が言った。

「うーん」ヒュラスはあいまいに答えたが、ちょうど同じことを思いついたところだった。

「あなたが向こうにわたって、わたしに物を投げてよ」

ヒュラスはフンと鼻を鳴らした。「自分でやるのはこわいのか？」

「こわくなんかないわ。泳げないだけよ」

「ケフティウ人は海をあがめてるんじゃないのか」

「そうよ。でも、わたしは外に出してもらったことがないの」

ヒュラスはほおをふくらませた。これじゃ、思っていたよりずっと役立たずだ。

ふたりして板を取りに行ったものの、少女が板の端を何度も落っことすので、結局はヒュラスがひとりでかつぐことになった。なんとか船と岩場のすきまに板をわたすと、先端を難破船におしこみ、反対側の端に石を積んで固定した。それからよつんばいになり、おっかなびっくり急ごしらえの橋をわたった。板はつるつるとすべりやすく、ヒュラスの重みでたわんだ。足元で海が激しく波立ち、水しぶきでずぶぬれになる。それでもどうにか板はもちこたえ、船にわたることができた。

甲板は足元であぶなっかしくかたむき、半分水につかっている。ヒュラスはその上を慎重に歩いた。びしょぬれの帆布の山や、からまった生皮の縄があるが、ありがたいことに、死体は見あたらない。かびた帽子と、鼻緒の切れたサンダルがひとつ見つかっただけだ。乗組員たちは海の底にいて、髪の毛のあいだを泳ぎまわる魚たちをうつろな目でながめていることだろう。

どこの人々だったのだろう。ケフティウ人ではない。船首の形がちがうわ、としゃくにさわるほど自信ありげに少女は言った。マケドニアとかいう国の船だそうだ。でも本当かどうかあやしいものだ。乗っていたのが、カラス族の軍団だったらよかったのにとヒュラスは思った。いまごろ海の底でサメに食われていればいいのに。

水に沈んだ船倉のそばにひざまずくと、粉々に割れた大きな瓶から小魚たちが出たり入ったりしているのが見えた。長くて細いなにかが、すきまにさっと入っていった。ヒュラスはとっさにのけぞった。

「どうかしたの」と、少女が岩場から叫んだ。

ヒュラスはなかをのぞきこんだ。なにかがすきまからこちらを見かえしている。ヘビじゃない。なら、なんだ？「なにかの……怪物がいる」平気なふりをよそおいながら、ヒュラスは答えた。

「どんな？」

怪物は出てこようとして、ヒュラスに気づくと、体を引っこめた。「体は袋みたいだ。目はでかい。足がたくさんあって、ヘビにも似てるけど……ちがう」

「ああ、タコね。神聖なものだけど、すごくおいしいのよ。銛でついてみてよ。こわがることないわ、なにもしないから」

「こわいもんか！」ヒュラスは言いかえした。でも、うのみにするほどばかじゃない。きっとわなに決まっている。

難破船のなかを見てまわるうちに、投石器をつくるのに使えそうなヤギ皮の切れ端と、ほとんどいたんでいない編み革のさやを見つけた。短剣を入れるのにぴったりだ。小さな皮袋も見つかった。口の部分には、ヘビの群れみたいにこんがらがった結び目がたくさんつくられている。なかは空のようだが、袋のようすを説明すると、少女はまた、しゃくにさわるもの知り顔でこう言った――それは、風袋よ。船乗りが占い師から買うの。吹いてほしい風によって、決められた結び目をほどくのよ。聞いたことないわけ？

ヒュラスは歯を食いしばりながら、探検をつづけた。ろうで封をされた小さな陶器の瓶が、割れずに残っているのが見つかった。「ほら、受けとれよ！」ヒュラスは声を張りあげた。

少女は受けそこなった。瓶は岩に当たってくだけ、オリーブの実がパラパラと海のなかに落ちていった。「ちょっとぐらい役に立てないのかよ！」ヒュラスは怒鳴った。

「だって、いきなりなんだもの！」

「いいから、だまって水でもくんできてくれ！ぼくが掘ったわき水の穴ぐらいなら、見つけられるだろ。崖のそばの、小屋の後ろあたりにある。ちょっと待て、水を入れるものがいるだろ。いまきみがこわした瓶の、いちばん大きなかけらを持っていくんだ。ぐずぐずするなよ、暑くてしょうがないんだ！」

少女は肩を怒らせ、ぷりぷりしながら去っていった。もどってくると、驚いたことに、満杯になった水袋をドサッと投げだした。「ほら！」少女はつっけんどんに言った。

「どこからくんできたんだ？」

「教えてあげない」

「水があるって、なんで言わなかったんだよ。のどがカラカラなんだ！」

「あら、かわいそうに」

ヒュラスはおしだまると、這いつくばって板をわたり、思うぞんぶん水を飲んでから、また船にもどった。ふたりともだまりこくったままだった。

難破船から物を運びだすのは、骨の折れる作業だった。漂流したせいでヒュラスは疲れきり、全身が休みたいと悲鳴をあげていた。一本の櫂の結び目をほどくのにさえひどく時間がかかり、大汗をかいてしまった。

スピリットが寄ってきて、気を引くように行ったり来たりしはじめた。ヒュラスは軽く水しぶきをかけてやると、また仕事にもどった。スピリットは不満げに首を縦にふり、歯を嚙み鳴らした。なにかをうったえているみたいだ。いまはいそがしいんだとうまく伝えられずにいると、やがてあきらめたように泳ぎ去った。

ようやく櫂の結び目がほどけると、ヒュラスは波にさらわれてしまわないように、それを船のなかの高いところにほうりなげた。

テラモンがいっしょだったら楽しかったのに、とヒュラスは思った。テラモンなら難破船から物を運びだす方法をうまく考えついてくれただろうし、あいまに取っ組みあったり、水を引っかけあったりして遊べただろうに。イシがいれば、めずらしい生き物でいっぱいの海をすっかり気に入っていただろう。それにスクラムは、尻尾をふってかけまわり、カモメを追いかけたりしただろうに……。

「なんで手を止めてるの」少女がきいた。

「いいから、食べ物をさがしてこいよ」ヒュラスは叫びかえした。「そのへんの草で魚のわなをつくれるだろ、それに落とし穴だってしかけられる」

少女はきょとんとしてたずねた。「落とし穴って？」

お手上げだ。信じられない。いままで生きのびられたのがふしぎなくらいだ。

二本目の櫂の結び目をほどくのもひと苦労だった。次に顔をあげたとき、太陽はかたむきかけ、少女の姿は消えていた。板もいっしょに。

信じられないことに、板は海の上をただよっていた。少女がわざと落としたのだろう。

どうやって岸にもどろうかと思案していると、少女が満杯の水袋を手に、岩場までもどってきた。板を見ると、少女はぽかんと口を開けた。「わざとじゃないの。こっちに引きあげて、岩の上に置いておいたのよ。もどってくるまでそこにあると思ってたのに」

「なんでそんなことしたんだよ！」

「どうやってもどるつもり？」

それには答えず、ヒュラスは二本の櫂を縄でたばねると、難破船の端まで運んでいき、少女のほうにさしだした。「しっかり支えてろ。落とすなよ！」

ようやく岸へもどったヒュラスは、少女の首をしめたくなっていた。「ほんとにばかなんだな。もしぼくが海に流されておぼれたら、自分も飢え死にするって、わからないのか？」

「でも、あとをつけてこられて、水のありかを知られたら、わたしは用ずみになるんでしょ。そしたら置いてきぼりにされて、飢え死にじゃない！」少女は言いかえした。

水場まであとをつけていくなんていつでもできるさ、と言ってやりたくなったが、用心させるのはまずい。ヒュラスは思いとどまった。「今度またあんなまねをしたら、イルカに食わせてやるから」

「イルカは人間を食べたりしないわ」

「ぼくのイルカは食べるかもしれないぜ」

少女はだまりこんだ。

結局、その日運びだせたのは、縄が数本と、風袋と、たたまれた帆布だけだった。ふたりはその帆布を浜辺に広げてかわかした。

小屋にもどると、ヒュラスは投石器をこしらえ、うまいぐあいに海鳥をしとめた。それをたき火で焼くと、丸ごとたいらげた。

少女はいきりたった。「ずるいわ！」

「ずるくなんかない。生き残るための第一の掟さ。助けになる人間だけを助けろ。きみは助けにならない」

「どうしてよ？ 難破船も、それに水も、わたしが見つけたのよ！」

ヒュラスは肩をすくめた。「自分で見つけられていたさ」

少女はぷんぷん怒りながらはなれていった。しばらくして、チュニックのすそに〝海のハリネズミ〟を三個のせてもどってきた。そしてぐにゃぐにゃしたその中身を、生のまま棒ですくって食べた。

ヒュラスはふしぎに思った。「落とし穴を知らないくせに、なんで海のハリネズミのことは知ってるんだ？」

「奴隷が炊事場で料理するところをずっと見てきたもの。それに、これはウニっていうのよ」

「炊事場って？」

少女はまじまじとヒュラスを見た。

しばらくしてこう言った。「ハリネズミって？」

「イノシシぐらいの大きさで」ヒュラスはうそをついた。「でっかい牙が生えてて、しげみにかくれていて、夜になると出てくるんだ」

少女は不安そうに後ろをふりかえった。板をなくした罰だ。

ヒュラスが小屋に入れてやらなかったので、少女は自分の小屋をこしらえなければならなかった。出来ばえはさんざんで、海草を下にしくことも思いつかないので、砂利の上にじかに寝ることになった。ヒュラスはもうちょっとでかわいそうに思うところだった。でも、こいつはカラス族の仲間なんだと気を引きしめた。

ふりむいてたき火の向こうに目をやると、少女はごちゃごちゃによせ集められた棒の山のなかでちぢこまっていた。眠ってはいない。ハリネズミがこわいのだろう。

夜が深まっても、ヒュラスは砂利の上ではじける泡の音を聞いていた。イシが恋しかった。おしゃべりも、はてしなくつづく質問も。いつかテラモンがこんなふうに言っていた。「イシの困ったところはさ、のべつまくなしに音を立ててなきゃ気がすまないところだよな。しゃべってるか、歌ってるか、鼻歌でふんふんいってるか、でなきゃ石でも投げてるか。静かにしようとしたら、どこかおかしくなっちゃうのかもな」

落ち着かなくなったヒュラスは、海草をしいた寝床のなかで身じろぎをした。ふたりが恋しかった。最後に会ってから、もう何か月もすぎたような気がする。まだほんの数日しかたっていないのが、ふしぎでたまらなかった。

いつしか眠りに落ちながら、ヒュラスは浅瀬にいるスピリットの息づかいを聞いた。そういえばさっき、スピリットはなにかを伝えようとしていたっけ。もう一度伝えてみようと、もどってきたんだろうか。でもくたびれすぎていて、聞きに行ってやれそうもない。

明日でいい、とヒュラスは自分に言い聞かせた。明日もそこにいるさ。

イルカはとても不安だった。群れの仲間がいなくなってしまったのだ。そんなことは初めてだった。

*

少年を助けたところまでは、なにも問題はなかった。ボラの群れを追いかけながら、ピィーピィーと自分を呼ぶ声がちゃんと聞こえていた。やがて仲間たちは、入り江の浅瀬に腹をこすりつけに行ってしまった。それからは遠すぎて声が聞こえなくなったけれど、それでも心配はしなかった。見つけようと思えば、いつでも見つけられるとわかっていたから。

でも、いまはちがった。

もどるとすぐに、イルカは〈青い深み〉をさがしまわった。でも、ボラの残りくずが少し見つかっただけだった。島のまわりをひとめぐりしてみた。〈黒い底〉へも行き、しきりにカチカチと声をあげ、愛する仲間たちの見なれた姿をさがした。どこにもいない。みんな、胸びれをひるがえしてどこかに消え、自分を置いてけぼりにしてしまった。

〈上〉にいるのではないかと、〈境目〉に顔をつきだして、ピィーピィーと名前を呼んでみた。今度はかすかな返事が聞こえた。妙にくぐもった音だ。陸の向こうから聞こえてきているような。どうしてだろう。声が聞こえるから、そんなに遠くにいるわけではないのに、それでも見つけられない。いったい、どういうことなんだろう。

少年なら助けてくれるかもしれない。人間にしてはかしこいから。思っていたよりずっとかしこい。泳ぎも少しはできるし、ちょっとのあいだなら息を止めていることもできる。イルカみたいにすらすらと気持ちは伝えられないけれど、言葉のひびきには素朴な温かみがあるし、気持ちもたっぷりこめられているから、言おうとしていることは、だいたい理解することができる。群れがいなくなってしまったことを知ったら、きっといっしょにさがしてくれるだろう。

問題は、話を聞いてくれないことだった。あの少女があらわれてからというもの、けんかばかりしているからだ。

少女のことはよくわからない。一度、入り江にひとりでいたときは、ひょろひょろしたカニみたいな足で浅瀬を歩いてきて、友だちになりたそうにしていた。でも、そばに泳いでいって、ほんの軽くつついただけで、少女は水しぶきをあげて倒れ、ゴホゴホとせきこんだので、イルカはうんざりしてかまうのをやめた。また泳げない人間か。

浜辺は闇につつまれ、静まりかえっていた。人間はふたりとも、死んだように横たわり、身じろぎもせず眠っている。なんて変わっているんだろう。少年が動かなくなるのがいやでたまらなかった。イルカはけっして動きを止めない。動きを止めるのがどんな感じなのか、想像すらできなかった。考えただけでぞっとする。

もどかしくなったイルカは、うろうろとあたりを泳ぎまわった。人間たちは明るくなるまで目をさまさないだろう。それまで、どうしていればいい？　心配のあまり、狩りをする気にもなれなかった。それに、最後に群れの声を聞いたのは〈境目〉だから、そこをはなれるわけにもいかないし。

ひとりぼっちはつらかった。母さんのやさしい息づかいが恋しい。なめらかな体が〈青い深み〉をさっそうと泳ぐ音を聞きたい。妹のことさえ恋しかった。海草の取りあいっこをするときの、まぬけなしぐささえも。

〈上〉はまだ暗いままだったが、イルカは決心した。群れをさがさないといけないけれど、ひとりでは無理だ。無視されるのにもうんざりしてしまった。なんとかして少年に話を聞いてもらおう。
そのためには、どんなイルカも行ったことのないところへ行かなくてはならない。

*

ヒュラスははっと目をさました。夢のなかで、頭のおかしなケフティウ人の少女に短剣を盗まれそうになっていた。

太陽はまだ顔を出していないが、空は白みかけている。短剣はそばにちゃんとあるが、水袋はなくなっていた。小屋のなかに少女の姿はなく、浜辺にも見あたらない。こちらが眠っているあいだに、こっそり水をくみに出かけたのだろう。それとも海に落ちておぼれたか。そうだとすると困ったことになる、いかだづくりを手伝わせないといけないのに。

そう考えていると、少女が岬のふもとのイバラのしげみから姿をあらわした。

「これではっきりした」ヒュラスはそっけなく言った。「どこから水をくんできてるのか。泉かなにかがあるんだろ」

少女は聞いていないようだった。息を切らし、顔を真っ青にして、鎌のような形のほおの傷を赤く燃えたたせている。

「イルカを見つけたんだけど」あえぎながら少女は言った。「ぐあいが悪そうなの」

19

砂の上で

イルカは話を聞いてほしかっただけだった。陸にあがりさえすれば、ふたりが気づいてくれて、群れをさがすのを手伝ってくれるはずだと思っていた。でも、出ていこうとすると、海が腹を立てた。入り江の奥へ奥へと追いやられ、イルカは立ち往生してしまった。

しばらくは、波が寄せてきて尾びれを冷やしてくれていたけれど、やがて潮が引き、すっかり身動きがとれなくなってしまった。身をくねらせ、もがいてみたものの、もどることができない。イルカはこわかった。音は聞こえているのに、どうしても波打ちぎわにとどかない。

それまで、〈上〉に出たことといえば、ジャンプしているちょっとのあいだぐらいで、いつもならかならず冷たく青い水のなかにもどることができた。でも、いまはちがう。恐ろしい場所にはまりこんでしまった。なにもかもがざらざらしていて、茶色くて、かわいていて、おまけに熱い。

イルカは熱さを知らなかった。皮膚がつっぱり、胸びれも痛んだ。空気穴にひっきりなしに砂が入りこむし、体がひどくだるくて、砂を吹き飛ばす元気さえない。もっと悪いことに、いつもならイルカたちが狩りをしやすいように海を照らしてくれる太陽が、美しい緑の太陽が、怒ったように白くギラギラと輝いているのだ。

日ざしがきびしくて目を開けていることもできないので、かわりにまわりの物の形をたしかめようと、カチカチと音を放ってみた。なんの反応もない。〈上〉ではうまくいかないらしい。

いつも聞いているはずの音までがくぐもって聞こえ、そのくせやけに騒がしく感じられる。海のやさしいつぶやきのかわりに、耳ざわりな激しい波の音が聞こえ、キーキーというカモメの鳴き声が、歯にズキズキとひびく。

でも、なによりもつらいのは体の重さだった。海のなかでは、軽々とすばやく動きまわることができるのに、ここではなにかひどく重いものにのしかかられ、砂の上におしつけられているような感じがする。息をするのもひと苦労で、動くのはもっと骨が折れ、頭の上にとまったカモメに顔をつっつかれても、顔をそむけることしかできなかった。

遠くのほうで、小さな声が聞こえた。イルカはかすかな希望を感じた。やっと人間たちが来てくれたんだろうか。鳴き声をあげて助けを呼ぼうとしてみたけれど、その力も残っていない。もう息もたえだえだった。

目がかわいて開けていられないので、人間たちの姿は見えないが、砂利を踏みしめる音で、ふたりがかけよってくるのがわかった。少女の心配と、少年の恐怖が感じとれた。手おくれじゃないかと思っているのだろう。

と、ふいに背中に冷たい水が浴びせられ、ありがたいことに、焼けつくような背びれの痛みがましになった。ふたりが波打ちぎわへとかけていく足音を、イルカはぼんやりと聞いていた。やがてさらに水がかけられ、小さなやさしい胸びれで脇腹をなでられた。空気穴に水が入らないように、ふさいでくれている。来てくれてうれしい、と伝えようとしてみたが、尾びれを動かす力さえ、もう残っていなかった。

しばらくのあいだは、水のおかげで少し元気を取りもどすことができた。それでも熱さはなくならず、あいかわらず〈上〉の重みで、体は砂におしつけられている。

ふたりがかけてくれている水では足りないのだと、イルカはさとった。それぐらいでは、海のかわりにはならない。海がなければ死ぬしかない。人間たちの立てる音がくぐもりはじめた。そばについていてくれるのはわかるけれど、声はどんどん遠くなっていく。

もうだめだ。熱くて恐(おそ)ろしいこの砂の上で死ぬんだ。

仲間たちにも、もう会えないだろう。

20

救出

水袋の水をかけてやると、イルカは少し元気づいたように見えたが、やがて動かなくなってしまった。目は閉じられ、皮膚はあざやかな銀色から、くすんだ灰色に変わっている。

「死んじゃったの？」ピラはそっときいた。

少年はピシャリと言った。「うるさい！」でも、その目には恐怖が宿っていて、少年も同じことを考えているのがわかった。

少年はひざまずくと、イルカの空気穴に耳をおしあてた。

「なにか聞こえる？」ピラはささやいた。

だまってろ、と少年は手ぶりで示した。

ピラは波打ちぎわまで走り、水袋に海水をくんだ。もどってみると、少年はまだ耳をおしつけていた。目が合ったが、ピラのことなど見えてもいないようだ。やがて、顔に表情がもどった。「まだ生きてる。でも、虫の息だ」

ピラはふるえる手で海水をイルカの背中に浴びせた。空気穴のそばにもしぶきがかかったので、おそるおそる手で穴をおおった。自分がふれているのは、女神さまのしもべなのだ。なんておそれ多いんだろう。その穴は、開いているときは満月の形をしていて、閉じるときれいな三日月形になった。手にふれた皮膚は、人間のもののようにやわらかくはなく、みがいた大理石のように、なめらかでかたかった。

「気をつけろよ」少年が注意した。「ちょっとでも穴に水が入ったら、息ができなくなる」

「わかってる、気をつけてるわよ」

「ぼくがやる」少年はピラをひじでおしのけた。「もっと水をくんできてくれ」

「いま行こうと思ったところよ」ピラはぼそりと言った。

少年は聞いていなかった。イルカの脇腹をなで、低い声で呼びかけはじめた。「負けるんじゃないぞ、ぼくがついてる。海にもどしてやるからな。いいか、負けるなよ！」

海への往復をくりかえすのはひと苦労だった。イルカが横たわっているのは、波打ちぎわからほんの数歩とはなれていないところなのだが、焼けつく砂に何度も足を取られてしまう。ピラがへばっているのに気づくと、少年は水袋をもぎとり、自分で水くみに行きはじめた。そのあいだも、イルカに向かって「負けるなよ」と声をかけつづけた。

太陽が高くなってきた。頭に照りつける日ざしを感じながら、イルカはもっと苦しいだろう、とピラは思った。張りついたようなほほ笑みが目に入り、笑っているんじゃないんだと気づいてぞっとした。死にかけているのだ。

「日ざしが強くなってきたわ」

少年はピラをにらみつけた。「だから？」

「だから、日ざしをよけてあげないと、きっと死んじゃうわ」

少年はきっとした顔で口を開いたが、そっけなくこう言った。「たしかに。でも、どうやって？」

ふたりともだまりこみ、頭をひねった。

「帆布！」とふたりは同時に言った。

「ぼくが取ってくる。きみはここにいて、水をかけてやってくれ」

少年は岬をよじのぼると、すぐにまたおりてきた。巻いた縄を肩にかけ、両手に帆布をかかえ、その上に小屋を建てるのに使っていた流木の山をのせて運んでくる。坂の途中からその荷物をほうりなげたので、ピラがそれをかき集めた。少年が日よけをこしらえるあいだ、ピラはイルカのそばにもどり、体をぬらしてやった。

名前があるのかとたずねると、スピリットと呼んでるんだ、と少年は言った。ばかにして笑う気だろうという顔でちらりとこちらを見たので、ピラはイルカにはぴったりの名前ね、と答えた。

まもなく、少年はスピリットをはさむように両脇からはすかいに流木を立て、先端を縄で結びつけて支柱をつくった。ピラも手伝い、その上に帆布を広げると、ぐらついてはいるものの、天幕ができあがった。全身をすっぽりおおうには大きさが足りず、尾びれは一キュービット（ひじから指先までの長さ）ほどはみだしてしまったが、目の細かい毛織物のおかげで、頭と体の大部分を日ざしから守ることができた。スピリットはお礼を言うように、弱々しく尾びれをふった。

次は、海まで引きずっていかなければならない。

ふたりは無言のままスピリットの両脇に立ち、胸びれを片方ずつつかんで引っぱった。まるで山でも動かそうとしているみたいに、びくともしない。

少年は縄の残りを取りあげると、スピリットの尾びれにくくりつけた。「一、二、三。引っぱれ！」

だめだった。

「傷つけちゃってるわ」ピラは息をはずませながら、縄が当たって皮膚がすりむけている場所を指さした。「これじゃだめよ」

少年は答えなかった。スピリットの尾びれの縄をほどくと、砂についた自分の足跡をじっと見おろした。スピリットのそばにある足跡はただのかわいたくぼみだが、波打ちぎわに近いものには、海水がたまっている……。

そのとき、ピラにも少年の考えていることがわかった。「スピリットの体の下を掘ったら――」

「海水が流れこんできて、身動きが取れるようになる」

ふたりは棒をひっつかみ、スピリットの尾びれの下から砂をかきだしはじめた。交代で走っていって水袋に水をくみ、スピリットの体をぬらしては、急いでまた溝を掘る。ようやく溝が貫通すると、泡立った水が、しぶきをあげながら尾びれの下に流れこんできた。ブルブルッとスピリットの全身がふるえた。体の一部だけでも冷やせたから、だいぶ楽になったんだわ、とピラは思った。

少年のほうをちらりと見て笑いかけたが、笑みは返ってこなかった。笑うどころじゃないほど心配なのだ。苦しいくらいに。

尾びれのところまでは、まだ楽だった。スピリットのおなかの下を掘るのは、ずっと大変だった。重くて持ちあげられないので、少年がおなかを片方に転がしているあいだにピラがその下を掘ろうとしてみたが、うまくいかなかった。強くおしすぎて、スピリットの呼吸がますます苦しくなってしまわないかと、少年は気にしていた。

「その棒、気をつけろよ」少年はあえいだ。「スピリットにささくれが刺さらないように」

「ささくれって?」ピラも息をはずませてきいた。「ああ、これね」じきに自分の親指にもそれが刺さり、ピラはそう言った。

ふたりはひざをつき、素手で砂をかきはじめた。おなかの三分の一あたりまでは掘れたものの、それ以上先には進めなくなってしまった。おなかの下には水がたまりはじめているが、浮かべるほどの深さにはぜんぜん足りない。

少年は上体を起こすと、額の汗をぬぐった。「これじゃだめだ、重すぎるんだ」

ピラはうなずいた。ふたりはスピリットの背中ごしに目と目を見交わした。

ピラは日よけに使っている帆布に目をやった。「もし……もし、この布をおなかの下にくぐらせれたら、少しは溝のほうに引っぱれるかもしれないわ」

少年はゆっくりとうなずいた。「でも、また日に当たることになる。ほかの日よけを考えないと」そう言うと、パチンと指を鳴らした。「ネズの木がある」短剣をさやからぬくと、少年はためらうような顔をした。スピリットのそばをはなれてネズを切りに行きたくはないけれど、もしも残るほうを選んだら、短剣をあずけないといけないからだ。

「ヒュラス」ピラはせかした。「スピリットのそばにいてあげなきゃ。短剣をわたして」

ヒュラスは眉をひそめると、短剣を投げてよこした。うまく片手で受けとめられ、ピラはうれしくなったが、ヒュラスは気づきもしなかった。さっそくスピリットに水をかけ、溝が埋まらないように砂をかきだしながら、低い声ではげましはじめた。

ネズはかたく、あちこちに引っかき傷ができたが、ピラはどうにかこうにか枝を何本か切りとり、それをヒュラスのほうへほうった。ヒュラスは針のようにとがった葉も気にせず、手ぎわよく枝を編みあげて屋根をつくると、強い直射日光をさえぎった。それからピラも手伝い、スピリットの体を交互にかたむけ、帆布を引っぱって少しずつ奥まで差しこんでいき、なんとかおなかの真んなかあたりまで持ってきた。それ以上は無理だというところまでおしこむと、ふたりは両脇に立ち、砂の上で足をふんばり、めいめい布の角をつかんだ。

やぶれませんように、とピラは祈った。

「引っぱれ！」ヒュラスが言った。

目の細かい布は、ぴんと張りつめ――もちこたえた。スピリットも役に立とうとするように、弱々しく背中をくねらせた。

そろり、と動いた。

「いまの、感じた？」ピラは息を切らして言った。

ヒュラスは引くのに夢中で返事もしない。

ふたりはくりかえし布を引っぱった。スピリットも、くりかえし背中をくねらせる。

そのたびに、尾びれがじりじりじりと波打ちぎわに近づいていき、海の助けも加わって、重さはほんの少しずつましになりはじめた。

「その調子だ」ヒュラスがあえぎながら言った。

とつぜん、スピリットが激しく体をくねらせ、尾びれで脇腹を打たれたピラは吹き飛ばされた。

ピラは脇腹をおさえながら上体を起こした。ヒュラスは布を引っぱるのと、もがきまわるイルカを浅瀬におしだすのとを、交互にくりかえしている。「よし、いける！」スピリットが布からはなれ、波の下に姿を消すのを、ピラは息をひそめて見守った。

あたりは不安な静けさにつつまれ、寄せては返す波の音だけがひびいていた。泡立った波が砂浜をおおい、たったいままでつづいていた格闘の跡を消し去っていく。

ヒュラスは海に目をやったまま、ピラのそばにもどってきた。「だいじょうぶか」ふりむきもせずに、そう言った。

「まあね」ピラはぼそりと答えた。そしてうめき声をあげながら、よろよろと立ちあがった。「スピリットはだいじょうぶかしら」

ヒュラスは答えなかった。

ふたりは波間に目をこらした。日ざしのきらめきと、青緑色の水。イルカは見あたらない。

手おくれだったらどうしようとピラは思い、恐怖に襲われた。日光に当たりすぎてしまったとしたら？　目の前に、死んだイルカのおなかがぽっかり浮かんできたりしたら？

ヒュラスは眉をひそめて、首をふっている。同じことを考えているのだろう。

と、二本の指を口に当て、口笛を鳴らした。

なにも起きない。

「スピリット！」ヒュラスは大声で呼んだ。太ももまで水につかり、てのひらで水面をたたく。もう一度名前を叫んだ。

ピラは息をつめた。

一陣の風が、悲しげに入り江に吹きよせた。カモメが一羽、翼の先で波間をかすめながら飛んでいく。

そのとき、海がはじけ——スピリットが水上に飛びあがり、耳をつんざくような鳴き声をあげた。

ピラはほっとしてしゃがみこんだ。ヒュラスは立ちつくしていた。背を向けてはいるが、両手で顔をおおうのがピラにはわかった。

スピリットは、入り江の入り口を行ったり来たりしながら、横向きになると、片方の胸びれを空中につきだし、やがてまた水中にもぐると、尾びれをふった。自分の世界にもどれた喜びを表現しているのだ。

ヒュラスはすぐにわれに返った。歓声をあげると、水に飛びこみ、体を沈めると、盛大な水しぶきをあげて飛びだした。「こっちに来て、体を冷やせよ!」そうピラに呼びかけた。

ピラは腕をさすりながら海をじっと見つめた。生まれてからずっとあがめてきた海なのに、入ったことは一度もない。スピリットと友だちになろうとして、海水をおなかいっぱい飲むはめになった、あのとんだ災難を別にすれば。

「無理よ。泳げないもの」

「平気さ! べつにおぼれさせやしないし」ヒュラスはにやりとした。「だって、いかだづくりを手伝ってもらわなけりゃならないだろ」

しりごみをつづけるピラを、ヒュラスとスピリットがじっと見つめていた。あのふたりはあんなに気楽そうなのに、自分はちがう……。

「ところで、名前はなんていうんだ?」ヒュラスが大声できいた。

「ああ……ピラよ」

「そうか、じゃ、ピラ、来いって! スピリットにちゃんとあいさつしろよ。やっと元気になったんだから!」

ピラはためらった。二、三歩足を踏み入れてみると、水が舌なめずりするように足首にまとわりついた。よろめきながら、ひざまで水につかった。やがて底が急に深くなり、心地よい冷たさがわっとおしよせたかと思うと、水に足をすくわれた。暑さも、引っかき傷も、疲れも、みんな洗い清められていく。海は長くひんやりとした指で沈んでいくピラの髪をなで、耳元に歌いかけてきた。

ヒュラスに手首をつかまれ、水面に引っぱりあげられた。「ここなら浅い。足がつくから」

すっかり興奮し、海水を吐きだしながら、ピラは海のリズムに合わせて体を揺らした。つるつるとした海草が足首をなでる。ほこりが洗い流された腕輪が、金色に輝いている。

スピリットが目の前をすうっと通りすぎた。つるつるとした緑色の体が日光を浴びてきらめいている。手でさわってみると、脇腹はひんやりとして、ぬれた絹のようになめらかだった。わたしも命を救うのを手伝ったんだ、とピラの胸に誇らしさがこみあげた。

「今度近づいてきたら」後ろにいるヒュラスが言った。「両手で背びれをつかんでみなよ。乗せてくれるから」

ピラは疑わしそうにヒュラスを見た。

「ほんとだって。ほら、寄ってきた」

スピリットが背びれだけを水の上につきだし、水面のすぐ下をやってきた。

ピラは体をこわばらせた。

「ほら、こわがることないって」

「こわがってなんかないわよ」ピラはもごもごと言った。でも、じつはこわかった。スピリットのことがじゃない。海がこわいのだ。

スピリットがまたそばに寄ってきたとき、今度は考えるのをやめ、背びれのふちに片手をかけ、もう一方の手もあずけた。スピリットは力強く泳ぎだし、ピラを広い海へと連れだした。

「しっかりつかまって、浮かぶようにするんだ！」ヒュラスが後ろから声をかけた。「体を真っすぐにして、足は動かさなくてもいい。腕ものばすんだ、じゃないとじゃまになる！」

がんじょうなイルカの背びれにしがみつきながら、ピラはひんやりとした冷たさが体をかけめぐるのを感じた。目の前では、スピリットのなめらかな頭が浮き沈みしながらすうっと水をかき分け、空気穴はプシューというやさしい音を立てながら開いたり閉じたりしている。力強く上下をつづける尾びれがピラの爪先にふれた。速度がぐんとあがり、ピラは大きな笑い声をあげた。まるで飛んでいるみたい。海のなかを飛んでいるみたいだ。

キラキラと輝く大きな輪を描き終わるころには、ピラは息もつけないほど興奮しきっていた。やがてスピリットは、ヒュラスが待つ入り江へともどった。胸びれを広げてスピリットが速度を落とすと、ピラは背びれから手をはなした。足が海草のなかに沈みこみ、波におし流されそうになりながら、なんとかちゃんと立つことができた。

ヒュラスは腰まで海に入ったまま、スピリットが背中を丸めて水にもぐり、青い世界に消えるのを見つめていた。そして、「やったな」とつぶやいた。

ピラは息をはずませたまま、鏡のような水面をのぞきこんだ。足がうす緑色に染まり、揺らめく紫色の海草に半分埋まっている。海草のなかで、なにかがキラリと光った。

「海に捧げ物をしないと。スピリットを生かしてくれてありがとう、って」ヒュラスが言った。

「もうしたわ。下を見て」

ピラのチュニックについている小さな金の斧がひとつはずれ、底に沈んでいる。

「ああ、それはいいや」ヒュラスがうなずきながら言った。「うん、ほんとにいい」

21

青い火

一日じゅう、食べ物のことはすっかり忘れていたが、ヒュラスは急にひどい空腹に襲われた。

ピラとふたりで食料さがしに出かけると、島はこころよく協力してくれた。ヒュラスは潮だまりでカニをつかまえ、投石器でカモメをしとめた。ピラのほうは岩のあいだに生えたへんてこな植物を見つけてきて、クリスムムというのよ、と言った。緑色で、なんだか太っちょの赤ん坊の指みたいだ、とヒュラスは思った。

スピリットも手伝ってくれ、ぬるぬるとした灰色のかたまりを浜辺にほうってくれた。それは横たわったまま、弱々しくのたくっていた。タコだ。ヒュラスは海にもどそうとしたが、ピラは殺して、と言った。はらわたも取ってとたのまれたが、それは自分でやれ、と言ってやった。ピラは、そんなものを見るのは初めてだというように顔をしかめながら、棒切れではらわたをかきだした。それからたき火でそのタコを焼いた。

ふたりはたがいの獲物を分けあった。タコは青い血をしているから神聖なのよ、と聞かされ、ヒュラスは気分が悪くなりかけたが、いざ食べてみれば、とてもおいしかった。嚙みごたえがあって、甘い。クリスムムも悪くなかった。ピラが割ってしまった瓶のかけらを使って煮こむと、それはオオアザミのようにシャキシャキとしていて、海の味がした。

食べ終わるころには、太陽がかたむきかけ、崖の影がのびてきていた。ヒュラスはイバラのとげで歯をせせり、ピラは顔をしかめながらもつれた髪を指でとかした。チュニックについた小さな金の斧は、さらに二、三個ほど取れてしまったが、まだ首飾りと腕輪が残っている。ほおの傷は真っ赤にはれている。髪のもつれは気にするのに、やけどのことはひとことも泣きごとを言わないなんて、変わってるな、とヒュラスは思った。

ゼニアオイの根を取ってきて、湿布してやろうかと思ったが、考えなおした。スピリットを助ける手伝いをしてはくれたが、だからといって友だちになったわけじゃない。ピラの一族がカラス族の仲間だということを、忘れてはいなかった。

それに、置きざりにしなきゃならない相手と、友だちになんてなれるわけがない。うしろめたい気持ちはどんどん強くなっているが、ほかに方法はない。ピラをリュコニアまで送りとどけることはできない。イシをさがさなければならないから。きっとだいじょうぶさ、とヒュラスは思いこもうとした。たっぷりと食べ物を置いていってやるつもりだし、そのうち小舟かなにかが通りかかるだろうから、助けてもらえるはずだ。それがカラス族のものだったとしても、ヒュラスにはどうしようもない。

夕暮れになると、ピラはそわそわとしはじめた。ハリネズミをこわがっているのだろう。そのことなら、なんとかしてやれる。ハリネズミの本当の姿を話して聞かせると、ピラがあんまりびっくりした顔をするので、ヒュラスは笑いだしてしまった。砂利の上を転げながら大笑いしていると、ピラのほうも、片手でほおのかさぶたをかばいながら苦笑いをした。

「あんなでたらめを言うなんて、信じられない」ピラはうらめしそうに言った。

ヒュラスは涙をぬぐった。「さっきの顔、見せてやりたかったよ」

ピラは腕輪をいじくった。「あなた、ほんとは戦士じゃないでしょ」

「きみだって、呪いなんかかけられないだろ」

ふたりはためらいがちに、にやっと笑みを交わした。

「でも、わたしは大巫女の娘よ。それはうそじゃないわ」

「じゃあ、なんで逃げだしたりしたんだ？」

ピラは顔をくもらせた。「どうしようもなかったのよ」

「そんなことないだろ。きみは裕福なんだから。なんでも持ってるんだろ」

「ええ、そう、たしかに裕福よ」ピラは意外なほど苦々しげにそう言った。「このチュニックを見て。これはケフティウ独特の紫色なの。巻貝を何千個も使ってつくるのよ。金より高いの」

ヒュラスはフンと鼻を鳴らした。「それもうそっぱちだろ」

ピラはふしぎそうにヒュラスを見た。「あなた、あんまりものを知らないのね」

「きみよりは知ってるさ」

「ケフティウのことは別でしょ。どこにあるかだって知らないはずよ」

ヒュラスはだまりこんだ。

「ずっと南のほうにあって、アカイアと同じくらい広いけれど、戦士はいなくて、農民と職人と船乗りだけなの。そしてみんな、作物だとか、家畜だとか、器だとか、自分でつくったもののなかから、十二分の一だけを女神の館におさめるの。わたしはそこに住んでるのよ。あなたのところの族長の要砦の十倍は広くて――」

「まさか。そんな大きなもの、あるはずがない」

「あるのよ」

ヒュラスは疑わしげな目でピラを見た。「なんだってみんなが自分のものをおさめなくちゃならないんだ?」

ピラはたじろいだ。「昔、ケフティウの北に、島があったの。ほかのどこよりも豊かで、美しいところだった。でも、〈地を揺るがす者〉がそこの住人たちに腹を立てて、力いっぱい足を踏み鳴らしたから、島は爆発したの。そしたら、海に大波が立って、それがケフティウまでおしよせたの。太陽まで暗くなって、地揺れが起きて、女神の館もこわれてしまった」ピラは言葉を切って、炎を見つめた。「わたしが生まれるずっと前の話だし、いまは元どおり建てなおされたけど、みんな忘れてはいないの。海は命をあたえてくれるけど、死ももたらすのよ」

ヒュラスは歯のすきまから肉のかけらをほじくりだした。「山にもときどき地揺れは起きるけど、そんなにひどくはない。おもしろいな。きみたちが〈女神〉って呼んでいる神を、ぼくらは〈野の生き物の母〉って呼んでる。でも〈地を揺るがす者〉は同じなんだな」

ピラは口元をゆがめた。「アカイア人も、たまには正しいことがあるのね」

「ぼくはリュコニア人だ」

ピラは肩をすくめた。「同じことよ。リュコニアはアカイアの一部だもの」

ヒュラスは流木を火にくべた。「それで、その女神の館だけど。どんなところなんだ?」

「そう、人がいっぱいいるわ。ミツバチの群れみたいに。石づくりのハチの巣、ってわたしは呼んでるの。いつもだれかに見られてるわ」

ピラの話を聞きながら、ヒュラスは白く輝く石づくりの広大な村を思いうかべた。とてつもなく大きな、みがきたてられた青銅の両刃の斧に、水晶や打ちのばした金でできた、生け贄用の器。甘い黒ワインの入った、十キュービットもの高さがある瓶、そして襲いかかってくる雄牛を宙返りで飛びこす上半身はだかの男たち。どれもみな、神々をなだめ、わざわいを遠ざけるためのものだそうだ。

「わたしが裕福なのはそういうわけなの。でも、生まれてからずっと、石の牢屋に閉じこめられてきたのよ」

「そりゃひどいな」ヒュラスは皮肉っぽく言った。「暖かい服。寝るのはやわらかい羊毛の上。毎日肉が食べられる。そんなの、たえられないよな」

ピラは顔をしかめた。「わかってくれるなんて期待してなかったわ」

「なんで顔を傷つけたりしたんだ」

ピラはちらりとヒュラスを見た。「あなたの短剣、なにでできてるか知ってる?」

「えっ?」ヒュラスはぎくりとした。「もちろんさ。青銅だろ」

「なら、青銅がなにかも知ってるわけ? 銅と錫でつくるのよ。地面の底から掘りだしてきて、それを火のなかでまぜあわせるの」

「それと、顔の傷と、なんの関係がある?」

「大ありよ」とピラは急に声を張りあげた。「アカイア人は、武器をつくるのに青銅をほしがってる。銅はたくさんあるけれど、錫がないのよ。ケフティウでも青銅は必要で、こっちには銅も錫もないけど、東のほうの砂漠から錫を手に入れることができる。だから、わたしの母は、アカイアの族長と取引をしたってわけ。錫と銅を交換するのよ。そうすれば、ケフティウもアカイアも青銅をつくれるから」

「どこに問題があるんだ?」

「まだつづきがあるの」たき火に照らされ、ピラの顔はタカのようにけわしく見える。「取引を確実にするために、母はわたしを花嫁としてさしだすことにしたの。でも、わたしはまっぴらなの！　だから、顔に傷をつければ、みにくくなって、もういらないと言われるだろうと思ったのよ。でもまちがいだった。だから逃げだしたってわけ」

ヒュラスは平気な顔でピラを見た。「きみ、飢えたことがないんだろ」

「食べ物？」ピラはばかにするように叫んだ。「それしか頭にないの？」

ヒュラスは棒を拾いあげ、火をかきたてた。「食べ物も持たずにかい。まぬけだな」

「あるわよ、この島に来て――」

「いや、ないね。漁師に何匹かボラをもらったんだろ。そんなの飢えるうちに入らない。本物の飢えってのは、痛いぐらいなんだ」

「あら、あなただってヤギ飼いだったなら、飢えることとなんてなかったでしょ。ミルクも飲めるし、ほしければ肉だって食べられるじゃない」

ヒュラスは大声で笑った。「ぼくのヤギなんかじゃないさ！　ミルクだって、ちょっと盗み飲みしただけで、ぶたれるんだ」

ピラは驚いた顔をした。「ぶたれるの？」

今度はヒュラスが肩をすくめる番だった。「だから？　そんなのめずらしくもない」

「でも……なんで逃げなかったのよ」

ヒュラスはいらだって言った。「もちろん逃げたさ！　でも、そのたびに犬をはなされて、あとを追われた。それに、このあいだつかまったときは……ぼくはぶたれなかった。イシがぶたれたんだ」

「イシって？」

ヒュラスは棒を投げすてると、「もうすぐ暗くなる」とそっけなく言った。「小屋をつくりなおさないと、寝る場所がない」

小屋をつくりなおしたあと、ヒュラスはスピリットにあげようと、カニの甲羅を持って浅瀬に向かった。

＊

自分に腹を立てていた。ピラの女神の館の話にすっかり気を取られてしまい、カラス族のことはひとこともきけなかった。

じつのところ、スピリットを助けるのにかかりきりで、自分がなんでこんな島にいるのかも忘れかけていた。でも、いまはちがう。逃げてばかりいるのも、生きのびようとするだけなのも、もううんざりだった。カラス族はなにかの理由があって、よそ者を追っている。その理由を探りだすつもりだった。

スピリットはカニの甲羅を気に入ってくれなかった。一、二度ほうりなげてみただけで、目もくれなくなった。先ほどのショックからは立ちなおったようだが、元気のない、ものうげなようすに見える。ヒュラスが水に入ると、小首をかしげ、悲しげな目で見つめてきた。

そのとき初めて、ふしぎに思った。なぜスピリットは岸に乗りあげてしまったのだろう。「なんであんなことしたんだい」ヒュラスはやさしくたずねた。「なんで陸になんてあがろうとしたんだ?」

イルカは水中に消え、あとには水面に揺れる月明かりだけが残った。

どうしてスピリットはひとりきりなんだろう。家族はどこにいる? ひょっとしてさがしているんだろうか。それで岸に乗りあげたとか?

自分がイシをさがしているように、スピリットも妹をさがしている。そうなんだろうか。

「さびしいんだわ」と背後でピラの声がした。浅瀬に立つかぼそい体が、暗がりのなかに沈んでいる。「群れはいないの？　家族も？」

「はぐれたんだ。どこにいるのかわからない」

「だから悲しそうなのね。イルカは一頭で暮らしたりしないから」

「イルカのなにを知ってるっていうんだ？」ヒュラスはそっけなく言った。

ピラはにっこりした。「ケフティウ人なら、だれでもイルカのことを知ってるわ。海を守ってくれるから。だからイルカを殺すと死刑になるの」

「知ってるさ」ヒュラスはうそをついた。

深みへと入っていきながら、ピラが手をさしのべると、スピリットはなでてもらおうと近よってきた。「イルカはいっときも止まらないって言われてるの。海のなかの音はなんでも聞けるし。それに暗闇でも、ものが見えるのよ。ものを見通すことだってできるの。砂の下にかくれたカレイだって見つけられるし、母イルカのおなかにいる赤ん坊も見えるの。人間の胸で心臓が動いているのだって見通しちゃうのよ」ピラはいったん言葉を切ってからつけくわえた。「でも、イルカと話ができる人を見たのは、初めてだけど」

「いや、ほんとに話せるわけじゃない」ヒュラスは白状した。「イルカ同士で話すみたいには。ただ、たまにスピリットの気持ちがわかることがあるんだ。それに、目が合ったら、まるで……まるでこっちの心を見すかされてるような気がして……」ヒュラスはばつが悪くなり、話をやめた。

スピリットは円を描くように泳ぎ、ピラの顔に胸びれで水を引っかけた。ピラは笑い声をあげた。

気づけば、ヒュラスは漂流したことや、サメのこと、そしてイルカに救われたことまで打ち明けていた。話すとすっきりしたが、青い火のことを告げると、ピラは息をのんだ。

「青い火を見たの!?」

「だから？　なんか意味があるのか？」

ピラはためらった。「ときどき、女神さまはイルカを集めて命令をくだすの。すぐそばまで近づくから、イルカたちは、青く燃えている女神さまの影を浴びることになるの。影よ、ヒュラス！　それが青い火なの。あなた、それを見たのよ」

岸にあがると、ひんやりとした夜風がヒュラスの肌をなでた。初めてスピリットを見たときのことを思いだした。青い光を放ちながら、海のなかから浮かびあがってきたっけ。息苦しく、こわいようだった。スピリットには神聖でなんていてほしくない。友だちでいてほしいのに。

ピラもチュニックのすそをしぼりながら岸にあがってくると、静かに言った。「青い火を見た人はそういないわ。どうしてあなたには見えたのかしら」

ヒュラスは墓のなかで死んだケフティウ人のことを思いうかべた。波間にただよっていった髪の束のことも。なにかえたいの知れない、とほうもなく大きなものにつかまえられてしまったように思え、不安がよぎった。どうして自分はこの女神の島にたどりついたんだろう。切り立った断崖のせいで、島の奥へは入れないが、あの向こうにはなにがあるんだろう。

「ヒュラス、あなた、何者なの？」

ピラのほうからその話を持ちだしたのが意外だった。「やつらはよそ者を追ってるんだ」ヒュラスは警戒しながら言った。

「あなたはその、よそ者なわけ？　それ、どういう意味？」

ヒュラスは説明した。「ケフティウ人は、野山の民と呼んでると思う」

ピラは考えこんだ。「聞いたことがあるわ。ケフティウにはそんなに残っていないけど。高い山の上に住んでるって言われてる。でも、アカイアにもいるのは知らなかった。それで、なぜカラス族はよそ者を追ってるわけ？」

「きみが教えてくれよ、いっしょに野営してただろ」

ピラは気色ばんだ。「母は取引をしてるかもしれないけど、わたしの仲間じゃないわ。そんなふうに思ってるの？」

「でも、ちょっとぐらいは知ってるだろ！　あの夜、なんであの浜辺でぼくを追ってきたのか」

「知らないわよ！　ユセレフの話じゃ――」

「ユセレフって？」

「わたしの奴隷よ。あなたが族長のテストールの息子を殺そうとしたって話を聞いたって。でもわたしたち、そんなのただの――」

「なんだって？」ヒュラスはかっとなった。「そんなのうそだ！」

「だから、わたしたちは信じてなかったのよ――」

「テラモンを傷つけたりするもんか、親友なんだから！」

ピラはあんぐりと口を開けた。「あなたが、テストールの息子の友だち？　でも、そんなの変だわ」

「なんでさ、向こうは裕福で、ぼくが貧乏だからか？」

「ちがうわ、わたしのいいなずけがその子だからよ、それに――」

「テラモンが？　あいつがきみのいいなずけだって？　なのにそれをだまってたのか」

「なんで言わなきゃならないの？　あなたたちが友だちだなんて、これっぽっちも思わなかったんだから！」

「なんでだよ？」

ピラは返事をしようと口を開きかけたが、また閉じた。顔から表情が消えた。これ以上はひとことともしゃべらないことに決めたのだろう。こちらが信用していないのと同じように、向こうもこちらを信用してはいない。

「なにかかくしごとをしてるだろ」ヒュラスはなじった。

「あなたもね」ピラもピシャリと言いかえした。「その短剣、どこで手に入れたわけ？　わたしの国でよそ者がなんて呼ばれているか、どうして知ってるのよ。わたしの前にもケフティウ人に会ったことがあるの？」

ヒュラスはだまっていた。ふたりのあいだにめばえかけていた親しさは、あっけなくくだけちった。

「ちょっとは寝たほうがいい」ヒュラスはそっけなく言った。

「そうね」ピラもぼそっと答えた。

その夜、小屋に横になったヒュラスは、浜辺に打ちよせる黒々とした水の音を聞いていた。

テラモンは一度もケフティウとの取引の話なんてしなかった。そもそも、ラピトスのことはなにも話そうとはしなかった。自慢になるからと言って。結婚のことも、ばつが悪かったんだろう。

でなければ、ピラがうそをついているのかもしれない。話をでっちあげて、カラス族からヒュラスの気をそらそうとしているのかもしれない。

海には静けさがおとずれ、三日月が昇りはじめたが、ヒュラスは寝つかれなかった。話題にしたことで、カラス族の存在がぐんと近くなったような気がしていた。黒い帆をあげた何隻もの不気味な船が、猛然と自分を追ってくるところが目に浮かんだ。海はやつらをここまで運んでくるのだろうか。

ピラは裏切るのだろうか。

ピラの小屋はしんと静まりかえっているが、息づかいから眠っていないのがわかった。

なにかかくしごとをしている。そうにちがいない。

とにかく、これだけはたしかだ。ピラは信用できない。いかだを組み立てたら、置きざりにするしかない。

22 いかだ

ヒュラスともだいぶ打ちとけられてきたみたい、とピラは思っていたが、ゆうべのことで、すべてが変わってしまった。ありえないとは思うけれど、ヒュラスが族長の息子の友だちだというのが本当なら、なるべくなにも話さないでいるほうがいい。

用心しながらヒュラスのいかだづくりを手伝い、アカイアに着いたら逃げだすことに決めた。そのあとなにが起きるかは、ピラにもはっきりわからなかった。それよりも、もっと深刻な気がかりがあった。ヒュラスに置きざりにされるかもしれないという不安がめばえてきたのだ。

考えすぎだと思いたかった。いくらヒュラスがリュコニア人だからって、そこまでひどいことはできないはずだ。でも、もしも予感が当たっていたら、どうしよう?

いかだづくりは大仕事だった。ヒュラスが歩み板がわりの櫂を伝って船にわたるあいだ、ピラは岩場で待っていた。それからヒュラスは船倉で見つけた斧で船板を切りだし、それに縄を結びつけると、縄の反対側の端をピラに投げてよこした。これがなによりむずかしかった。必死で手をのばしても、縄をつかむことができず、そのたびに怒鳴られた。ようやく受けとめられると、ヒュラスが櫂をあぶなっかしくわたってもどってきて、ピラといっしょに船板をたぐりよせた。

さらに、蜜ろうのかたまりも三つ見つかった。溶かしてすきまをふさぐのに使える。割れていない瓶も四つ手に入った。封のようすから見て、中身はオリーブらしかった。

日が沈むころには、ふたりはけんかもできないほどくたびれはて、たき火のそばにすわり、だまりこんで指に刺さったとげをぬいていた。

次の日は、船で見つけたものを残らず野営地まで引きずってこなければならなかった。海から見えないように、岩場の陰でいかだを組み立てようとヒュラスが言い張ったからだ。たしかに、カラス族がいつあらわれないともかぎらなかった。ふたりとも、水平線に船影が見えやしないかと、ひっきりなしにたしかめた。

ヒュラスは断固とした顔で作業をつづけ、ときどき魚や鳥のわなをしかけに行く以外は休もうとしなかった。水のありかをたずねようともせず、ピラが洞窟の話を持ちだしても、うなずくだけでなにもきいてこなかった。

きいてくれればいいのにとピラは思った。洞窟がいやでたまらないからだ。入り口にはとげだらけの白いツルボランがピラの背丈よりも高くしげっていて、なかに入るには、腕を胸におしあてて後ろ向きに体をおしこみ、それから冷たくじめっとした、ゴボゴボと音のする暗闇のなかに飛びこまなければならなかった。なかは真っすぐ立てるほどの高さもなく、岩におさえつけられているような気分になった。それでも、自分のほうがくわしいことといえばその洞窟だけなので、ヒュラスに水くみをかわってほしいとたのむわけにはいかなかった。

かといって、とりたててけんかになるわけでもなかったので、ピラは自分の疑いが気のせいだったのかもしれないと思いはじめた。一度など、ヒュラスは難破船で見つけたサンダルをピラに合うように小さく切り、それを投げてよこしてくれさえした。泳ぎも教えてくれた。といっても、潮だまりにピラを飛びこませ、手足を動かすんだ、と叫ぶだけだったけれど。おかげでいやというほど海水を飲みこんだが、最後には泳げるようになった。

きのうの夜、ヒュラスは夢にうなされ、小屋のなかでじたばたと暴れながら、「イシ！　スクラム！　どこにいるんだ？」と叫んでいた。ピラが揺りおこすと、ヒュラスはぼんやりとした、たよりなげな顔になった。イシのことをたずねると、ためらいながら、それが自分の妹で、カラス族に襲撃されたときにはぐれてしまったのだと教えてくれた。飼い犬のスクラムが殺されたことも。ピラは気の毒に思いながら、犬を飼っていたヒュラスをうらやましくも感じた。それでも、イシの話をしてくれたのはうれしかった。それに興味も引かれていた。妹がいたらどんな感じなんだろうと、ずっと想像していたから。

三日目、いかだの組み立てがはじまった。船から取ってきたのは、長い船板が九枚、丸太が二本――ヒュラスによれば、転がすのに使うのだそうだ――、そして短めの板が四枚だった。ヒュラスは二枚の短い板を三歩分ほどはなして置き、それからふたりでその上に長い板をならべていった。あとは短い板の残り二枚を上からわたし、その板の端っこ同士を縄で結び、あいだにある長い板を固定すればいい。

いざやってみると、とんでもなく大変なのがわかった。上下の板と板の端をしっかり結びつけるために、石を積んで上からおさえつけ、板に切れこみを入れて、やっとのことで縄がすべらないようにした。舵をどうするかも問題だった。でも、ピラが母の部屋の絵に描かれていたエジプトのはしけを思いだし、三本の棒を組みあわせた台に櫂を取りつければいい、と提案した。

ようやく、いかだは完成した。

「うまくできたわね」ピラは誇らしげに言った。

「まあ、使えるな」ヒュラスは、航海にそなえてつくっておいたボラの干物をせっせと集めてまわり、ほかの食料もいかだにくくりつけていた。拾ってきた瓶のうち、ふたつだけをいかだにのせ、あとのふたつを残そうとしている。船倉で見つけたふたつ目の水袋も。

それが自分の分だと気づき、ピラは落ちていくような感覚を味わった。気のせいじゃなかった。本気で置きざりにするつもりなんだ。

心細さと、怒りと、痛みとが、ピラのなかで争っていた。勝ったのは怒りだった。両手がうずうずする。耳のなかで血がドクドクと音を立てる。こぶしでヒュラスをなぐり、こう叫んでやりたかった。「このうす汚い卑怯者のうそつき！」

「その縄を取ってくれないか」ヒュラスがぼそっと言った。

「自分でどうぞ」ピラはピシャリと言いかえした。

ヒュラスがふりむいた。「どうしたんだよ」

「さあ、どうしたのかしらね」ピラは取りすました声で言った。「きっと、何日も奴隷みたいにこき使われたのに、いっしょに連れていくっていう約束がうそだったから、ちょっとだけ怒ってるのかもね」

ヒュラスは顔を赤くした。

「ねえ、そうなんでしょ」

「うん」

「うん、ですって？　言うことはそれだけ？」

「うん」

ピラはあっけに取られた。「あなたには、誇りってものがないの？」

ヒュラスは鼻で笑った。「誇りなんて、飢えることを知らないやつらのものさ」

「じゃ、感謝は？　わたし、スピリットを救うのを手伝ったじゃない！　このお粗末ないかだをつくるのだって、手伝ったわ！」

ヒュラスは立ちあがり、ピラと目を合わせた。悪びれもしない、平然とした目だった。「悪いな。でも、妹を見つけないといけないんだ。きみはじゃまになる」きっぱりとそう言った。

「じゃまですって？」ピラはいきりたった。「わたしが手伝わなかったら――」

「なあ、ピラ。ぼくひとりじゃ、リュコニアまで行くには何日もかかる。いかだにふたりも乗ったら、食料はどうするんだ。ぼくひとりじゃ、ふたり分の魚はとれないし、きみに漁は無理だろ。てことは、ふたりとも飢え死にするか、でなきゃきみを海にほうりだして、サメのえさにするしかない。ここに置いていったほうが、まだチャンスがある。安全だし」

「へえ、だから感謝しろっていうわけ？」

「いや。こうするよりほかないから、納得してほしいんだ」

「なんてひどいやつ！　自分のことしか頭にないのね！」

「もしいっしょに来たとして」ヒュラスは腹立たしいほど冷静に言った。「着いたあとは、どうするつもりだい？　リュコニアには行きたくないんだろ。それにケフティウにももどれない。どこへ行くっていうんだ」

「大っきらい！」ピラは叫び、水袋をふたつともひっつかむと、岬へとかけだした。

＊

あまりにカッカしていたので、ピラは洞窟がこわいことさえ忘れかけていた。

歯を食いしばりながら、入り口のしげみを通りぬけ、暗がりに飛びこむと、わき水のなかに水袋をつっこみ、子ネコでもしめ殺すみたいに、袋の首の部分をにぎりしめた。

でも、重たい水袋をふたつかかえてまた岬をのぼりだすころには、ピラの怒りは燃えつき、気持ちもすっかり落ちこんでいた。ヒュラスに見捨てられたってしかたがない。当然だわ。こんなに役立たずなんだもの。怒鳴ったりしても、なんにもならないのに。かんしゃく持ちなんて連れていく価値もないと確信させてしまっただけだ。

行くあてがないというのも、そのとおりだ。心細さがおしよせた。気にかけてくれる人なんて、だれもいないんだ。

パラパラと小石が落ちてきて、顔をあげると、ヒュラスがかけおりてくるのが目に入った。

「なんの用なの」ピラは力なく言った。

ヒュラスはピラの手首をつかむと、そのまま斜面をかけおりた。「急いで！」ヒュラスは息を切らして言った。「洞窟はどこにある？」

「なんなの？」

「洞窟だよ、洞窟。かくれなきゃ！　船が来た！」

23

二隻の船

「スピリットが知らせてくれたんだ」斜面を急いでくだりながら、ヒュラスは荒い息で言った。「尾びれで水をたたいて」

「船は何隻いるの？」

「二隻。でも、遠すぎて、カラス族のものかどうかはわからない。ここが洞窟かい？」ふたりはツルボランのしげみにたどりついた。

「わたしが先に行くわ」ピラは洞窟の入り口に体をおしこみ、岩の地面に飛びおりた。恐怖で心臓がきゅっとなる。湾に停泊した船から男たちがおりてきて、水しぶきをあげながら陸にあがってくるところが目に浮かんだ。母は情け容赦がない。島全体をくまなくさがさせるだろう……。

「受けとってくれ！」ヒュラスが水袋を投げおろし、ピラのとなりに飛びおりた。

ヒュラスは、火をつけた大ウイキョウの茎を二本持ってきていた。その機転にピラはすっかり感心した。それに洞窟をこわがるようすもない。ピラはといえば、かぼそい明かりでまわりの闇がますます深く思えていた。ここは生者の世界と死者の世界をつなぐ通路だから、そこらじゅう幽霊だらけのはずだ。ヒュラスはなにも感じないのだろうか。

ヒュラスはあたりをうろつき、岩の割れ目をのぞきこみ、やがてひざまずくと、足元を流れる黒々とした水を口にふくんで、「よかった」とつぶやいた。「ここなら何日だってかくれていられる」

「いえ、無理よ」ピラはあわてて言った。「せまいから、空気が足りなくなるわ」

「だいじょうぶさ、風の通り道がある」ヒュラスは鼻をクンクンいわせた。「しょっぱいにおいがする。海につながってるんだ」そしてパチンと指を鳴らした。「いま思いだした。最初に島に着いたとき、海に面した洞窟があるのを見たんだ。そこから風が流れてきているんだろう」

「ヒュラス――」

ヒュラスはじめじめとした二本の岩の柱のすきまに頭をつっこんだ。「見つけたぞ」ピラが止めるまもなく、ヒュラスは体を横にしてすきまにもぐりこみ、姿を消した。

「ヒュラス！」

「来てみろよ、広くなってる！」

ピラは歯を食いしばり、ヒュラスを追ってすきまに体をおしこんだ。

通りぬけた先には、立つこともできないほどせまくるしい洞窟がつづいていた。空気が息でしめっている。「迷っちゃうわ！」ピラはあえいだ。

「いや、だいじょうぶ。入り口近くの、背の高い岩をおぼえておくんだ。曲がり角にあった手みたいな形の赤い岩も――」

「でも、なんで奥に行かなきゃならないの？」

「船を見に行くためさ。じゃないと、通りすぎてしまったのか、真っすぐこっちに向かってきているのかわからない……」カーブを曲がったヒュラスの声が遠くなった。

ピラは息をはずませ、頭を低くしたままヒュラスのあとを追った。ウイキョウのたいまつの明かりがチラチラと揺れるせいで、岩肌が飛びだしてきたり、なにかの影がそろりと動くような気がしてしかたがない。岩に閉じこめられた静寂のなかに、ポタンと水のたれる音がこだました。

なにかが足首をなでた。ピラは悲鳴をあげた。

それは古びてすっかりしおれた花輪で、サンダルの爪先でつつくと、あっけなく粉々になった。ピラは印章をまさぐった。自分のおびえが岩肌に反響しているような気がする。暗がりのなかには、何年も前の夏に収穫された大麦のしなびた穂や、枯れて灰色になったオリーブの葉まで見つかった。以前にもだれかがここに入ったことがあるのだ。〈消えた人々〉のことが頭をよぎった。大昔、この島に暮らしていて、謎の失踪をとげたあの人々のことが。

岩の割れ目やすきまのあちこちに、小さな捧げ物がおしこまれているのが目に入った。粘土でできた小さな鳥や雄牛やヘビ。ケフティウの人々も同じことをする。山の峰や洞窟といった神聖な場所をおとずれ、その年初めて収穫した作物や、粘土や青銅でできた小さな動物の人形をそこに捧げる。

岩のでっぱりの上には、小さな粘土のイルカも見つかった。横倒しになり、絵の具で描かれた目は色あせているけれど、なぜか生き生きとして見える。

前を歩くヒュラスのたいまつの火が小さくなった。

ピラはイルカを真っすぐに立てて、足早にヒュラスのあとを追った。

*

陸に乗りあげたとき、ひどくこわい思いをしたので、イルカは二度とそこへもどるつもりはなかった。群れのことさえなければ。仲間たちは島のどこかに閉じこめられていて、しだいに弱ってきているのが鳴き声でわかった。

そして今度は、少年と少女まで島にのみこまれてしまった。

ふたりを見捨てるわけにはいかなかった。助けてもらったからだけではない。これまで会った人間のだれよりも、ふたりのことが好きだからだ。つらいめにあってほしくはなかった。

とくに少年には。どんなにいそがしそうなときでも、イルカが近くにいると、胸びれで水面をたたいてくれるし、そばまで泳いでいくと、体をなでてくれ、ボソボソとしたへんてこな言葉で話しかけてくれるから。

ときどき、〈上〉が暗くなって少女が寝入ったあとに、少年が浅瀬までやってきて静かにたたずみ、イルカがそのまわりを泳ぐこともあった。そんなときは、言葉なんて交わさなくても、それぞれの家族を思いながら孤独を分かちあうことができた。

それにしても、人間というのはなんてみじめな生き物なんだろう！ あんなにも恐ろしい、たえがたい熱さのなかで生活しないといけないなんて！ ゆらゆらと揺らめくひんやりとした緑の海草の森もないから、そこを泳ぎまわるおいしいタイにもありつけない。暗い海の底で狩りもできないし、カチカチと音を飛ばして砂の下にひそんだアカエイを見つけることもできない。そう思うと、少年を胸びれでかかえて、いっしょに海にもぐりたくてたまらなくなった。うす明かりのさす青い世界から、〈黒い底〉まで連れていき、海とともに生きるイルカの暮らしを教えてあげたかった。

だから、島をはなれるわけにはいかなかった。心配と、同情と、愛情がごちゃまぜになって、島にしばりつけられているようなものだった。群れを見つけないといけないし、人間たちの面倒も見てあげなくちゃならない。

でも、いったいどうしてふたりは、あの穴のなかに消えてしまったんだろう。

少し前から、イルカは少年と少女がなにかからかくれていることに気づいていた。ふたりともしょっちゅう海に目をこらしていたし、ふたりのおびえがピリピリと水を伝わってきていたから。ほかの人間たちから逃げているんだろうと思っていたが、その想像は当たっていた。木のかたまりが海に浮かんでいるよ、とイルカが警告すると、少年は逃げだした。

でもなんだって、二匹のウナギみたいに穴にかくれるんだろう。それも、よりによってあの穴なんかに。

あの穴は、〈歌うこだまの場所〉に通じている。イルカならだれでも知っているけれど、だれも行ったことはない。イルカが行くべき場所ではないし、人間だってそうだ。そこは歌うこだまと、あわれなやせっぽちの幽霊たちの場所だから。それにときどきは、〈光り輝く者〉もやってくる。

洞窟から注ぎだしてくるややこしい水の流れに乗りながら、イルカはどうしたものかと思案した。島の奥のほうからは、くぐもったふたりの声が聞こえてきている。そんなところでなにをやっているんだろう。どんなにそこが危険か、わかっていないのだろうか。

空の青さが濃くなってきた。じきに暗くなるだろう。それでもイルカは、しきりにふたりの声を聞きとろうとしていた。

そのとき、イルカは新たな危険を感じとった。ひれと下あごがピリピリする。不安な気持ちになった。

だれかが怒っている。そしてそのだれかは、ひとたび怒りだすと巨大な尻尾で海を打ちのめし、山々を丸ごと崩壊させるのだ。

イルカにとって、それはだれよりも恐ろしい存在だった。

〈底にいる者〉。

＊

「ほら！」ピラのとなりでヒュラスがささやいた。「船が二隻。見えるだろ？」

ピラはうなずいた。

真っ暗な洞窟をぬけて、海に向かってひらけた岩場へ出られたときは、最高の気分だった。ここまで来るのは大変だった。足元に地下水が流れていて、しょっちゅうそこに落ちそうになるので、岩壁に体をへばりつかせて、じりじりと進まなければならなかった。ようやく出口にたどりつくと、そこには、スピリットが歯を嚙み鳴らしながら行ったり来たりしていた。興奮したようすだった。船のせいなのか、ほかのもののせいなのかはわからない、とヒュラスは言った。ピラはそれどころではなかった。心臓のドキドキがおさまると、しょっぱい空気を飢えたように吸いこんだ。

横にいるヒュラスが、ふうっと息を吐きだした。「さっき見たときより小さくなってる。遠ざかってるんだ」

ぎらつく真っ赤な太陽を手でさえぎりながら、ピラは水平線上のぽつぽつとした点に目をこらした。とたんに心が軽くなった。「ケフティウの船じゃないわ」

「なんでわかるんだ」

「帆の色がちがうし、船首の形もちがうから」

「そんなところまで見えるのか？　タカみたいに目がいいんだな」

「カラス族の船でもないわ。たぶん……たぶんフェニキアの船よ」

「行ったこともない国の船のことに、なんだってそんなにくわしいんだ？」ヒュラスは疑わしそうにきいた。

「そりゃそうよ」ピラはピシャリと答えた。「女神の館には、そこらじゅうに絵が飾ってあって、世界じゅうの船の絵もたくさんあるんだから。マケドニアに、アカイア、黒曜石諸島、フェニキア、それからエジプト。それにわたしは、生まれて三度目の夏からずっと、そういう絵をながめるしかやることがなかったの。だからすっかりおぼえちゃったのよ」

　岩場に波がおしよせ、ふたりはウイキョウのたいまつを波しぶきからかばいながら、飛びすさった。

「ここにいないほうがいい」ヒュラスが言った。

　ピラは不安な気持ちで背後に目をやった。洞窟がふたりをのみこみそうにぽっかりと口を開けている。「ほかの道からはもどれないの？」

「どうやってだよ？」ヒュラスは頭上に切り立った崖と、両脇に打ちよせる荒波を指さした。「泳ごうなんてしたら、たたきつけられてバラバラさ。きみはその前におぼれ死ぬだろうけど」

　冷たく暗い穴のなかにもどるほかに、どうしようもない。おまけに、ウイキョウのたいまつが燃えつきかけているので、今度はなおさら暗くなる。

　一度できたんだから、二度目もだいじょうぶ、とピラは自分をはげました。それでも、海の声が遠ざかり、外の世界がぼんやりとした光の輪にしか見えなくなったことに気づくと、思わずぞっとした。カーブを曲がると、その光も消えてしまった。

　前を歩くヒュラスの姿がない。

「ヒュラス？」ピラは呼んだ。

　聞こえるのは、水滴が落ちる音と、自分の荒い息づかいだけ。

「ヒュラス！」

かけてくる足音が聞こえ、たいまつの火が揺らめき、ヒュラスがあらわれた。なにやら興奮して、息をはずませている。「もうひとつ洞窟を見つけた。かくれるのにもってこいなんだ。野営もできる！」

「えっ？　ここで野営するの？」

「おあつらえむきだろ！　水も、広さも、空気もある」

「でも、船は行っちゃったじゃない！」

「引きかえしてくるかもしれない」

不安げなピラを見て、ヒュラスは表情をかたくした。「まだ遠くへは行ってないかもしれないだろ、ピラ。姿が丸見えの浜辺で野営するなんて、まともじゃない。ここのほうがずっといい」

「へえ、なら行けば」ピラは強情を張った。「わたしは引きかえすわ」

「ばかなこと言うなよ。いま別れたりしたら、見つかる可能性が高くなる」

「なんで別れちゃだめなわけ？　どうせ明日には置きざりにするんでしょ」

ヒュラスはそれを無視した。「聞けよ――」

「そっちこそ聞きなさいよ！　あなたが恐れてるのは、妹を見つけられないことでしょ。わたしなんて、生き埋めにされるかもしれないのよ。さあ、好きにすれば、わたしは出ていくから！」

ピラは片手でたいまつをにぎり、もう片方の手で岩肌を探りながら走りだした。ヒュラスが追ってこないことに、ますます腹が立った。

帰り道は行きよりも短く感じられ、じきに曲がる場所の目じるしにした手の形の赤い岩までたどりついた。ウイキョウのたいまつが燃えつきようとしたとき、黒い二本の柱と、洞窟の口から注ぎこむ神々しい光が目に入った。

ピラはウイキョウを投げすてると、岩に手をかけて、のぼろうとした。岩はぼろりとはがれ、ピラの手のなかに残った。別の岩をつかんだ。それもはがれた。

なにが起きているんだろう、そう考えるのがやっとだった。次の瞬間、地面がうなり声をあげ、ピラはさとった。うなり声はすぐさま怒号に変わり、岩がふるえはじめ、頭上の光もぐらぐらと揺れはじめた。岩が転がり落ち、地鳴りの音は体をつんざきそうなほど激しくなる。〈海の底の雄牛〉が寝返りを打っているのだ。そんなときに、よりによって洞窟のなかにいるなんて。

「ヒュラス！」ピラは叫んだが、その声は〈地を揺るがす者〉の怒声にかき消された。

岩のくぼみが見つかったので、なかにもぐりこんだ。でも、そこもくずれ落ちそうな気がして、また這いだした。

なにかが頭の後ろに当たり、目から火花が飛んだ。立ちあがろうとしてみるものの、地面の揺れが激しすぎて、とても起きあがれない。

ピラが最後に見たのは、洞窟の口が頭上でふさがり、光が闇に変わるところだった。

24

消えた人々

ヒュラスは目を開けた。そして閉じた。また開けた。なんの変わりもない。真っ暗闇だ。

両腕を投げだして倒れたまま、ヒュラスは〈地を揺るがす者〉の怒声がおさまるのを待っていた。体はほこりだらけで、涙がにじむほどひっきりなしにせきが出る。それでも、奇跡的にけがはしていないようだった。腰のさやに入れた短剣も無事だ。

ようやく地鳴りがやむと、ヒュラスは立ちあがった。まわりがどうなっているのかはわからないが、身をかがめさえすれば、立っていられるだけの高さはあるようだ。後方からは、かすかな風と、ぼんやりとした光が入ってきている。前方には――なにもない。

心臓をドキドキさせながら、すぐそばの岩をさわってみた。びくともしない。地揺れのせいで、洞窟の天井がくずれ落ちたのだろう。

ヒュラスはピラの名を呼んだ。答えはない。遠くでゴボゴボという水音が聞こえるほかは、石に見張られているような静寂につつまれている。

何度もピラに呼びかけてみた。おびえたような声になった。ヒュラスはだまった。静寂はもっとこわかった。

とても信じられない。ついさっきまでピラはそこにいて、文句を言っていたのに。いま残っているのは、くずれた岩の山と、おしよせてきたさびしさだけだった。ピラが地揺れでおしつぶされて死ぬなんて、あんまりだ。せめて苦しまずに、一瞬で死ねたならいい、とヒュラスは願った。

目をしばたたき、ほこりを吐きだしながら、ヒュラスは体の向きを変え、よろめきながら光のさすほうをめざした。

いくらも行かないうちに、キーキーというかすかな鳴き声がひびいてきた。

スピリットだ。

口笛で答えようとすると、出てきたのは弱々しいかすれた音だった。もう一度吹いた。

たえがたいほどの沈黙。

と、遠くから返事が聞こえた。

ヒュラスはふうっと息を吐いた。ひとりじゃない、スピリットがいてくれるんだ。洞窟の入り口を行ったり来たりしているイルカの姿が目に浮かんだ。ひょっとすると、洞窟から注ぎだす流れをさかのぼろうとしながら、暗闇に向かって呼びかけ、銀の糸のようなよく通るその声で、ヒュラスを光のほうへみちびこうとしてくれているのかもしれない。

海までもどれさえすれば、スピリットの助けを借りて、泳いで湾のほうへまわれるだろう。そうしたら――。

ピラはどうするんだ、と心のなかで声がした。

どうするって？　とヒュラスは言いかえした。いまさらどうしようもない。ピラは死んだんだ。

もし死んでなかったら？　岩の向こうで生きているかもしれない。閉じこめられて。けがをして。恐怖におびえながら。

る。

闇の向こうからスピリットの呼び声がひびいた。ヒュラスを安全な場所へといざなおうとしている。

ヒュラスはこぶしを岩におしあてた。まずは自分が助からないと。でなけりゃ、自分もイシも死んでしまう。

「あなたが恐れてるのは、妹を見つけられないことでしょ」とさっきピラは言っていた。「わたしなんて、生き埋めにされるかもしれないのよ」

食料や水がなくても、何日かは生きのびるかもしれない。そしてゆっくりと死んでいく。暗闇のなかで、ひとりぼっちで。

＊

ピラは体を丸め、横向きに倒れていた。自分の荒い息が生温かく顔に吹きかかるので、ひどくせまい場所にいるのがわかる。どのくらいせまいのか、たしかめる勇気もなかった。

頭の後ろが痛み、ほおのかさぶたはズキズキしているが、それ以外にけがはないようだった。あたりは真っ暗で、顔の前にかざしたこぶしさえ見えない。世界が丸ごとなくなってしまった。残ったのはピラだけだ。

「ヒュラス?」ピラは叫んだ。「ねえ、ヒュラス!」

答えはない。死んでしまったか、でなければ海にもどる道をさがしているところだろう。自分はひとりぼっちで、大岩の下じきになったアリみたいに、身動きが取れなくなってしまった。

ピラはパニックに襲われた。印章をまさぐり、なれ親しんだ鳥の彫刻を指でなぞった。船の上でユセレフといっしょに見た、本物のハヤブサを思いうかべようとしてみる。すばやく急降下する姿や、はてしない大空を自由に飛びまわる姿……。

だめだった。頭のなかのハヤブサも、ピラと同じようにとらわれの身だった。岩に体当たりをしながら、必死で翼をばたつかせる音まで聞こえてきそうだった。

ぎこちなく腹ばいになると、頭上の石に髪の毛が引っかかった。すきまは指一本分ほどしかない。片方の腕を前にのばしてみた。指が石に当たる。片足を動かすと、爪先がぶつかった。心臓が早鐘を打つ。頭のなかのハヤブサが暴れはじめた。

ピラはぎゅっと目をつぶり、手足をばたつかせながらわめきたくなる気持ちをおさえた。深呼吸よ、深呼吸。ゆっくりと。吐いて、吸って。

少し心が落ち着いた。頭のなかのハヤブサもおとなしくなった。

そのささやかな勝利のおかげで、ピラは少しだけしゃんとした。まわりの石のすきまに片っぱしから手をつっこんで、出口がないかとさがしてみることにした。

顔の前にあるざらざらとした石を、手探りで調べてみる。にぎりこぶしほどの空洞が見つかった。なかでカタンと音がした。これは——たぶん杯？　割れてしまっていて、土っぽいにおいがする。ピラは深々とそのにおいをかいだ。これをつくったのは人間なんだ。地上の世界はちゃんと残っているはず。

体の下をまさぐると、意外なことに、骨をみがいてつくった針が見つかった。それから、穴のあいた楕円形の土のかたまりも。それがなにか、すぐにわかった。機織りに使うおもりだ。女神の館の機織り女たちも、機織り機にたらした糸がピンと張るように、糸の束にそういうおもりを結びつけている。風の強い日には、一列にならんだおもりがぶつかって、にぶい音をひびかせる。その音を聞きながらピラは大きくなった。

でも、なぜこんなものがここに？　ふつうは、おもりなんて捧げ物にはしないのに。心の片すみに、ちらりと不安がよぎったが、ピラはそれをおしやった。

体の上やその周囲に、くまなく手を這わせた。割れ目はひとつもない。前方は完全にふさがっている。また心臓がドキドキしはじめた。パニックをおさえながら、爪先で足元をまさぐった。すきまがある。通りぬけるだけの広さはあるだろうか？

ヘビのように体をくねらせながら、後ずさりをしてみる。チュニックの飾りが石に引っかかり、一瞬体がつっかえて、心臓が止まりそうになった。なんとか通りぬけた瞬間、ピラの体はぐらつく岩の斜面を転がり落ちた。

ドスンと底に着いたピラは、汗びっしょりで荒く息をついた。

着いたところはやや広く、真っ暗闇でもなかった。なにか見えている。

うす暗がりに目をこらすと、そこはせまくて深い洞穴になっていて、地面は奇妙にキラキラ光る黄色い石におおわれているのがわかった。天井は手がとどくほど低く、でこぼこしていて、赤黒い巨大な口みたいに見える。洞穴の奥の、三十歩ほど先のところに、光がななめにさしこみ、ほこりを照らしだしている。

ピラはくちびるをなめた。光が入ってこられるなら、わたしも出られるかも？

期待に息をはずませながら、ピラはなかに入っていった。よつんばいになるほどの高さもないので、ひじをつき、両足で体をおしだすようにした。黄色い石がもりあがったところがあるので、そこへ手をかけて奥へ進もうとしてみた。石はぬるぬるしていて、指がすべりそうになる。もっとつかみやすそうなでっぱりを見つけてさわると、それはまるで手のようで……。

ピラは凍りついた。

本物の手だ。手が石に変わったものだ。

悲鳴をあげて後ずさりをすると――目の前には頭があった。

頭はぶあつい泥のような石におおわれ、肉も骨もそこに永遠に封じこめられている。石と化した口は、ぽっかりと開いたまま声にならない叫びをあげている。石の目は、飢えたようにぎらついている。

その瞬間、黄色い地面の正体に気づき、ピラはぞっとした。自分はいま、石になった死体の上を這いずってきたのだ。

洞穴のなかは、そこらじゅう人間たちでいっぱいだった。男たち、女たち、そして子どもたち。光のさすほうへ行こうとおし合いへし合いし、そこで力つきて、断末魔の苦しみとともに、永遠に凍りついたのだろう。

これが、はるか昔から謎とされてきた〈消えた人々〉の真相だった。この人たちは、ピラやヒュラスと同じようにここに逃げこんだものの、〈地を揺るがす者〉の力で洞窟がくずれ、生き埋めになったのだ。

地面が揺れはじめたとき、人々は持ち物をいくつか持ちだすだけのゆとりがあったのだろう。だから杯や針やおもりが見つかったのだ。ここまでおりてくれば、空気もあるし、岩肌の水をなめることもできたはず。かなり長い時間、生きのびられたのかもしれない。それでも、自分たちが二度と外には出られないことには気づいていたにちがいない。

ピラの胃がきゅっとした。割れ目にたどりつくには、ここを這っていかないといけない。でも、人々を長い眠りから目ざめさせないようにしなくては。

歯を食いしばりながら、ピラはしかばねの上を手探りで進みはじめた。さしこむ光に照らされ、悪夢のような光景が次々に目に入る。にゅっとつきだされた腕、きつく胸にかかえられたひざ。開ききったまま、すっぽりと石におおわれたてのひら。けっして閉じられることのない口のなかにも、石がたまっている。

奥へと進む自分の影のせいで、人々まで動いているように見える。石の手に足首をつかまれそうな気がする。あわてたピラは、向かい合わせに横たわった二体のしかばねのあいだを通りぬけようとした。またチュニックが引っかかった。うまくはずせない。とっかかりを求めて手をのばした。つかんだ指がポキッと折れた。

洞穴のなかにささやき声がこだました。

口のなかがカラカラにかわいている。ピラはぞっとしながら手のなかの指を見つめた。そして悲鳴をあげると、それを投げすてた。

あの石の腕、いまぴくりと動かなかっただろうか。あの頭、ぐるりとふりかえって、なにも見えない目でこちらをにらんでいるんじゃ？

まわりの岩壁にはいくつもくぼみがあり、その奥にぼんやりとした人影が見えている。ささやき声が大きくなった。影が動きはじめた。

ピラは泣きべそをかきながら先を急いだ。飢えきった死者たちの渇望が後ろからせまってくる。

ようやく光のところまでたどりついた。最後の希望ははかなく消えた。天井の割れ目はせますぎて、にぎりこぶしさえ入りそうにない。おまけに、ふたたび岩がくずれ落ち、洞穴の口がふさがってしまった。

飢えた幽霊たちのため息が聞こえる。わかるよ……うんうん……わかるとも。

ピラはうちひしがれ、息を切らしながら石に顔をおしつけた。

この人たちも、同じめにあったんだろうか。石になったときは、すでに死んでいたのだろうか、それとも——生きていた？

足の先から冷たい石に変わっていくのは、どんな感じなのだろう。やがて太ももまでかたくなり、鼻と口とのどがふさがり……。

パニックがおしよせた。ピラはこぶしをにぎりしめた。

「あなたは大巫女の娘でしょ。負けるもんですか」

背後では、飢えた幽霊たちがしゃがれたため息をもらし、物陰に引っこんでいった。

「負けるもんですか」ピラはもう一度言った。

大きらいなはずなのに、母のことを考えると、ふしぎに心が落ち着いた。大巫女のヤササラは、ほかの女たちとはちがう。女神につかえるためだけに生き、ほかの生き物のことなどけっして愛さないが、強大な力を持っている。その強さのいくらかは娘の血にも流れているはずだ。

ピラは歯を食いしばり、ひざをついたまま身を起こすと、ちらりと後ろをふりむいた。

〈消えた人々〉は動かなくなっていた。まわりにあるのは岩ばかりだった。

ひざのすぐ横にある石は、ほら貝に似ていた。

ピラはふるえる手でそれにさわった。やっぱり、ほら貝だ。丸い底の部分に手をあてがってみた。きっと大きな貝が住んでいたのだろう。先に向かって細くなっていく渦巻きを指でなぞった。それは、本物のほら貝ではなかった。大理石でできている。

女神の館にも、それによく似たほら貝があった。雪花石膏でつくられたものだ。とても神聖なもので、母しかふれることができなかった。初穂の儀式に使うほか、たまに問題がおきて神々の助けが必要になると、母は貝の先に口をつけ、それを吹き鳴らした。

ピラの手のなかにあるほら貝は、ふちにごく小さな欠けがあるほかは、完ぺきな形をしていた。きっと、ケフティウでつくられたものだ。これほどの技術(ぎじゅつ)はケフティウにしかないから。故郷(こきょう)とのきずなを感じ、少し元気が出たが、それを吹いてみる勇気はなかった。洞穴(ほらあな)全体がくずれ落ちてしまうかもしれない。

ほら貝をしっかりつかむと、ピラは出口をふさいでいる岩の山を調べはじめた。どこにもすきまは見あたらない。「それなら、自分でつくるわ」ピラはつぶやいた。

小さな岩をひとつ持ちあげると、背後(はいご)に置いた。さらにもうひとつ、またひとつ。せっせと作業を進め、持ちあげられないほど大きなものは転がすことにした。石のぶつかる音が洞穴のなかにこだまし、飢えた幽霊たちのため息をかき消していく。なんだか、幽霊たちの声をさえぎる壁(かべ)をつくっているみたいな気がしてきた。

ようやくピラはひと息ついた。ほら貝の先で、目の前の岩をつついてみる。向こう側にぬけられるような空洞(くうどう)がどこかにないだろうかと、耳をすました。

どこにもない。

もう一度つついた。

と、岩の反対側から、つつきかえす音が聞こえた。

25

歌う洞窟

「ピラ！」そう叫ぶと、ヒュラスは耳をすました。

岩の向こう側から、またトントンと音が聞こえてきた。つづいて、タカの鳴き声のようなけたたましい声がひびきはじめた。ヒュラスは胸をなでおろした。「ピラ、ぼくだ！アカイア語でしゃべってくれ！　ケフティウ語じゃわからないから！」

びっくりしたような沈黙。「ヒュラスなの？」

「けがはしてないか？」

「頭にこぶができただけ。あなたは？」

首をふったものの、ピラには見えないことに気づいた。「してないよ」

ヒュラスは岩をかき分けはじめた。向こう側でピラが同じことをしているのが、音でわかる。

どうやってわたしを見つけたの、とピラにきかれ、ひとつ目の落石の山をなんとかぬけたものの、迷路のような洞窟のなかで迷ってしまったことを話した。スピリットを口笛で呼ぶと返事が返ってきたことも、それから、ピラの声が聞こえたことも。「だれかに話しかけているように聞こえたけど」

「そうよ」

「だれに？」

岩をもうひとつどけると、すきまからピラの手がにゅっとつきでてきた。ヒュラスはその手をつかんだ。ピラの指は鳥のかぎ爪のように冷たかった。

「自分によ」

「助けだすからな」とヒュラスは声をかけた。でも、すきまは小さすぎ、それを広げようとしているうちに、小石がパラパラと落ちはじめ、頭上の岩がきしみはじめた。

「くずれるわ」ピラが短く言った。「いま通りぬけないと」

そのとおりだった。じきに岩はくずれ落ちてしまうだろう。

ヒュラスはピラの手首を両手でつかんだ。「もう一方の腕は後ろにまわすんだ。肩を横向きにひねって、あごは胸につけろ。ぼくが引っぱりだすから」

「引っかかったら？」

「だいじょうぶさ」

「わからないじゃない」

「息を吐いて」ヒュラスはぼそっと言うと、全力で引っぱった。

ピラはびくともしない。かかとでふんばり、もう一度引っぱった。岩がミシミシいう。ほこりが落ちてきた。ピラがうめいた。次の瞬間、ピラの体が通りぬけた。ふたりが転がるように穴からはなれたとたん、岩がくずれ落ちた。

土ぼこりをかぶり、せきこみながら、ふたりは轟音がやむのを待った。暗いのでピラの顔は見えないが、息づかいは聞こえる。「だいじょうぶか」あえぎながらヒュラスはきいた。

「ええ」でも、ピラがすり傷だらけなのも、もう少しで腕がはずれるところだったのもヒュラスにはわかっていた。

「ヒュラス?」ピラが小声で言った。

「うん?」

「ありがとう」

ヒュラスは顔をしかめた。「いいって。さっき、小さな光が見えたんだ。出口かもしれない」

ヒュラスが先に立ち、手と足でまわりを探りながら進んでいった。岩肌はぬるぬるしていて、空気はしめっている。海からはなれ、えたいの知れない島の中心へと近づいているのがわかった。後ろでは、ピラがサンダルを引きずる音と、ささやくような息づかいが聞こえている。ひとりぼっちじゃないのが、こんなにもいいものだったなんて、とヒュラスは思った。

どうやって地揺れを生きのびたのかとたずねると、ピラはぞっとするような〈消えた人々〉の物語を話しはじめた。石に変わった死体の上を這いずらなければならなかったことも。よく正気を失わずにいられたものだ。ケフティウの大巫女の娘なら、幽霊だってこわくはないのか? それとも、ピラが勇敢だからだろうか。

やがて、洞窟がふた手に分かれた場所までたどりついた。片方は真っ暗でしんと静まりかえっているが、もう一方からはゴボゴボという水音がひびき、かすかな光が見える。

「そっちはなんだか、いやな感じがするわ」

「ぼくも同じだけど、こっちのほうが明るいから、外に出られる見こみは大きいと思う」

「そうだけど、どうも……気になるの」

ヒュラスも同じ気持ちだったが、より好みをしている余裕はない。少し話しあったあと、ふたりは光の見えるほうを選んだ。

かすかな光は、水のような青緑色の輝きに変わった。まわりの岩は波打つようにひだになっている。まるでなにかの神が、波を石に変えたみたいに見える。壁は水にぬれていて、洞窟全体に、ポタポタ、チョロチョロ、ゴボゴボと水音がひびいている。近づいては遠ざかるこだまが、意味のわからない神秘的な歌を口ずさんでいる。

ヒュラスの背筋がぞくりとした。この歌は、前にも聞いたことがある。スピリットに連れられて、初めて島にやってきた日、波間から聞こえてきた歌だ。歌う洞窟に……歩く丘……。

と、急に両脇から岩が消え、こだまの歌が大きくなり、となりのピラが息をのんだ。

目の前には、ひときわ巨大な洞窟が広がり、目もさめるような青い泉が横たわっていた。天井からは青白く光る岩のひだがたれさがっている。静まりかえった泉の水面からは、白い岩が槍のようにつきだしていて、中央にある小島には、いくつものよじれた石柱がひしめきあうように立っている。まるで石になった人間たちが、見張り番でもしているみたいだ。天井の割れ目からまばゆく青い光の筋がさしこみ、小島を照らしている。

ヒュラスはつばを飲みこみ、小声で言った。「あそこの割れ目なら大きいから、外に出られるかもしれない」

ピラはだまっていたが、なにを考えているのかはわかった。そこまで行くには、小島まで泳いでわたり、不気味な石柱のどれかをよじのぼらなければならない。

「できないわ」

「やらなきゃならない」

泉は冷たかった。足を入れると、水底の岩がぐらついた。なにかが足首をそろりとかすめた。ブツブツというへんてこな歌が耳のなかでひびき、水音とまじりあっている。でも、どこにも水の流れは見えない。泉は不気味なほどに静まりかえっていた。

深みへ足を進めると、青色がますますあざやかになった。まるで光のなかを歩いているようだ。サメからヒュラスを守ってくれたとき、イルカたちもこれと同じ、この世のものでないような光につつまれていた。おしよせた光でヒュラスの肌が青く染まった。女神の影だ。

「ここからじゃ、小島へはあがれないわ」ピラがささやいた。「斜面が急すぎるもの」

「反対側へまわろう」ヒュラスも小声で返した。

返事が聞こえなかったので、ヒュラスはピラのほうをふりむいた。そこにいたのは少女ではなく、水の精だった。青い顔に、黒いくちびる、波打つ長い黒髪。

底がぐんと深くなり、胸まで水に沈んだ。「泳ごう」ヒュラスは歯をガチガチ鳴らしながら言った。「泳ぎかたを思いだせなかったら、ぼくの肩につかまれ」

近づいてみると、小島の番をしている石柱はとてつもなく大きかった。しゃがみこむように曲がっているものもあれば、細くまっすぐにのびたものもある。どれも頭をたれ、腕を両脇にしっかりとおろしている。

背中をつかんでいるピラの手に力がこもるのがわかった。「なんだか、動きそう……」ピラはささやくようにそう言った。

頭上の割れ目は、岸からながめたときより大きく見えた。そこまでのぼることができれば、外に出られるかもしれない。

なるべく波を立てないようにしながら、ヒュラスはゆっくりと小島の周囲をまわり、傾斜のゆるやかな場所を見つけた。どことなく、あがっておいでとさそっているように見える。水底に足がついた。

ふいに、ピラの爪(つめ)が食いこんだ。「ヒュラス！　見て！　こんなところに！」
ヒュラスは顔をあげた。
行く手に立ちはだかっている者がいる。
石の番人たちではない。
それは、女神そのものだった。

26

女神の瞳

これまで幾千もの夏のあいだそこに立っていて、この先も幾千もの夏を、同じようにすごすのだろう。偉大なる女神――。〈野の生き物の母〉。〈力強き女〉。

両腕はつきだした乳房の下で組まれ、なめらかな卵形の顔は、月のように白く輝いている。神秘なる瞳は、いにしえの人々の血で描かれている。ここに像を立てれば、女神がこの歌う洞窟にやってきたとき、大理石の体に生命を吹きこんでくださると人々は考えたのだろう。

涙でほおをぬらしながら、ピラは立ちつくしていた。女神の館にいたときでさえ、これほど女神の存在をまざまざと感じたことはなかった。あまりにも完ぺきな姿に圧倒され、ピラは頭をたれた。

そのとなりで、ヒュラスもぼうぜんとしていた。

「あまり長く見つめちゃだめ」ピラはささやいた。「目が見えなくなるから。太陽を見つめるのと同じことよ」

ヒュラスはくちびるをなめた。それから天井の割れ目を指さした。「どうやってあそこまであがる？」

ピラはヒュラスをまじまじと見た。「だめよ、近づいちゃ！」

「しょうがないだろ！　じゃなきゃ出られない。あの柱にしよう。いちばん遠いやつがいい、あの女神のところから。上まで行ければ、外に出られるんだ」

　ピラはつばを飲みこんだ。女神の足元では石のヘビがとぐろを巻いていて、そのまわりにはたくさんの白い骨が積みあがっている。大昔に願い事をしに来た人々が捧げた生け贄だろう。それとも、願い事をした人たち自身のものだろうか。天井の割れ目まで行くには、石の番人たちと、おまけに女神にも見つめられながら、骨の山によじのぼらなくてはならない……。

　でも、ヒュラスの言うとおりだった。そうするしかない。

「まずは捧げ物をしなくちゃ。じゃないと、ここから出してはくれないわ」ピラは小声で言うと、さっそく宝石をはずしにかかった。腕輪はすぐにはぬけないので、チュニックの飾りを手あたりしだいに引きちぎった。「ほら」半分をヒュラスに手わたした。「あの石のヘビのところに置くのよ。ここから出してくださいって、頭のなかで女神さまにお願いするの。でも、目は合わせちゃだめ」

　島にあがると、足元で骨がカラカラと音を立てた。血で描かれた女神の瞳に見つめられるのを感じる。ピラは思わず見あげたくなる気持ちをおさえた。

　骨の山のなかには、ケシの実と、貝殻と、折れた鳥の翼もまじっていた。土と水と空気だ。捧げ物をした人は、その意味がちゃんとわかっていたのだ。

　ふたりでチュニックの飾りをそなえると、金がぶつかりあって冷たい音を立てた。水の歌が大きくなる。まばゆい女神の足元でとぐろを巻いている石のヘビを、青い光がさざ波のように照らしだしている。一瞬、ピラには一匹のヘビが動いたように見えた。

　ヒュラスがピラの手首をつつき、ふたりは石の番人のひとつに近づいた。ピラの胃がきゅっとした。柱の表面はでこぼこしていて、水滴におおわれ、しめった皮膚のように見える。石の腕がぐいっと動き、自分をかかえあげて、二度とはなしてくれなくなるような気がした。

ヒュラスはもう両手を組みあわせて、踏み台をつくっている。「先に行くんだ。早く！　のぼれ！」

ヒュラスが思いきり高く持ちあげてくれたので、ピラはほとんど石柱にふれずにすんだ。割れ目のなかに岩が平らになった場所が見つかり、そこに立つことができた。頭上の世界のまぶしさに目がくらみそうになる。すぐそばにも、同じように平らになったところがある。それに、あそこの岩に打ちこまれているのは杭じゃないだろうか。驚いたことに、さらにいくつも平らな岩や杭が見つかり、それがらせん状に上までつづいているのがわかった。昔の巫女たちが洞窟に入るときのためにつくられたものだろう。

「階段になってるわ！」ピラは声をひそめてヒュラスに呼びかけた。

返事はない。ヒュラスは女神の前で立ちつくしていた。

「ヒュラス、早く！」

見あげたヒュラスの顔には決心したような表情が浮かんでいて、ピラはドキッとした。「先に行ってくれ。ぼくは知りたいことがある」ヒュラスは静かに言った。

「なんですって？　なにをしようっていうの？」

「きいてみたいんだ――このかたに」

ヒュラスが女神に近づくのを、ピラは恐れおののきながらながめた。あんなにそばまで行くなんて。ヒュラスは月のように白い女神の足元にひざまずいた。そして人さし指で大理石のひざにふれた。それからその指を自分の口に運び、なめた。

顔をあげると、ヒュラスは女神に呼びかけた。「イシは生きているでしょうか」

*

「イシは生きているでしょうか」ヒュラスの声が洞窟にこだました。生きているでしょうか……生きているでしょうか……。

女神にふれた指先がじんじんし、舌は燃えるようだった。頭のなかでは水の歌が鳴りひびいている。あいかわらず、その意味はわからない。

と、急にポタポタ、ゴボゴボという音がかき消えた。ヒュラスは胸をこじ開けられ、ぐっと引っぱられたような感じがした。心臓に光の糸が結びつけられ、体のなかから引きずりだされようとしているみたいだ。

ヒュラスのなかでなにかが切りかわり、ふいにまわりのものがくっきりと見えはじめた。泉には冷たく青い炎が燃えたち、その下で幾重にも層をなして水が流れているのがわかる。水底で魚がえさをつつく音や、タコの吸盤が吸いつく音まで聞こえる。青緑色の髪と、優美な銀色の手足をした水の精も、ちらちらと姿をのぞかせている。頭上の世界からは、島を守っている獣たちのジャコウのような香りがただよってくる。〈野の生き物の母〉の冷たく塩からい息が、ヒュラスの肌に吹きかけられる……。

水の歌はヒュラスのなかでひびいていた。もつれあったその音が、水にたゆたう海草のように、だんだんほどけていく。女神の声が、ヒュラスの心のなかに注ぎこまれた。妹は生きている……。

ヒュラスはよろめいた。

ゆっくりと顔をあげた。腕で目をかばう。大理石の女神は光り輝いていた。

「ぶ、無事なんでしょうか。見つけることはできるでしょうか。どうしてカラス族はぼくを追っているんでしょうか」

女神の笑い声が洞窟いっぱいに広がった。真実を求めるがよい……だが気をつけるよう……真実には痛みがともなう……。

心臓を引っぱっていた糸がプツンと切れた。

ヒュラスは身ぶるいをした。気づいてみると、骨の山の上にいて、耳のなかの歌はかすかな水音に変わっていた。

「ヒュラス！」ピラが上から呼んだ。「気をつけて！」

捧げ物の山の上で、なにかが動いた。貝殻が音を立て、骨が転がり、細長い影がすべるように近づいてくる。石のヘビが動きだしたのだ。

ヒュラスは必死に立ちあがった。ヘビは先の割れた舌をちろちろと動かし、ヒュラスのにおいをかぎとろうとしている。ヒュラスは後ずさりをした。ヘビは目にもとまらぬ速さで襲いかかってきた。ヒュラスは横に飛びすさった。ふくらはぎを噛まれた。悲鳴をあげながら短剣を取りだそうとしたが、柄が引っかかり、さやからぬくことができない。ヘビがふたたび飛びかかってくる。ヒュラスは石をつかむと、ヘビの平らな頭をなぐりつけた。シューッという音とともに、ヘビはしりぞいた。

ヒュラスは骨に足を取られながら、なんとか石の番人の下までたどりつくと、よじのぼりはじめた。足の下ではヘビが柱に巻きつき、シューシューと声をあげると、落ちていった。

「のぼれ！　のぼれ！」ヒュラスは息を切らしながら呼びかけた。ピラの姿は逆光のなかに黒っぽく沈んでいる。

恐怖にかりたてられるように、ヒュラスは杭や平らな岩をさがし、全身の筋が焼き切れそうになるまでのぼりつづけた。下からひびいていたヘビの声が遠のいていく。上からは、苦い味のするざらついた灰のようなほこりが降ってくる。聞こえるのは、ピラのサンダルがこすれる音と、自分の激しい息づかいだけだった。

上にいるピラは姿を消し——また顔を出すと、ヒュラスに手をさしのべた。ヒュラスは地上に這いあがると、倒れこんで激しくあえいだ。脱出できたのが信じられない。空高く飛ぶハヤブサの鳴き声が、風に乗って聞こえてきた。頭上には黒々とした尾根と、真っ赤に燃える太陽が見える。

真っ赤な太陽だって？　でも、洞窟に入ったときにも、太陽は沈みかけていた。なのになぜ、いまもまた沈みかけているんだろう。洞窟にいるあいだに、丸一日がすぎてしまったんだろうか。それとも……洞窟のなかは、時間が存在しないとか？

ヒュラスは頭がくらくらした。わけがわからない。それでも、イシはまだ生きている。それだけが心の支えだった。

ピラがふしぎそうな顔でヒュラスを見ていた。「下にいたとき、話をしていたでしょ。よく聞こえなかったけど」

ヒュラスはためらった。「妹は生きているって言われた。それと、〝真実には痛みがともなう〟とも。ヘビのことだと思う」

「かもね。でも、女神さまの言葉にはいろんな意味があるから」

ふたりは立ちあがり、あたりを見まわした。

ヒュラスは、かぎおぼえのあるつんとするにおいに気づき、ぞっとした。

ピラは地面を指で引っかき、手をかかげた。細かな灰がパラパラと落ちた。「なんなの、ここ？」

27

やがて来たる者

なんなんだろう、ここは？　曲がりくねった流れをさかのぼりながら、イルカは思った。空気穴から吐く息の音が不気味なくらい大きくひびいているし、頭を水面から出してみると、遠くのほうから、歌うこだまと幽霊たちのおしゃべりが聞こえてくる。それでもイルカは、少年を見つけだそうと泳ぎつづけた。

〈底にいる者〉が尻尾を打ち鳴らしているあいだ、イルカは洞窟の外を夢中で行ったり来たりしていた。海は荒れくるい、崖から転がり落ちてくる岩をよけるのが大変だった。人間など、ひとたまりもないだろう。

尻尾がひびかせる轟音は、ようやくゴロゴロ、ブルブルと静まっていき、さざ波のような音になって、やんだ。イルカは必死に身を乗りだして、少年の走る音を聞きとろうとした。気の毒なほどちっぽけな胸びれで水面をたたくときの音も。聞こえない。海の声と、怒ったような岩の音がひびいているだけだ。

長く力強い呼び声を送りつづけていると、ようやく、深い地の底から少年の返事が返ってきた。イルカは何度も何度も呼びかけ、少年に出口を教えようとした。でも、しばらくすると返事はとだえてしまった。

イルカはためらわなかった。〈上〉で動けなくなってしまったとき、少年は助けてくれた。今度は自分が助ける番だ。

イルカは恐れることなく洞窟の口に飛びこんだ。これまで、そこに入ったイルカは一頭もいない。あっというまに流れはせまくなった。そこは曲がりくねっていて、カサガイやサンゴのとげだらけらしいと聞かされていたけれど、それでも泳ぎつづけた。

それが少し前のことだった。さらに奥まで進んでみると、流れはいくつにも分かれはじめた。まるで海草の森のように、ややこしくからみあっている。カチカチと音を放っても、おかしなぐあいにひびくばかりで、あてにならない。どっちへ行けばいいんだろう?

いちばん水が冷たく、深い音がするほうを選んだ。でもそこは、不安になるほどせまかった。藻が顔にからまり、サンゴが胸びれを引っかく。ときには無理やり通りぬけないといけない場所もあり、二度も身動きがとれなくなりかけた。ウナギが穴から顔をつきだし、尾びれに噛みついてきた。岩とまちがえたタコは、空気穴の上にへばりついてきた。パニックになったイルカは、息を切らしながら必死でタコをふりきった。

もっとひどいことに、水の感じが変になってきた。海のはずなのに、海じゃないみたいだ。なぜか水がうすく感じられ、うまく前に進めない。海の味もしない。

歌うこだまの声が急に大きくなった。クスクスという低い笑い声もまじっている。

顔を水面からつきだすと、あと二、三度尾びれをふればとどくあたりまで流れがつづいていて、その先に入り江が広がっているのが見えた。頭上にはキラキラと光る青い石でできた空がある。やせっぽちの幽霊たちがそこらじゅうにいるし、静かな水面の上には、背の高い石がいくつもならび、近づくなと警告を発している。入り江の真んなかには小島がある。音からして、海鳥や魚の骨でできているようだ。そして小島の上には、真っ白な石がそびえ立ち、冷たく青い炎につつまれている。

イルカはくじけそうになった。少年は見つからないだろう。引きかえすしかない。

でも、せますぎて、体の向きを変えることができない。

体を沈め、顔を無理やり尾びれにおしつけて、もう一度ためしてみたものの、両脇の岩がカニの爪のように脇腹をしめつけてくる。

イルカは必死にもがいた。岩がはなしてくれない。

水がかすかにふるえ、幽霊たちが近づいてきた。イルカをのぞきこむと、細くて長い胸びれを揺らした。クスクスという〈光り輝く者〉の笑い声が聞こえる。

イルカは死にものぐるいで少年を呼んだ。

少年は来なかった。

やってきたのは別のものだった。

28

生け贄

「ここでなにがあったのかしら」沈みゆく真っ赤な太陽をまぶしそうに見ながら、ピラは言った。

ふたりが出てきたのは、けわしく切り立った峡谷だった。緑がどこにも見あたらない。足元の地面は燃えがらにおおわれていて、空気にも、のどを刺す灰のにおいがただよっている。ピラは真っ黒に変わりはてた木々をまじまじと見つめた。葉っぱはかわいた血のような色になっている。

「山火事があったんだろう。こんなにすごいのは見たことがないけど」ヒュラスは黒こげのゲッケイジュの枝をポキンと折った。どの葉も形は元のままだが、焼けたせいで不気味に赤黒く変色している。

「青銅みたいね」ピラは言った。

その言葉に、ヒュラスはドキリとしたようだった。「青銅の木か」

「どうしたの」

「どうも、いやな感じがする。山で暮らす人間は、山火事があった場所には近づかないようにするんだ。そういうところには集まってくるから――」ヒュラスは声をひそめた。「〈怒れる者たち〉が」

ピラはぞくりとした。「わたしの国でもそう呼んでるわ」

ふたりは目と目を見交わした。

ヒュラスは枝を投げすてた。「じきに暗くなる。ここからはなれないと。ぼくらの野営地は西のほう、あの尾根の向こうあたりだと思う」

「あれは尾根というより、断崖ね。のぼるのなんて無理だわ」

ヒュラスはあたりを見まわした。「どうやら、南にしか進めないみたいだ」

「それじゃ、野営地からもっとはなれちゃうわ」

「わかってる。でも、ほかに手はないし」

まるで島にあやつられているみたいだとピラは思い、落ち着かなくなった。最初は洞窟にのみこまれ、今度はこんな荒れはてた峡谷に吐きだされた。そこになにかの意志がはたらいているような気がする。

生き物の気配はまるでなかったが、歩きはじめると、逃げおくれた生き物たちの黒こげの死骸がいくつもあらわれた。ピラは真っ黒になった小さな鳥のむくろを見つけた。どうしてこんなことになったのか教えてほしい、小さな魂がそううったえかけてくるような気がした。焼けこげたあわれな木々も、死んでしまったほかの生き物たちも。島は傷ついている。ど真んなかに、大きなやけどを負ってしまったのだ。

太陽が尾根の向こうに消え、暗くなりはじめた。ふたりの足が、深く積もったやわらかい灰にサクリと沈みこむ。その音が静けさをいっそうきわだたせた。

ヒュラスはうなだれ、軽く足を引きずりながら歩いていた。ふくらはぎにはヘビにかまれてできた青いあざがついている。やがて、足を止めた。「暗くなってきた。野営する場所をさがそう」

ピラはふるえあがった。「こんなところじゃいやよ！　月さえ出れば――」

「ピラ、月は出ない。新月だから」

ふたりとも、それがなにを意味するかを知っていた。新月には、ひと晩じゅう明かりをたやさないしきたりになっている。幽霊や邪悪な精霊を寄せつけないようにするためだ。

「水はどうするの？」

ヒュラスはお手上げだというしぐさをした。洞窟に置いてきてしまった水袋さえあればとピラは思った。

星がふたつ三つ見えはじめたころ、脇道があらわれた。西に向かって、不気味な細い谷あいの道がのびている。道の両脇には黒々としたイトスギがならび、さらに奥にはポプラが一本、番をするように立っているのが見える。

「海まで出られるかもしれない」ピラは心もとなげに言った。「そしたら海岸伝いにもどれるかも」

「なんだか、いやな感じがする。このまま真っすぐ行ったほうがいい」

「でも、方向がちがってるわ」

「動物たちについていけば、泉が見つかるかもしれない」

「動物って？　みんな死んじゃってるじゃない！」

「いや、逃げのびたのもいる。足跡を読んでみろよ」

「足跡を読むってなによ」ピラはぶっきらぼうに言った。のどのかわきのせいで、いらいらしてしかたがない。

「おい、足跡の読みかたぐらい知ってるだろ。動物が歩いた跡を調べるのさ。それでいろんなことがわかる」ヒュラスはもどかしげに野ウサギの足跡を指さしてみせた。ヘビがつけた曲がりくねった筋も。ところどころでとぎれているのは、とぐろを巻いた跡だという。

「文字みたいなものね。最初からそう言ってくれれば、すぐにわかったのに」

「文字って？」

「あら、文字ぐらい知ってるでしょ」ピラは、ヒュラスの物言いをまねた。「いろんな意味を持ったしるしのことよ」炭になった小枝を取りあげると、石に線を書きつけた。「ほら。これはあなた向きね。ヤギって意味だから」

「〝意味〟って？　意味なんかない、ただの石だろ」

「もういいわ！　わたしはあっちの脇道のほうを見に行ってみる。ぜったい海に通じてるはずよ」

「わかった。好きにしろよ」

「わかったわ」

ピラは灰を足でかき分けながら歩きだした。ヒュラスはそこを動かず、大事そうに足跡を読んでいる。

谷のなかはうす暗かった。風が吹きあげ、高く舞いあがった灰がピラを追いかけてくる。燃えつきた木々が干からびた赤黒い手をふる音がカサカサとひびき、ぞくりとした。あのポプラの木まで行ったら、引きかえそう。

ふいに、ピラの心に影がさした。ずっと上のほうで、大きな翼がはためくような音がした。黒いものが星空をさえぎった。

谷の入り口まで走ってもどると、ヒュラスが空を見あげていた。うす暗がりのなかでも、ヒュラスの顔が青ざめているのがわかった。

「いまの、なに？」ピラは小声できいた。

ヒュラスは首をふった。「なにかが地面にうずくまってるのが見えた気がした。それが飛びたったんだ。最初はハゲワシだと思ったんだけど――」

「ハゲワシって？」

「大きな鳥で、死体を食べるやつさ。でもちがうみたいだった。あんなに速く飛ぶハゲワシなんて見たことがないし」

ふたりとも、思っていることを口にはしなかったが、今度は身を寄せあって歩きだした。

いくらも行かないうちに、ヒュラスが静かに、という身ぶりをした。

ピラにも聞こえた。ゴボゴボというかすかな水音だ。「ああ、ありがとうございます、女神さま」闇のなかをおぼつかない足取りで歩きながら、ピラはつぶやいた。

山ひだをまわりこむと、そこには大勢の野の生き物たちがおし合いへし合いしていた。シカにオオヤマネコ、そしてオオカミ。みんな必死に水を求め、しきりに地面を引っかいている。上空ではカラスがけたたましく鳴いている。雄ジカがピラのほうへ突進してくると、ついと向きを変え、地ひびきを立てながら暗がりのなかに消えていった。やがて、動物たちがあわてている理由がわかった。〈地を揺るがす者〉の力のせいで、泉が落石で埋まってしまっている。だから水を飲むことができないのだ。

「じっとしてろ」ヒュラスが言い、短剣をぬくとピラの前に進みでた。

四歩先にはライオンがいた。たてがみはもじゃもじゃで、鼻にけんか傷のある、巨大な雄だ。星明かりで目をキラリと光らせながら、ウウウッと激しいうなり声をあげ、よろよろと近づいてくる。

立ちどまると、あえぎながら、幾筋もよだれをたらした。やがて、疲れきったようなため息をもらすと、体を横たえ、大きな頭を灰のなかに沈めた。

ヒュラスは短剣をさやにおさめた。「けがをしてる。足を見てみろよ」

ピラは気分が悪くなった。ライオンの肉球はすっかり焼けただれている。一歩歩くごとに、ひどい痛みを味わっていたはずだ。

ピラはのどのかわきも忘れ、埋もれた泉に走っていくと、岩をどけはじめた。「水を飲ませてあげたら……」

まもなく、岩のあいだにすきまができ、そこから砂まじりの水をいくらかすくうことができるようになった。ライオンは苦しげに息をしながら、もどかしげにふたりを待っていた。でも、口のなかに水をたらしてやっても、それを飲みこむ力さえ残っていなかった。

「むだだよ」ヒュラスが言った。

「なにかできるはずよ」

「だめだ、ピラ。もう手おくれだよ」

ピラが見守っていると、ヒュラスは波打つように上下するライオンの脇腹に手を置いた。「どうか安らかに。じょうぶな新しい体を見つけて——もう痛いめにあうんじゃないぞ」

金色の瞳から光が消えた。ライオンの魂が夜の闇に飛びたったとき、ピラの顔をさっと温かいものがかすめた。

*

ピラは大岩にもたれてすわり、かたくて苦いライオンの肉の最後のひと切れを無理やり飲みこんだ。

ヒュラスは最初、食べたくなさそうだった。ライオンのように獲物を狩る獣の肉を食べるのは、しきたりに反することで、飢え死にしそうなとき以外は許されないんだと言った。しきたりってどんな、とピラはたずねてみたが、答えは返ってこなかった。

　のどのかわいた動物たちに踏みつぶされないように、ふたりは泉からはなれたところで野営をしていた。暑い夜なので、小屋をつくるのもやめておいた。炭だけはいくらでもあるので、ヒュラスはそれを積みあげて上手に火をおこした。それから断固としたようすでさらに岩をどけはじめた。朝まで待ってもいいじゃない、とピラが言うと、スクラムもライオンも助けられなかった、これ以上救える命を死なせたくないんだ、と答えた。

　ふたりがかりで泉から岩をどけ終わると、ようやくヒュラスも、これなら目の見えないハリネズミだって水を飲めるな、と言った。それからライオンの皮をはぎ、あばら肉をぶあつく切りとると、たき火で焼いてなんとかおなかにおさめた。それがすむと、ほかの動物たちが食べられるようにと、死骸をしげみのなかに引きずっていった。心臓と尻尾は岩の上に置き、女神に捧げた。

　まもなく、動物たちは泉が元どおりになったことに気づいた。ひづめやかぎ爪のせわしない音が、ピラのすわっているところまで聞こえてきた。最初のうち、争うような激しいうなり声があがっていたが、やがてそれがのんびりと水を飲む音になり、最後には満足げに口から水をしたたらせる音に変わった。

　体はくたくたなのに、ピラは落ち着かなかった。先ほどの翼の音が気がかりだった。

　ヒュラスがせっせとライオンの皮をはぎ、泉の岩をどけた理由が、ピラにもわかっていた。この場所に取りついているもののことを考えまいとしているのだ。

　ヒュラスは向かいにすわり、燃えがらでライオンの膀胱をこすってきれいにし、水袋をつくろうとしている。ピラの視線を感じたのか、ヒュラスは顔をあげた。「さっきの脇道にいたやつ——あれはハゲワシじゃないと思う」

　ピラはつばを飲みこんだ。「わたしも」

　羽ばたきの音が聞こえ、ふたりはびくっとした。カラスがカア、とひと声高く鳴き、飛び去っていった。

　ヒュラスはふうっと息を吐いた。ピラは暗闇に目をこらした。

　物心ついたときから、〈怒れる者たち〉はピラにとって恐ろしいものだった。だれにとってもそうだ。巫女にも、農民にも、奴隷にも。〈怒れる者たち〉ははるか昔から存在していて、これからもいなくなることはない。真夜中になると、影のようにあとをつけてきたり、恐ろしい悪夢を見させたりする。暗闇のなかでおびえきって目をさましたり、わけもなくぞっとして鳥肌が立つようなときは、〈怒れる者たち〉がそばにいるのだ。神々の誕生以前から存在しているカオスからやってきて、肉親を殺した者をつけねらう。古い呪文をとなえれば、少しのあいだは遠ざけておくことができる。別の人間のふりをするか、故郷を捨てるかすれば、一時的には逃げることもできる。でも、いつかは見つけだされ、魂を焼かれて、正気を失うことになる。

「どうしてあれがここにいるの」ピラは小声で言った。「追いかけるのは、ひどいことをした人間のはずでしょ。でも、ここにはわたしたちしかいないじゃない」

「わからない。でも、クロウメモドキさえあったらな。ぼくのいたところじゃ、それで追いはらえるって言われてる」

　ふたりは口をつぐむと、考えこんだ。おたがいにわかっていた。なにも悪いことをしていなくても、近よりすぎただけで、〈怒れる者たち〉はわざわいをもたらすのだ。

　ヒュラスがたき火に炭をくべた音で、ピラは飛びあがった。「ひと晩じゅう、火をたやさないようにしよう。夜が明けてくれるのを待つしかないな」

*

驚いたことに、ふたりとも日の出まで眠ることができた。新しい水袋に水をくむと、峡谷にさしこみはじめたうす明かりに勇気づけられ、歩きはじめた。

朝が半分ほどすぎたころ、ふたりは海に出られそうな小道にさしかかった。いくらも行かないうちに、ひらけた野原があらわれた。その向こうには黒こげになった丸太がうずたかく積みあげられ、道をふさいでいる。

両脇の斜面はマツの倒木におおわれ、まるで巨人の手でなぎ倒されたように見える。折りかさなるようなその倒れかたが、ヒュラスにはなんとなく引っかかった。よく見ようと、そばへ近よってみた。

木の幹には、斧の跡がついていた。黒こげの丸太の山のところまでもどると、ヒュラスは焼けこげた数頭の雄牛の骨と、真っ黒な陶器のかけらを掘りだした。においをかいでみる。油だ。ヒュラスはたじろいだ。

「だれかがわざとやったんだ。だれかが木を切り倒して、油をまいて、火をつけた。それが風にあおられて、峡谷全体に広がったんだろう」

「でも……まさか、峡谷を丸ごと燃やそうとしたわけじゃないでしょ」ピラが口ごもりながら言った。「そんなことをしたら、大変なことになるわ」

ヒュラスはかがみこむと、丸太の山の手前にある御影石の板をながめた。その上には、ギラリと光る黒曜石の矢尻が積みあげられている。そのひとつをつまみあげた。ポプラの葉のような形をしている。自分の腕から引っこぬいたものとそっくりだ。

「カラス族ね」ピラがこわばった声で言った。

「なんでだ？」

「生け贄を焼くって言われてるの」

「それほんとか？　生け贄を？　でも、なにが望みだっていうんだろう」

「わからない」

「こんなに大がかりな生け贄なんてあるわけない。村が十個はつくれるぐらいの木をむだにするなんて」

「それに、かわいそうな木の精たちも」

ふつふつと怒りがわいてきた。死んでしまった生き物たちに、無残な木々。あんなことをしたのは、カラス族なのだ。なにもかもカラス族のせいだ。「この島、どうも変だ」ヒュラスはつぶやいた。「なんだか……なにもかもがつながってる気がする」

「どういう意味？」

「あの船は、なんで難破したんだ？　スピリットの群れはどこへ行った？　〈地を揺るがす者〉が目ざめたのはなんでだ？」ヒュラスは眉をひそめた。「カラス族が襲ってきてから、ずっとなにかの流れに乗せられてるみたいな気がするんだ。それがなにかはわからないけど。なんだか、クモの巣につかまったハエみたいな気分だ」

ピラは返事をしなかった。首をひねって、西側の斜面にちらばった倒木のほうをながめている。

「あそこなら乗りこえられるんじゃない？」

ヒュラスはピラの視線を追った。「かもな。ぼくがためしてみるから、ここで待ってろ」

倒木はひどくぐらついていて、折れた枝があちこちからつきだしていた。丸ごとくずれるといけないからはなれていろ、とヒュラスはピラに呼びかけた。斜面を半分ほどのぼると、下からは見えなかったようすが目に入った。岩壁が張りだしていて、それ以上はのぼれそうにない。どうやら、島はまだふたりを自由にはしてくれないようだ。

炭で足がつるつるとすべるので、くだるほうがむずかしかった。短剣が枝に引っかかり、さやの口が下を向いた。短剣は音を立てて地面に落ちた。ピラが走っていってそれを拾いあげた。「受けとったわ！」

ふりむいてみると、のぼったときには見落としていたものに気づいた。野原のはずれの谷の斜面にかくれるように、小さな渓谷がつづいてる。あざやかな緑の色が細長くのびているのを見て、ヒュラスは元気づいた。渓谷には火の手がまわらなかったのだ。それにきっと海に通じているはずだ。

いい知らせをピラに伝えようとしたそのとき、渓谷のしげみが動いた。

ヒュラスはぎょっとした。

またた。

なにかがやってくる。

29

謎の男

渓谷からあらわれた男は、足を引きずっていて、人目をさけるみたいに物陰ばかりを歩いてきた。

はだしで、塩にまみれた汚い生皮のチュニックを着ている。空っぽになりかけた水袋を肩にかけ、ベルトがわりの腰の縄にナイフを差している。黒髪を長くのばしているので、奴隷ではない。見た目は物乞いのようだが、体つきは戦士を思わせる。遠すぎて顔は見えないものの、張りつめたような空気をただよわせているのがわかる。

倒木のあいだに身をかくしながら、ヒュラスは野原を見おろした。ピラの姿はどこにも見えない。男に気づいてかくれたことを祈るしかない。

男はあいかわらず物陰を歩いてくると、カラス族の矢尻の山の前で立ちどまった。それをじっと見ている。ナイフに手をのばし、それからゆっくりと野原を見わたした。まなざしの強さが、おき火の熱のように伝わってくる。

男は足を引きずりながら黒こげの生け贄のところまでやってきた。ヒュラスの真下だ。陶器のかけらに手をのばした。においをかぐ。元にもどした。大きな岩を見つけると、もたれかかり、痛そうに右の太ももをさすった。そして小袋から葉っぱを二、三枚取りだし、てのひらのなかでつぶした。いくらかを額に塗りつけ、残りは口のなかで嚙むと、水袋の水でそれをすすぎ、最後に手の甲で口をぬぐった。

「上にいるおまえ」男は平然と言った。「おりてきたらどうだ」

*

「いるのはわかってるんだ」と謎の男は言った。「そこにずっといるのがいやなら、おりるしかないだろ」

ヒュラスの足の上をコガネムシが這いずっている。それをはらいのけることさえできない。

謎の男は腕を組むと、あくびをした。「こっちは一日じゅう待ったっていいんだ。おまえはどうだ？」

コガネムシがはなれていったかと思うと、今度はアリがやってきた。

「いいだろう」男は言った。「待っててやる」

太陽が高くなってきた。両脇から汗が流れ落ちる。風が吹きあげ、目にほこりが入った。のどはカラカラだ。新しい水袋はピラが持っている。

「そんなところにいても楽しくないだろ」男の声はハチミツのようになめらかだが、底のほうには、つい耳をかたむけ、したがってしまいたくなるような力強さがある。「のどもかわくだろう。腹もへる。おまえみたいな小僧は、いつだってそうだろ」

ヒュラスは息をのんだ。この男は、なんで自分が子どもだとわかるんだろう。見てもいないのに。

「ああ、おまえのことならいろいろ知ってるさ」ヒュラスの心の声が聞こえたみたいに男が言った。

「やせっぽち。くたびれている。左足を引きずっている。どうしたんだ、イバラでも踏んづけたか」

ヒュラスは頭がくらくらしはじめた。ひょっとして、相手は人間じゃなくて、神の化身なんだろうか。

でも――もしも神だとしたら、さっさとヒュラスをおりてこさせるはずだ。

神じゃないのなら、なんで上までのぼってきて引きずりおろさないのだろう。もしかすると、のぼってこられない理由でもあるのかも……。

「そのとおり。この足の傷じゃ、のぼる気にはならんね。ところでおまえ、名前は？」

ふいをつかれ、ヒュラスは思わず答えそうになった。

男は肩をすくめた。「なら、おれが名前をつけてやる。ノミ公と呼ぶことにする。そんなところまで飛びあがれるのはノミぐらいなもんだからな。それでな、ノミ公。おりてこないんなら、娘っ子のほうを痛めつけることに――」

「だめだ、やめろ！」ヒュラスは叫んだ。

「ああ、口はきけるんだな」男はそっけなく言った。「そのなまりは、リュコニア人か」

「あの子にさわるな！」

「ふん、それはおまえしだいだな」

ヒュラスはくちびるを噛んだ。本当にピラをつかまえたんなら、いまどこにいるんだ？　ただのはったりじゃないのか？

そのとき、ヒュラスは気づいた。足跡だ。男はヒュラスとピラの足跡を読んだのだ。

男は灰を手ですくいあげ、指のあいだからこぼれ落ちるのをながめていた。「いい船乗りってのは、たえず風を読むものだ。おまえにはピンと来ないだろうな。陸の人間には」

「ぼくは――」ヒュラスはぎゅっと目をつぶった。

「山の小僧か。そりゃそうだな、そうしてそんなところにかくれているんだもんな。それにしても、ずいぶんリュカス山から遠いところにいるじゃないか、ノミ公」

ヒュラスは答えなかった。ずるがしこいキツネにつかまったネズミになった気分だ。

岩からはなれると、男は小枝を集めはじめ、それをヒュラスの風上に積みあげていった。いったいなにをするつもりだ？

はらはらしながら見ていると、男は足を引きずりながら渓谷へもどり、綿毛のついた草を持ってすぐに引きかえしてきた。そして足の傷のせいでぎこちなくひざをつくと、ナイフをぬき、手ぎわよく火花をおこした。

「なにをするつもりか、気になってるんだろ？」男はのんびりと言った。「さあ、教えてやろう。冬の終わりに、小屋のなかがシラミだらけになるだろ？　そしたらどうする？　ヨモギを燃やしていぶしだすよな」男はたきつけに息を吹きかけ、立ちあがると、火が風にあおられるのを待った。「ノミにも効くんだ」

あっというまに、黒い煙が風に乗って斜面をあがってきた。てきめんに息ができなくなる。煙を吸いこみ、せきこみながら、手探りで這いだそうとしたヒュラスは、足を踏みはずし、転落した。

飛びだしてきた男は、ヒュラスを引きずりだし、地面にうつぶせにさせると、ナイフの切っ先をあごにつきつけた。「やつらはどこだ」御影石のようにかたい声で男は言った。

「やつらって？」ヒュラスはあえいだ。

「コロノスの息子たちさ！　さっさと言え！　うそはなしだ！」

「だれのことだかわからない！」

自分の腰に巻いた縄で両腕をしばりあげられ、上を向かされ、胸の骨が折れそうなほどの力でしめつけられた。「カラス族はどこだ？　知ってるはずだ、おまえ、やつらのまわし者なんだろ」

「ちがう！」

「どうだかな。いま火にくべた枝より長生きしたけりゃ、白状するんだ！」

「ぼくはまわし者なんかじゃない、本当です！」

男はヒュラスをあおむけにし、体を少しはなした。ヒュラスの目の前には、風焼けをした、いかつい男の顔があった。塩がこびりついた、ごわごわの黒いあごひげ。くぼんだ目は、奇妙に色がうすく、遠くを見わたしつづけてきたせいで、色あせてしまったように見える。獲物をいたぶるオオヤマネコのように、じっとヒュラスを見つめている。

「まわし者じゃないなら、ここでなにをしてる？」男は責めたてた。

「ぼくは、ここから出ていきたいんです！」

男は魂の奥を探るようにヒュラスを見すえ、やがて口を開いた。「おまえは利口そうだな。だが、おれのほうが利口だってことをおぼえておけ」

ヒュラスはつばを飲みこんだ。「ぼ、ぼくも利口だから、わかってました」

男の口元のしわが深くなった。ほほ笑んだのだろうか。もっとも、ほほ笑みかたなど忘れてしまったようにも見える。「年はいくつだ、ノミ公？」

「ええと、十二です」

「十二か」いかつい顔に、悲しみの影がさした。「考えられるか？」男は小さく言った。「おれは、おまえが生まれる前から逃げまわってるんだ」

「カラス族から？」

「ほかの者からも」一瞬、くぼんだ目が遠くをさまよった。「それでだ、ノミ公。カラス族のことで、なにを知ってる？」

ヒュラスは息を吸いこんだ。「妹のイシといっしょに、ヤギを連れて山のてっぺんにいたとき、カラス族が野営地を襲ってきたんです。それでイシとはぐれてしまって。同じよそ者のスキロスは殺されたし。族長のテストールは、やつらを追いかえそうとしないんです。理由はわからない。ぼくは逃げのびて、ここにたどりついた。もどって妹をさがさなきゃならないんです。知ってるのはそれだけです」うそだった。ケフティウ人のことはだまっていた。でもそれで、ピラを思いだした。男がピラのことを忘れていればいいのだが。

「野営地を襲ったのは何人だ？　どんなかっこうをしていた？」

ヒュラスはできるだけくわしく説明した。それから、「やつらの、た、隊長は、だれなんです？」とつっかえながらきいた。

男は吐きすてるように言った。「名前はクラトス。コロノスの息子、クラトスさ」

「コロノスってなんです？」

「ものじゃない、人だ。コロノスはミケーネを支配している一族の長だ。昔は誇り高い、りっぱな連中だったが、やがて権力に酔いしれるようになり、他人のものまでうばうようになった。〝カラス族〟というのは、人々が連中を恐れてつけたあだ名さ。やがて、一族の者だけじゃなく、その戦士たちもそう呼ばれるようになった」男は言葉を切った。「おまえ、とらわれの身のくせに、質問の多いやつだな。今度はこっちからきく。なんでクラトスに追われてるんだ？」

「知りません。よそ者はみんな追われてるんです。ぼくが最後のひとりかもしれない。それとイシと」

だまりこんだ男を見て、ヒュラスは相手の頭がせわしなく回転しているのを感じとった。そして勇気をかき集めた。「あなたは……あなたは神さまなんですか？」

男の口元のしわが、また深くなった。「そうかもな。神かどうか、どうやって見分ける？」

「燃える影を持っているはずです」

「そうだな。が、もしおれが神なら、それを見せやしないだろうがね」男の口調はまたなめらかになったが、あいかわらず、底のほうには力強さが感じられる。この男なら、相手に火を水だと信じさせることだってできそうだ。

「それじゃ、妖怪ですか？〈海の男〉みたいな？　なにかの精が化けているとか？」

「ああ、化けるのは得意だがね。さんざんやってきたから」

たき火がパチッとはぜた。ヒュラスははっとした。枝が燃えつきようとしている。

男もそれに気づいた。「おまえをどうしてやろうかな、ノミ公。信じてやりたいが、どうしたものか。カラス族には何度もわなをしかけられているし、いままで生きのびてこられたのは、情け深かったせいじゃないしな」

ヒュラスは思いきって言った。「あなたの船がある場所を知ってます」

男は乗ってこない。「都合のいい話だな。都合がよすぎやしないか」

「そんな。お願いです、本当なんです。そうだ、色染めされていない帆と、オリーブの瓶と……それから……たくさん結び目がついた風袋がありました！」

胸ぐらをしめつけていた手の力がゆるんだ。「助かった者は？」

「見かけていません」

「なに、ひとりもか」

ヒュラスは首を横にふった。

男の表情が変わった。非情そうだけれど、仲間の船乗りたちのことは気にかけていたのだろう。

「難破船のところまで案内します」

「いまここで場所を教えてくれたほうが、手間がはぶける」

「いま教えたら、ぼくを……ぼくを殺すんでしょ」

「どっちみち殺すかもしれんがね。それが賢明だろうから」

炎がシュ―ッと音を立て、枝が火の粉をあげながら焼け落ちた。

「船まではどのくらいある？」

「遠くはないです」ヒュラスはうそをついた。「夜までにはたどりつけます」

「場所は？」

「岬の先にある岩礁の上に。でも、風が強すぎなければ、船にわたれます」

男はヒュラスを引っぱりおこすと、火のついた枝を拾いあげた。「どっちだ」

ヒュラスはいそがしく頭をはたらかせた。行きかたがわかっているように見せかけなければならないし、男が出てきた渓谷のほうへ行くわけにもいかない。

「北です」ヒュラスは自信ありげに答えた。

焼けた峡谷へと引きかえしながら、名案はないかと知恵をしぼってみたが、なにも思いつけなかった。どうかピラが遠くへ逃げのびていますように。もどってきたりしませんように。

*

大きな岩の陰にかくれたピラは、ふたりが去っていく音に耳をすましていた。ヒュラスはなにをするつもりなんだろう。どうしてあの男を来た道に案内していくのだろう。なにか考えでもあるんだろうか。

あとをつけなくちゃ。そう考えると、吐いてしまいそうになった。近づきすぎれば、男につかまり、魚みたいにはらわたをえぐりだされるだろう。はなれすぎたら、今度は見失ってしまう。焼けた峡谷をひとりぼっちでさまよう自分の姿が目に浮かんだ。夜のとばりがおりたあの不気味な谷あいの道に迷いこんで、身の毛もよだつような〈怒れる者たち〉の気配を感じて……。

でも、ヒュラスを助けないと。裏切るわけにはいかない。ヒュラスがいてくれなかったら、自分はいまも地下に閉じこめられたままだったのだから。

水袋の水をひと口飲むと、ピラは勇気をかき集めた。これだけはたしかだ。あのうす暗い道に近づくなら、身を守るために、クロウメモドキを手に入れなくてはならない。ヒュラスが気づいているかどうかはわからないけれど、あの男は、恐ろしいものに追われている。

ピラは渓谷にかけこみ、やぶのなかをさがしまわった。ゲッケイジュにヒイラギはある。でもクロウメモドキは？　その木がどんな姿をしているのか、ピラはぼんやりとしか知らなかった。絵に描かれたもののほかには、碗に入った葉っぱくらいしか見たことがない。それに、ヒュラスも男もどんどん遠ざかっていく。

ようやくいくらか見つけだし、ピラは歓声をあげた。短剣で枝を二、三本切りとると、ベルトに差し、急いで野原にもどった。

そこは空っぽだった。ヒュラスも男も消えていた。

ピラはあわててふたりが通った道を――というより、通っていそうな道を――たどった。思っていたよりもたくさんの分かれ道があり、足跡をつけるのは想像以上にむずかしかった。

突拍子もない救出計画が頭には浮かんでくるものの、どれもうまくいきそうにない。男は物乞いのような姿をしているが、身のこなしは戦士を思わせる。それに、ピラの考えが正しければ、戦士よりももっと危険な存在のはずだ。かんちがいでなければ、あの男は、大罪中の大罪をおかしている。

さっき、手のなかで葉っぱをつぶしながら、男は呪文をつぶやいていた。ヒュラスには聞こえなかったかもしれないけれど、じきに気づくだろう。

女神の館のなかで初めてその呪文を聞いたのがいつだったか、ピラはもうおぼえていない。でも、ケフティウやエジプトで、何千年も前からその呪文が使われていることは知っている。ユセレフがそう教えてくれた。女神の館がつくられたときより、そしてエジプト人が砂漠の真んなかに石の山を築いたときよりずっと以前から、人々は恐れを感じるとその呪文をとなえてきた。神々から農耕を教わる前の蛮族が洞穴暮らしをしていたころよりも、さらに昔から。

世界最古の呪文。

〈怒れる者たち〉を遠ざける呪文だ。

30

短剣の秘密

木々の下から影が這いだし、ヒュラスののどに恐怖がこみあげた。となりでは、男がきょろきょろとあたりを見まわし、危険を察知した雄ジカのように鼻をひくつかせている。「なんでこっちなんだ、ノミ公?」男は気に入らなげに言った。

「船はこっちにあるんです」ヒュラスはうそをついた。

「本当だろうな」

男は、夜を遠ざけようとするように、たいまつを高くかかげた。ときどき小袋から葉っぱを一枚取りだして嚙み、低い声で呪文をつぶやいている。それはクロウメモドキの葉だった。うすうすは気づいていたものの、その呪文を聞いて、男がお守りも印章も身につけていない理由がはっきりした。自分を追ってくるものに正体を知られたくないのだ。〈怒れる者たち〉に。

空は赤く染まり、雲におおわれはじめている。峡谷は息をひそめるように静まりかえっている。不気味な谷あいの道は、もうまもなくだ。ヒュラスは黒こげのイトスギの下でうごめく影を思いうかべた。翼の音が聞こえやしないかと耳をすました。この男といっしょにいるだけで、命の危険にさらされているのだ。

あたりが暗くなりはじめたころ、泉にたどりついた。のどのかわいた動物たちに踏みあらされ、ぬかるみに変わってしまっているが、いまはひっそりと静まりかえり、生き物といえばユスリカの大群くらいしか見あたらない。

コウモリもいないのか、とヒュラスは思った。こんなにユスリカだらけなら、ふつうはコウモリがいるはずなのに。

「長居はしないぞ」男がぼそっと言った。「日がすっかり暮れる前に、ここから出るんだ」

男はヒュラスを切り株にしばりつけ、大きな岩にたいまつを立てかけると、すばやく水を飲み、水袋を満杯にすると、太ももの傷にも水を浴びせた。そして、意外なことに、ヒュラスにも水袋の水を飲ませた。

「ありがとう」ヒュラスは言った。

男は聞いてもいないようだった。たいまつが燃えつきそうなので、かわりの棒をさがしまわっている。

ヒュラスには男の本性がわからなかった。情け容赦がなくておっかないし、〈怒れる者たち〉に追われているということは、とんでもない罪をおかしていることはまちがいない。でも、たまにちらりとやさしさをのぞかせることもあって、思わず好きになってしまいそうだった。そのがっしりとした体のなかに、ふたりの男が住んでいるみたいなのだ。ヒュラスを傷つけるのをためらう男と、生き残るためにはなんでもやる男とが。

一陣の風が舞い、ほこりの渦を巻きあげた。男はトカゲのようにすばしこくたいまつをつかみあげると、影をなぎはらうように、ぐるぐるとまわりはじめた。顔には興奮の色が浮かび、あごひげに埋もれた歯がキラリと光る。

風がぴたりとやんだ。男はたいまつをおろした。額は汗で光っている。ヒュラスの視線に気づくと、男は言った。「恐怖ってのはおかしなものでな。あまりに長くいっしょにすごすと、相棒みたいになっちまうのさ。おまえにもわかるよな、ノミ公。この峡谷になにがいるのか、気づいてるんだろ」

ヒュラスはうなずいた。「あれに追われるなんて、なにをしたんです？」

男はヒュラスを見おろした。「おまえは若すぎて、まだ理解できないだろう。なにもかも。故郷でヤギの番でもしてるのがお似合いだ」

「ヤギはカラス族に殺された。ぼくの犬も殺されたんだ」

男は眉をひそめた。そして驚いたことに、短剣はどうしたのかとたずねた。ヒュラスがだまっていると、こう言った。「腰に空のさやをぶらさげてるからさ。短剣はどこへやったんだ？」

「な、なくしてしまって」

男は少し考えるような顔をした。そして、「カラス族がこの峡谷を焼きはらったのは、なぜだと思う？」と静かにきいた。

話の流れについていけないまま、ヒュラスは首を横にふった。

「考えてみろよ、ノミ公。生け贄を捧げるのは、なにかがほしいからだ。峡谷全体を焼くとなると、カラス族はなにかをよっぽど手に入れたがっているということだ」男は古いたいまつから新しいたいまつへ注意深く火をうつすと、ヒュラスのいる切り株のところまでやってきて、となりに腰をおろした。「いったいなんだって、クラトスがわざわざよそ者狩りなんてはじめたのか、ずっと考えていたんだ。ヘビは脅威を感じると相手を噛むだろ。だから、考えてみるんだ、ノミ公。なぜやつらは脅かされたと感じている？　やせっぽちのよそ者の小僧なんかが、なぜカラス族の脅威になる？　あっちは、絶大な力を持つミケーネの支配者だってのに」

「わかりません」

「教えてやろう。カラス族を脅かすには、やつらの力の源をうばえばいい。それがなにか知ってるか？」

ヒュラスはまた首をふった。

「カラス族の力は、短剣に宿っている」男は言葉を切り、ヒュラスの顔をうかがった。「意外だろ？雪花石膏の杯でも、純金の首飾りでもない。ただの地味な青銅の短剣なのさ。柄のところに、飾り鋲が三つと、単純なしるしがついている。敵を蹴ちらす戦車の車輪の模様だ。その短剣さえあれば、やつらは無敵でいられる。それがなければ、無敵じゃない」

ヒュラスは平気な顔を取りつくろおうとしながら、内心ではうろたえていた。墓にいたケフティウ人から死ぬまぎわに短剣をゆずられたときのことが頭をよぎった。貴重なものだよ。盗んだんだ。人には見せちゃいけない。

「で、でも……そんなことってあるんですか。短剣に力が宿るなんて」

「教えてやろう」男はヒュラスを見すえながら言った。「一族の長のコロノスは、偉大なる戦士だった。敵の族長に一撃を食らわせ、兜ごと頭を真っぷたつにしたんだ。そして、その割れた兜を使って、短剣をつくらせた。熔かした青銅に、自分の戦傷から流れた血を注ぎこんで。それから雄牛を七頭生け贄にし、〈父なる空〉に祈りを捧げた。短剣に一族の力を宿らせたまえ、そして青銅の強さを一族にあたえたまえ、となあ。〈父なる空〉は、願いを聞きとどけたしるしに、ワシをつかわした。コロノス一族に短剣があるかぎり、やつらは無敵なのさ」

男はヒュラスから目をそらさず、そこで言葉を切った。「峡谷の奥にあったたいそうな生け贄を見て、ピンと来たんだ。カラス族は短剣を失ったんだとな。だからこの島にやってきた。神々にたのんで取りもどすために」

風はすっかりやんでいた。聞こえてくるのは、わき水の音だけだ。

ふいに、男が身を乗りだした。「だからやつらはよそ者を追っているんじゃないのか、ノミ公。よそ者が短剣を盗んだのか？　やったのはおまえか？」

ヒュラスは男の目を見た。「盗んだんじゃない。妹の命にかけて誓えます」

「だが、心あたりはいるんだな」

「……はい」

「いまどこにある？」

「わかりません」

「短剣の正体を知ったのはいつだ？」

「いまです、いま初めて聞きました」

「最後に見たのは？」

ヒュラスはためらった。「二、三日前です。海に落としてなくしてしまって……」目をそらそうとしたが、男の目がはなしてくれなかった。うそをついたのがばれてしまった。

「娘っ子が持ってるんだな。野原にあったあの足跡の子だな？」

「ち、ちがいます」ヒュラスは口ごもった。「どこにあるのか、知らないんです！　ほんとなんです！」

また射ぬくような目で見すえられる。「おかしなもんだが、おまえを信じるよ。つまり、さがしようがないわけだな」

男は二、三歩歩きながら、なにか不愉快なことを考える顔をした。やがて肩を怒らせると、あわれむような目でちらりとヒュラスを見た。「残念だな、ノミ公。なんだってこんなやっかいな場所におれを連れてきたりしたんだ」

ヒュラスの口のなかがカラカラになった。「なにをする気です？」

水袋を背負うと、男はヒュラスの縄をほどき、立ちあがらせた。「来るんだ。さっさと片をつけよう」

泉をあとにしていくらも行かないうちに、闇のなかから黒々としたイトスギがぬっと姿をあらわした。

「ちがう。こっちじゃない」ヒュラスは言った。

男はそれを無視した。

谷あいの道の真んなかに、ポプラの木が一本、番人のように立っている。男は枝のくぼみにたいまつを差すと、ヒュラスを根っこの上にすわらせ、幹にしばりつけた。暮れゆく空をしきりに見あげながら、せかせかと動きまわっている。

ヒュラスの歯がガチガチと鳴りだした。「なにをする気なんです？」

男はナイフをぬくと、自分の髪をひとふさ切りとり、ヒュラスの首にくくりつけた。そして炭のかけらを拾いあげると、ヒュラスをじっとさせ、額と胸にしるしを書いた。

「おれだってやりたくはないんだ、ノミ公」男は荒々しく言った。「子どもに、こんなこと……でもしかたがない。つかまるわけにはいかないんだ。自分の命だけが問題なんじゃない。それに、ほかに方法がない」

男は立ちあがり、たいまつをつかむと谷に集まってきた影たちに呼びかけた。「空気と闇の精たちよ！　この者の頭と胸のしるしを見るがいい！　これぞアカストスのしるしなり！　来るがいい！　うばうがいい！　むさぼるがいい！」

「アカストス」ヒュラスはあえいだ。「それがあんたの名前なのか。自分のしるしをぼくに書いたんだな。髪の毛までくくりつけるなんて。ぼくを……ぼくをおとりにする気なんだな！　ここに置きざりにして、〈怒れる者たち〉のえじきにさせるつもりなんだ」

アカストスは足を引きずりながら谷の入り口へと歩きだした。

「ぼくを置きざりにしたら、船を見つけられないぞ！」ヒュラスは声を張りあげた。

「見つけるさ。風が強すぎなければ、船にわたれると言ったよな。難破してからずっと、北西の風が吹いている。つまり、船は北西の浜辺にあるってことだ」

「でも、船を見つけたって、カラス族がやってきたらきっとつかまる！　やつらはきっとあらわれる。ぼくならかくれられる場所を知ってるから、助けられ――」

「おまえの助けなどいらん」

「お願いです！」

その声に、アカストスは立ちどまった。

「置いていかないで！」ヒュラスはすがるように言った。「ぼくはなにもしてないのに！」

「そうだな」アカストスの声の調子が変わった。「だが、どうしようもない」そう言っててのひらで顔をおおった。「おまえとおれは似た者同士だ。ずっと生きのびてきた。やつらのことも、おまえならだしぬけるかもしれん」

「アカストス！」

でも、アカストスは行ってしまった。

取りのこされたあとの静寂はたえがたかった。黒こげの枝ごしに見える空から、最後のうす明かりが消えていく。星がふたつ三つ、青白くまたたきだした。やがて、雲にかき消されてしまった。闇が深まっていく。今夜は月も出ない。

ごわごわした樹皮が肩の骨に食いこみ、アカストスにしるしをつけられた皮膚がじんじんする。こげた木と灰のにおいがする。

羽ばたきの音が聞こえてきた。

31

〈怒れる者たち〉

ヒュラスはめちゃくちゃにもがいた。縄はゆるまない。アカストスのしるしを消そうにも、腕は両脇にしばりつけられていて、手がとどかない。

真っ黒なものが空をさっと横切った。

ヒュラスは記憶をまさぐった。たどたどしく呪文をとなえる。

黒いものは通りすぎ、羽ばたきの音は夜の闇に遠ざかっていった。ヒュラスは耳をすました。きっとまたもどってくる。

〈怒れる者たち〉が追うのは、肉親を殺した人間で、ヒュラスはだれも殺してはいない。でも、だからといって安全ではないことはわかっていた。〈怒れる者たち〉はじゃまする者にも容赦をしない。獲物のそばにいるだけで、あるいは、獲物のしるしをつけているだけで、巻きぞえを食うことになる。

アカストスはぬかりがなかった。ヒュラスを木にしっかりとしばりつけ、まちがいのないように、自分のしるしを二か所に書いていった。これでは、杭にしばりつけられてライオンのえさにされるヤギみたいなものだ。

巨大な影が空をおおった。それは崖のふちに止まり、シュッとしなやかな音を立てて翼をたたんだ。

ヒュラスの心臓がちぢみあがった。

さらに羽ばたきの音。影がもうひとつ、崖に止まった。かぎ爪が燃えがらを踏みしめる音が聞こえる。こげた肉のにおいがする。黒いものが動いた。

聞き耳を立てられているような、不気味な静寂。

崖の上の黒い影がひとかたまりになり、ヘビのようにくねくねと這いおりてくるのが見えた気がした。ヒュラスのほうへと。

その姿がありありと目に浮かんだ。カオスの火に焼かれ、黒くこげた皮膚。ざっくりとさけた傷のような、真っ赤な口。

やつらは夜目がきくのだろうか。ヒュラスのみだれた息づかいや、両脇を流れ落ちる汗の音を聞きとれるのだろうか。恐怖をかぎつけられるのだろうか。

クロウメモドキもないので、追いはらうこともできない。呪文をつぶやくことはできるけれど、気づかれてはいけないので、声をひそめなければならない。

地面の上でなにかが動くのが、ちらりと見えた。

あそこだ。谷の入り口のところだ。目をこらしたが、闇が濃すぎて見通せない。

頭上の崖では、黒い影がうごめき、長い首をのばしてヒュラスをさがしている。

地面にいるなにかがまた動いた。さっきより近くだ。影がひとつ、こちらにしのびよってくる。呪文がのどで引っかかった。恐怖で心臓がしめつけられ……。

「ヒュラス！」地面にうずくまったその影がささやいた。「わたしよ！　ピラよ！」

*

　あたりがあまりに暗いので、ピラは手探りでヒュラスに近づいた。ヒュラスが金髪でなかったら、いつまでも見つけられなかっただろう。

「だいじょうぶ？」ピラは小声でききき、ヒュラスの背後にまわって結び目を引っぱった。石みたいにかたく、とてもほどけない。

「短剣はどうした？」ヒュラスがあえぐように言った。「早く！　これを切ってくれ！」

　縄に刃をおしつけたが、かたすぎて切れない。

「急いで！　やつらがやってくる！」

　ピラは顔をあげた。恐怖がどっとおしよせた。

　黒い影が旋回しながらおりてきて、谷の入り口のイトスギの木立にとまった。かぎ爪が枝を引っかく音と、しなやかな羽ばたきの音が聞こえる。

　もう一度、縄に切りつけた。手がふるえてしまう。短剣の刃がはねかえされる。

「あの男のしるしをつけられたんだ」ヒュラスは声をひそめて言った。「やつら、それを感じとってる。ぼくは手が使えないから、消してくれないか」

「どこなの？」

「眉のあいだと胸。それに、首に髪の毛も巻きつけられてる」

　ピラは必死にヒュラスの顔をまさぐり、指で炭をこすり落とし、胸のほうも同じようにした。首にくくりつけられた髪の毛は、つるつるとすべってほどけない。短剣を使うことにした。髪の毛がこんなにかたいものだったなんて。ようやく切れると、ピラは髪を投げすてた。縄のほうに取りかかったとき、ベルトに差したクロウメモドキの葉を思いだした。

「なんで手を止めるんだ」ヒュラスが小声できいた。

「クロウメモドキを持ってきたの――」

「むだだ、もうそこまで来てる！」

三十歩ほどはなれたところのイトスギから黒っぽい影が飛びおり、ぞっとするような音を立てて着地した。

ふたりは凍りついた。

ピラはふたたび縄に切りつけはじめた。「無理だわ。時間がかかりすぎる」

「石を見つけるんだ」ヒュラスがせきこむように言った。「それと炭のかけらも。炭であの男のしるしを石に書いて、髪を結びつけるんだ」

ピラにもピンと来た。「おとりにするのね？」

「すぐにやるんだ、縄を切るのはあとでいい」

「でも――」

「ピラ、いますぐおとりをつくらないと、どんなに速く走ったって、逃げきれやしない！」

ピラは石を拾いあげ、ポプラの枝を折った。「しるしって、どんな形だった？」

「それが……見えなかったんだ」

ピラは頭をはたらかせた。「名前は言ってた？」

「アカストス」

「書かれたときの感じで形を思いだせない？」

谷の入り口の影がゆらりと揺れた。においをかぎとろうとするような、不気味な音が聞こえてくる。恐怖が胸にのしかかってくる。

「たしか……下を向いた短剣みたいで……それに、柄の両脇に縦の棒がついていたような――」

「わかったわ、それ、あの人の名前の最初の音をあらわしてるのよ」合っているようにと祈りながら、ピラは手探りで石にしるしを書きつけた。でも、髪はどこへやったっけ？　地面をさがしまわったが見つからない。パニックがおしよせる。

あった。ピラはふるえる手で髪の毛を石に結びつけようとした。

「早く」ヒュラスがせかした。

かぎまわるような音がやんだ。影は動きを止めた。においをかぎつけたのだ。

合図でも受けたみたいに、影がもうひとつ崖をはなれ、煤まじりの風のなかを旋回しながらおりてくると、イトスギに止まった。さらにもうひとつ。

ようやく髪をくくりつけられた。ピラは腕をふりかぶると、谷の入り口めがけて、力いっぱい石を投げた。

「縄を切ってくれ！」

地上にいる影は動きを止め、ゆらりと揺れると、石のほうへと向きを変えた。

ピラは必死に縄に切りつけた。

「切りつけるんじゃない、引くんだ。のこぎりで木を切るときみたいに」

のこぎりを使ったことなどなかったが、言われたことの意味はピラにもわかった。ヒュラスが身をよじり、縄を引っぱった。縄はちぎれた。

ヒュラスはぱっと立ちあがると、片手で短剣をつかみ、もう一方の手でピラの手首をつかんだ。ふたりは、ひとつしかない逃げ道めざしてかけだした。えたいの知れない谷の奥へと。

走りながら、ピラは後ろをふりかえった。翼のあるものたちが木から飛びおり、ピラの投げた石が落ちたあたりにむらがっていた。それは、この先もずっと夢に見てうなされそうな光景だった。

＊

「だいじょうぶ？」ピラが静かにきいた。

ヒュラスはうなずいた。

「そうは見えないけど」

「ありがとう」

「わたしはただ――」

「いや、いやみじゃなくて……ありがとう。さがしに来てくれて」

「あら」ピラはかかとで土を蹴った。「だって、そうしなきゃ、とても生きのびられそうになかったから」

ヒュラスは、いつになったらふるえが止まるんだろうと思いながら、ひざをかかえていた。〈怒れる者たち〉の追ってくる音が聞こえやしないかとおびえながら、真っ暗な谷底を歩くのは、恐ろしくてたまらなかった。一度は行き止まりにつきあたった。でも、雲が切れて星空が顔を出したとき、西へとのびる渓流が見つかった。ひたすらそれをたどると、ようやく道がひらけ、うっすらと海が見えた。夜明け前の静けさにつつまれ、にぶい銀色に光っていた。

日が昇ると、ふたりはイバラのしげみに身をひそめ、水袋に残った水を分けあった。感心なことに、ピラが忘れずに持ってきたのだ。

「行きましょ」ピラの声で、ヒュラスはわれに返った。

「先に行っててくれ、追いつくから」ヒュラスはぼそっと言った。

ひとりになりたがっていることを察したらしく、ピラは斜面をおりていった。

紫色のタイムのしげみにむらがるミツバチたちや、黄色いアザミのまわりをブンブン飛びまわるアブたちを、ヒュラスはぼんやりとながめていた。現実とは思えなかった。こうして目の前にあるものも、〈怒れる者たち〉も、どちらも存在しているだなんて、とても信じられない。太陽が昇ると、闇はどこへ行くのか。やつらはいまどこにいるのだろうか。

まるで魂にこびりついたしみのように、〈怒れる者たち〉の気配が消えなかった。ヒュラスはアカストスを思いうかべた。そしてあの取りつかれたようなまなざしを。おれは、おまえが生まれる前から逃げまわってるんだ……。

スピリットが恋しかった。いっしょにキラキラと輝く海に飛びこみ、心のなかの闇を洗い流したかった。スピリットなら、なにも言わなくてもわかってくれるだろうに。

ピラがもどってきた。斜面を這うようにのぼってくる。なにかがおかしい。ヒュラスは立ちあがった。

「かがんで!」ピラは声をひそめて言った。

「どうしたんだよ」

「船よ!　ちょうど上陸してるところ。たしかめられなかったけど、たぶんカラス族だわ!」

ヒュラスはとっさに考えた。「どこにいる?」

「だから、浜辺よ!」

「うん、でもどっちの?」

ピラは南を指さした。

「よかった。ぼくらの野営地は北にあるはずだから、少なくとも、そこは通らずにすむ」

ふたりは身をかがめて斜面をおりた。

とつぜん、ピラがヒュラスを大岩の陰に引っぱりこむと、小声で言った。「あそこよ」

船は百歩ほど南にある浜辺に停泊していた。巻きあげられた帆はかわいた血のような色をしていて、船べりから飛びおりてくる男たちは、長い黒のマントをまとい、イノシシの牙の兜をかぶっている。隊長の青銅の鎧がキラリと光っている。男たちの顔が見えた。

男たちの顔。

ヒュラスはよろめいた。耳のなかでガーンと音がした。高いところから落ちていくような気がした。

男たちのなかに、テラモンがいた。

32
友とうそ

カラス族たちは、ふたりの真下を歩いていた。男が五人と、少年がひとり、めいめい腰に青銅の短剣をさげている。

顔をうつむけ、なにかさがすように歩きまわっている。ピラは息を吐きだした。追ってきたのではなさそうだ。流木を集めている。

となりにいるヒュラスは、身をこわばらせていた。「テラモンがいる」その声はかすれていた。

「なんですって？」

「テラモンさ。あいつ、カラス族だったんだ」

ピラは目をすぼめて、浜辺をうろつく男たちの姿を追った。そうか、あれがいいなずけなんだ。

「カラス族」ヒュラスがもう一度言った。「テラモンがカラス族だったなんて」

ピラはめんくらった。「そりゃそうでしょ。だって、コロノス一族の一員だもの。ほら、早くここから逃げなきゃ！　岬の上までのぼれると思う？」

「なんでだまってたんだ」ヒュラスが低い声で言った。

「なにを？」

「あいつがカラス族だってことをさ」

「ヒュラス、ここから逃げなきゃ！」

「なんでだまってた？」

声の調子が気になり、ピラはヒュラスの顔を見た。灰と汚れにまみれたくちびるは、血の気を失っていた。黄褐色の目は、ほとんど黒に近く見える。

昔、女神の館の中庭で、牛飛びの儀式の最中に男が雄牛の角でつかれるのを見たことがある。運びだされるとき、男には息があったものの、その顔はいまのヒュラスと同じようにショックで真っ青になっていた。

「なんでだ？」ヒュラスがきいた。

「そりゃ、知ってると思ってたからよ！　さあ、行きましょ！」

浜辺のまわりには木々がしげっているので、見つからずに岬の上までのぼれそうだった。追っ手の気配はないものの、ピラは戦士たちの姿が見えやしないかと気が気ではなかった。

ふたりはクリとイチジクの林に飛びこんだ。スズメがやかましくさえずっている。そこは身をかくすにはおあつらえむきで、ピラはようやくほっとした。追っ手はまだ来ない。

しばらくして、ふたりは泉にたどりついた。コケの上にしゃがむと、ピラはもう一歩も歩けないことに気づき、あえぎながらたずねた。「くたくたよ。もうどれだけ眠ってないか。野営地まではあとどのくらい？」

「まだまだ先だと思う。半日ぐらいかな」

「ここならちょっと休んでも安全かしら」

「安全な場所なんてないさ」ヒュラスがぼそっと言った。

ピラはためらいがちに切りだした。「テラモンのことだけど——本当に、あなたは知ってると思ってたの。だって、親友だって言ってたでしょ」

「親友だった」ヒュラスは声をおし殺して言った。「いまはちがう」

＊

ふたりは若木のしげみの下で眠ることに決め、ヒュラスはそこを枝でおおって目かくしにした。食べ物をさがしに行ったピラは、じきにもどってくると、浜辺まで木立がつづいていたから、思いきって浅瀬までひとっ走りしてきたの、と言った。チュニックのすそにはウニをぎっしりとくるんでいた。ふたりはトロリと濃いウニの身を指ですくって、生のままたいらげた。ピラがなにか言いたげな視線をちらちら送ってくるので、ヒュラスはむっとした。そんなふうに見られるのはごめんだった。

ピラがようやく口を開いた。「あなたとあの子が友だちだなんて変だなってずっと思ってたの。だって、あの子はカラス族だから」

ヒュラスはピラをにらみつけた。

「友だち同士だって聞かされて、あなたのことも信用できないかもしれないと思ったの。どう考えていいかわからなかった。だからなにも言わなかったの。もちろん、洞窟でのことがあってからは、信用するようになったけど。でも、それからもいろんなことがどんどん起きて、話す時間がなかったのよ」

ヒュラスは短剣を地面につき立て、小きざみなふるえがおさまるまで見つめていた。怒りと、みじめさと、不信感で、胃がむかついた。そもそも、ふたりは友だちだったのか。それとも全部うそだったんだろうか。でも、いったいどうして？

襲われた日、テラモンが父親の戦車で自分をさがしに来たときのことを思いかえしてみた。カラス族がよそ者を追っている理由は知らない、とテラモンは言ったのだ。知らせを聞いてすぐ、きみに伝えに行ったんだ……スクラムも見つけた……埋めておいたよ……。

あのなかにひとかけらでも真実はあったのか。でも、そんなうそをついて、テラモンになんの得がある？

ピラはウニの最後の一個を捧げ物にするために、浜辺に出ていった。「だれもいないわ」もどってくるとそう言った。「でも、遠くのほうに難破船が見えてた。あなたの言うとおり、少なくとも半日はかかりそう。暗くなるまで、ここで休んでもいい？」

ヒュラスはだまったまま、短剣の柄についた丸に十字のしるしを指でなぞった。敵を蹴ちらす戦車の車輪だ、とアカストスは言っていた。

目の前にあるこの地味な青銅の短剣が、コロノス一族の力の源だなんて、とても信じられない。

ヒュラスはアカストスの言葉を思いかえした。カラス族が失った短剣を取りもどすためによそ者を追っている、という話だった。短剣を盗んだのがよそ者だと、そしてそのよそ者がヒュラスだと考える理由でもあるのだろうか。

「どうして短剣ばっかり見ているの？」ピラが静かにきいた。疲れきった顔をしているが、黒い目でするどくヒュラスを見つめている。

ヒュラスは話して聞かせた。墓で瀕死の男と出会い、短剣をもらったこと。漂流していたときに、その短剣のおかげで命拾いしたこと。そしてアカストスから聞いた話も。

話が終わると、ふたりのあいだに沈黙が落ちた。真昼の暑さのなかで、木々がぼうぜんとしたように立ちつくしている。スズメまでだまりこみ、コオロギの羽音だけがひびいている。

ピラが先に口を切った。「本当にこれがそうなの？」

「アカストスが言っていたみたいに、戦車の車輪のしるしがついてるんだ」ヒュラスはピラを見た。「墓にいたケフティウ人のことだけど。だれだかわかるかい？」

ピラは首をふった。「わからないわ。それに、なぜそれを盗んだのかも。短剣はミケーネにあったはずよね。だったら、どうやってその人はリュコニアまで来たのかしら。なんのために？」ピラはくちびるを噛んだ。「いままで、そんな短剣のことは聞いたこともなかったし、知ってる人はケフティウにはいないと思う。それはそうよね。カラス族は秘密にしておきたいだろうから……」そこではっと息をのんだ。「思いだした。だからお告げを聞きに行ったんだわ」

「お告げって？」

「リュコニアに着いたとき、テストールとクラトスが、一族の巫女に相談に行ったらしいって聞いたの。きっとそのとき、よそ者が短剣を盗んだっていう答えが返ってきたんじゃないかしら」

「言ったろ、ぼくは盗んでない！」

「わかってる。でも持ってはいるでしょ。短剣はあなたの手にわたった、それが問題なのよ。お告げによそ者のことが出てきたとするでしょ、そして、リュコニアのよそ者のなかでまだ生きているのがあなただけだとわかったから、あなたが盗んだと考えたんでしょうね」

「でも、ぼくはミケーネになんて近づいたこともないんだ！」

「知ってるわ。それでも、そのお墓にいたっていう人が短剣を盗んで、リュコニアまで運んできて、それをあなたがもらったんなら、同じことよ」

ヒュラスは短剣を引きぬき、かざしてみた。刃にはひとかけらの泥もついていない。完ぺきそのものだ。美しい。

その短剣のことを、ヒュラスは友だと思うようになっていた。漂流したときはそばにいてくれたし、あの嵐のさなかも、短剣に結んであったひもが舟板に引っかかったおかげで、おぼれずにすんだ。自分を助けてくれていると思っていたけれど、いま思えば、短剣は自分自身が助かるためにやっていただけなのだ。つまり、こいつも元から友だちなんかじゃなかったということだ。

ヒュラスは短剣を地面に置くと、太ももで指をぬぐった。「こんなもの、捨ててやる。海に投げこむことにする。そうしたら、やつらの手にはもどらない」

ピラは眉をひそめた。「むだだと思うわ。その短剣、自分が助かる方法を知ってるみたいだもの」

「どういう意味だよ」

「洞窟のなかで、あなたがヘビに追いかけられたとき、さやからぬけなかったでしょ。噛まれてほしかったのよ、そうしたら逃げられるから。それに、倒木の山をのぼっていたときも、あのアカストスって男につかまる直前に、落っこちたじゃない。あのときあなたが持ってたら、いまごろはアカストスの手にわたってるはず。それもいやだったのよ。だめよ、ヒュラス。海に捨てたって、きっとどうにかして見つかる道をさがしだすわ。カラス族の手にもどるために」

暑いはずなのに、ヒュラスは身ぶるいをした。揺れる日ざしを浴びて光る刃をながめた。短剣に話を聞かれているような気がして、落ち着かなくなった。

「それと、これも思いついたんだけど。クラトスはナイフがなくなったこと、家来たちには内緒にしてるはずよ」

「なんで？」

「弱みを見せることになるから。権力をなくしたくなかったら、弱みは見せないこと。母に教わったの。そう、だからクラトスはごく近い肉親にしか教えていないと思う。たぶん、テストールとテラモンだけにしか」

ヒュラスはまじまじとピラを見た。「テラモンだって？　テラモンはその男の身内なのか？」

ピラはうなずいた。「テストールとクラトスは、兄弟なの。父親は、ミケーネの大族長のコロノス。テラモンはその孫なのよ。クラトスのおいね。だからカラス族だっていうわけ。生まれた日からそうだったのよ。ヒュラス、だいじょうぶ？」

ヒュラスは、山中で必死に崖にぶらさがっていたときのことを思いだしていた。闇と青銅の怪物が、崖から身を乗りだして谷底をのぞきこんでいた。灰が塗りたくられたいかつい手。首当てと兜のあいだの細いすきまからのぞいた目が斜面を行き来して、自分をさがしている……。

クラトスのせいで、スクラムはむごたらしく殺された。クラトスのせいで、イシともはぐれた。コロノスの息子、クラトス。テラモンのおじ。

「ヒュラス？」

「ほっといてくれ！」ヒュラスは叫んだ。「いいから……ほっといてくれ！」

ヒュラスは木々にぶつかりながら、やみくもに走った。

カラス族なんて名前じゃない、とテラモンは言っていた。コロノスという、偉大な一族なんだ……父さんは、争うつもりはないんだ……父さんは族長なんだ。だから、つきあう相手を好きに選ぶわけにはいかないことだってある。

あれは全部本当だった。でも、口には出さなかったことのなかに、たくさんのうそがかくされていたのだ。

それでもまだ、いくつもの疑問がぐるぐると頭のなかをまわっていた。テラモンが本当にコロノス一族の一員だったら、なぜヒュラスが逃げるのを助けたのだろう。なぜ父親の戦車を盗んで、食料を持ってきてくれたのだろう。干したヒツジの肝臓も、クルミの煮汁も。なぜなんだ？

いつのまにか、ヒュラスは木立のはずれまで出ていた。黄色がかったもの悲しい空の下に、海が横たわっている。砂利の照りかえしで目がチカチカする。

これまでずっと、どんなつらいことがあっても、いつかはテラモンにそれを話して聞かせられると思ってきた。それを支えにがんばることができた。でもいま、話せる相手はだれもいなくなってしまった。

洞窟のなかで女神に告げられた言葉を思いだした。自分がカラス族に追われる理由をたずねると、女神はこう答えた。真実には痛みがともなう。いままでは、ヘビに噛まれたことだろうと思っていた。そうではなく、ヒュラスがなにを知ることになるか、警告していたのだ。

たしかに真実がもたらした痛手は深かった。まるで、胸にナイフを刺され、ぐいっとひねられたようだった。

ピラのところにもどる気にはなれなかった。ひとりでいたかった。

いや、ひとりじゃない。スピリットに会いたい。スピリットならきっとわかってくれる。

浜辺にカラス族の姿はなかった。ヒュラスは浅瀬まで走り、岩場に身をかくした。てのひらで水面をたたいた。反応がないので、今度は水に頭をつっこみ、ブクブクと泡を吐きながらスピリットの名を呼んだ。

でも、どれだけ呼んでも、スピリットは来なかった。

33

〈光り輝く者〉

広い海にもどれてほっとしたものの、イルカは群れの仲間が心配でたまらなかった。少年と少女のことも。ずいぶん長いあいだ洞窟に閉じこめられていた気がしたけれど、そこであったことは、すでにぼんやりと青くかすみつつあった。

流れのなかで身動きが取れなくなり、必死でもがいたことはおぼえている。引っかき傷のできた脇腹の痛みも。体の上で幽霊たちが胸びれを揺らしたことも、あぶくのような笑い声が近づいてきたことも。やがて笑い声はやみ、イルカももがくのをやめていた。おそれ多い気持ちがわっとおしよせた。〈光り輝く者〉がやってきたのだ。

〈光り輝く者〉はどんどん近づいてきて、イルカは冷たい青い火にすっぽりとつつまれた。その姿は、海のように大きくて完ぺきだった。胸びれには傷もしみもなく、脇腹にも嚙みあともなければ、あざもない。尾びれは嵐よりも力強く、まなざしは〈黒い底〉よりも深い。

胸びれを軽く動かしただけで、〈光り輝く者〉はイルカを岩のあいだから救いだした。引っかき傷をなおし、奇跡みたいに痛みを消してくれた。そしてイルカと同じように、声を使わずに語りかけてきた。言葉の意味は理解できた。

命じられるままに、〈歌うこだまの場所〉まで泳いでいくと、そこで石でできた貝を見せられた。イルカが注意深くそれをくちばしにのせると、〈光り輝く者〉は曲がりくねった流れから外へ送りだしてくれた。それから、イルカはつくり物の貝を言われた場所に置いた。

なにもかもが、ずっと前に起きた遠いできごとのように思えた。イルカは〈光り輝く者〉の言いつけにしたがい、そして自由の身になった。

でも、ほかのみんなはどこへ行ってしまったんだろう。

さざ波のように体を通りぬける不安を感じながら、イルカはキーキー、カチカチ、キーキーと声をあげた。

なにも聞こえない。

地の底からひびいてくるような、くぐもったへんてこな仲間たちの声が聞こえた場所まで行ってみた。尾びれを打ち鳴らし、口笛で名前を呼んだ。返事は聞こえない。みんな、どうしてしまったんだろう。

浜辺へとまわり、今度は少年をさがした。どこにもいない。小石に腹がこすれるのもかまわず、波打ちぎわに近づいた。声をあげ、尾びれを打ち鳴らしてみても、少年はやってこない。

ふたたび深いところまで引きかえし、一心に海の声を聞きとろうとした。たえまないうなり声が聞こえてくるが、意味がわからない。海には大波が立ち、流れがひどく速いので、おし流されないようにするのがやっとだった。

波間に顔をつきだすと、〈上〉は熱く、すぐに皮膚がつっぱりそうになった。空は青ではなく、黄色い色をしていた。

イルカは水にもぐり、いつものようにイワシがいないかとあたりをさがした。なんなら、サメでもいい。でも、魚たちもいなくなっていた。浅瀬をさけて、深みに逃げこんでいるのだ。いったいなにを恐れているんだろう。

心がくじけそうだった。生まれて初めて、海があまりに広く、あまりに強いものに感じられた。仲間の胸びれになでられたり、脇腹をこすりつけられたりしたくてたまらなかった。

さらに海岸ぞいを泳ぎまわり、しきりにカチカチと音を鳴らして生き物の姿をとらえようとした。底のほうからは、見なれた丘や谷や広々とした海草の森の音が返ってくるが、魚とイルカの姿は少しも見あたらない。

やがて、別の音が聞こえた。人間たちが海をわたるのに使う大きな流木のかたまりの音だ。湾のなかまで入ってきて、眠たげなクジラのように浅瀬で揺れている。

イルカはそばへ近よった。浜辺には小さなたき火がたかれ、人間たちがカニのようにいそがしく動きまわっている。全員が男だ。イルカはいやな気持ちになった。暴力のにおいを感じる。

それから、入り江につきだした岩場の上に、小さな黒い影がしゃがみこんでいるのが見えた。浜辺に男たちがいなかったら、うれしさのあまり、宙返りしたいくらいだった。少年を見つけた！

水にもぐると、イルカは岩場の人影のほうへと急いだ。

34

友情と忠誠と

なにか光るものが海から浮かびあがり、テラモンはぎょっとした。

一瞬、イルカはテラモンの目を見つめた。それから身をひるがえすと、水中に姿を消した。

テラモンの胸は高鳴った。これはよい兆しなんだろうか。ヒュラスが無事だということなんだろうか。

遠くのほうで弓形の背中が光るのが見えた。イルカは海岸ぞいを北へ泳いでいく。ふと、その神聖な生き物が、合図を送ってくれているような気がした。もしかすると、友のいる場所へ案内してくれているんじゃないだろうか。

戦士がふたり、銛をかまえながら岩場に走ってきた。「背びれが見えました！　サメですか？」

「イルカだよ」テラモンは言った。

ふたりは銛をおろし、男のひとりが手で顔をこすりながらつぶやいた。「ねらわなくてよかった」

「たしかに」テラモンは冷ややかに言った。

ふたりが野営地までもどるのを待って、テラモンはまた波間に目をこらした。イルカはいなくなっていた。海は打ちのばされた青銅の板のように見える。

絶望がおしよせ、テラモンは両手で頭をかかえた。なにもかもが思いどおりには運んでくれず、それを変える方法も見つからない。ヒュラスにはイシを見つけだすと約束したのに、できなかった。山のなかをさまようイシを思いうかべると、たまらなかった。もっと一生けんめいにさがすべきだったと思うと、自分が許せなかった。イシを裏切り、ヒュラスを裏切ってしまった。自分がしたことといえば、父親を怒らせ、がっかりさせたことだけだ。そしておじをもあざむいている。

でも、ほかにどうしようがあっただろう。クラトスは完全にかんちがいをしている。ヒュラスが短剣を盗んだりするはずがない。お告げにあったよそ者がヒュラスであるはずがない。

でも、そんなのはもう、どうでもいいことかもしれない、とテラモンはみじめに考えた。最悪なことが起きて、ヒュラスはもう死んでしまったかもしれないのだから。

リュコニアからここへわたってくる途中、舵取りたちが小舟の残骸を見つけたときのことが頭からはなれなかった。連れてきていた漁師は、それをひと目見て、自分の舟の部材にまちがいないと言った。それから船の真正面にいるサメに気づくと、笑い声をあげた。「食われちまったんだ！　ふん、自業自得だな！」

友がサメに食われるところがまざまざと浮かんだ。ヒュラスが怪物の口にくわえられ、海が真っ赤に染まり……。

テラモンは船べりから身を乗りだし、胃が痛くなるまで吐いた。

まわりの男たちには船酔いだと思われたが、おじだけは、意味ありげな目でテラモンを見ていた。ほかに理由があるのではないかと疑うみたいに。

「やつは生きてる」背後で声がした。静かな声だったが、その冷たさにテラモンはぞっとした。

クラトスは青銅の鎧をつけていなかった。でも、ほかの男たちとちがい、鎧をぬいでいても近よりがたさに変わりはなかった。胸と黒革のキルトには灰の筋がつき、おき火のなかに兆しを見つけようと目をこらしていたせいで、両目は血走っている。なにを考えているのかわからない顔でテラモンを見すえている。

「な、なんですか？」テラモンはつっかえながら言った。

「あのよそ者はまだ生きている。灰占いにそう出ている。やつはここにいる、この島に」

テラモンはつばを飲みこんだ。「でも、たとえそうでも、あいつはおじさんのさがしている相手じゃありません。短剣なんて持ってるはずがない」

「そうかな」

「あいつはただのヤギ飼いで、短剣のことなんてなにも知らないはず――」テラモンは口ごもった。

ヒュラスをかばっているように見えてはいけない。

おじがわざとなにも言わずにいるので、気まずい沈黙が落ちた。

それにたえられず、テラモンはイルカの話を持ちだした。「きっといい兆しだと思います」

「かもな。生け贄の効き目があらわれて、早く願いがかなえられるといいが」

「そ、そうですね」テラモンはうそをついた。

おじは歯をむきだして笑った。彫りの深い顔立ちに、ごわごわの黒いあごひげ。気味が悪いほどテラモンの父にそっくりだ。でも、クラトスの顔からは一切のやさしさが燃えつきてしまっている。

それでも、肉親なんだ、とテラモンは自分に言い聞かせた。父さんと同じように、おじさんにも忠誠をつくさなくちゃならない。

わかってはいても、そんな気にはなれなかった。親友を殺そうとしている人間に、どうしたら忠誠なんてつくせる？

「少女のほうもさがさんとな」テラモンを見つめたまま、クラトスが言った。

「えっ？」

「ケフティウ人の。大巫女の娘だ」クラトスはくちびるをゆがめた。「おまえのいいなずけのな」

「ああ。ええ。漁師の話だと、ここに置きざりにしたということですよね。うそでもなさそうだし」

「ああ、このわたしにうそをつくとは思えんしな」クラトスはわざわざそう強調した。

テラモンはまたつばを飲みこんだ。クラトスにうそをつく者などいない。じつのおい以外は。

これまでのところ、テラモンは運がよかった。クラトスと仲のよくない父のテストールは、ヒュラスがテラモンの友だちだということをクラトスには教えていなかった。テラモンがヒュラスを逃がしたことも。

でも、いまもしそれを知られたとしたら、血のつながりがあるというくらいで、はたして大目に見てもらえるだろうか。テラモンはおじを見あげながらそう思った。冷酷そうな口元を見ただけで、その望みはないことがわかった。

「これから何人か伴をつれて南へ行く。暗くなる前に海岸一帯を調べておきたいのでな。おまえも来るか」

テラモンはくちびるをなめた。「いえ。ぼくは残ります。イルカがもどってくるかもしれないので」おじの視線を受けとめながら、うそがばれないようにと祈った。

「好きにしろ」クラトスは言った。顔には笑みが浮かんでいるものの、声の調子で、テラモンは自分がまずい答えをしたことに気づいた。

おじが見えなくなると、テラモンはすぐさま北に向かった。時間はあまりない。じきに日暮れだし、クラトスより先に野営地にもどらなければならない。それでも、あのイルカが道を教えてくれたような気がしてならなかった。かんちがいだったとしても、友が追われているあいだ、岩場にすわって、じっとしているなんてできやしない。

息苦しいほどの暑さのなか、岬の上までのぼるころには、大汗をかいていた。足元の斜面にはイチジクの木がたくさん生えている。ヒュラスがかくれるのに選びそうな場所だ。

ひょっとして、と期待しながら、テラモンは斜面をくだりはじめた。木陰はさらに暑かった。コオロギの羽音がうるさくて、こめかみがズキズキする。

「ヒュラス?」テラモンは小声で言った。「いるのかい?」

返ってくるのはコオロギの羽音だけ。

もう少し行ってから、また呼びかけた。「ヒュラス、ぼくだよ! ぼくひとりだ。助けに来たんだ!」

やはり返事はない。

とげだらけのネズのしげみをかき分けて進むうち、小さな草むらに出た。人の背丈ほどもあるアザミのまわりで、地味な色のガが飛びまわっている。

テラモンは地面にかかとの跡を見つけ、しゃがみこんでしげしげとながめた。本当に足跡だろうか、それともただの石がはずれたあとのくぼみだろうか。ヒュラスならひと目で見分けられるはずだ。

悲しみがこみあげた。友が恋しかった。楽しい思い出が次々に浮かんできた。ヒュラスと遊ぼうとラピトスをぬけだし、山道をのぼって伝言用の岩に描かれたしるしをたしかめに行ったこと。ヒュラスがはじけるように笑いながらしげみから飛びだし、テラモンをおし倒したこと。そしてふたりで灌木のあいだを転がりながら、取っ組みあいをして……。

あのころにはもうもどれない。アザミのしげみのなかに立ちつくしながら、テラモンは気づいた。ヒュラスを見つけられたとしても、元どおりにはなれない。せいぜい、遠くの土地にヒュラスを逃がす手伝いをしてやれるぐらいだろう。リュコニアにはもうもどらないと誓わせて。つまり、二度と会えなくなるということだ。

地面のへこみは、なんでもなさそうだった。かかとの跡なんかじゃなかったのだ。テラモンは、腹立ちまぎれに足でそれを消した。やぶのなかをうろついたりして、いったい自分はなにをやってるんだ？

腕が首にからみつき、テラモンはあおむけに引き倒された。

35

奇妙なお告げ

「なんでなんだ？」火打ち石のかけらをテラモンののどにつきつけながら、ヒュラスはきいた。「さあ、言えよ！」

「なにがだよ」テラモンはあえいだ。

「なんでうそをついたんだ？」

「ついてない。きみを助けただろ！」

「カラス族なのをだまってたじゃないか！」

「きみを助けただろ！　父さんの戦車まで盗んで。おかげで背中の皮がむけるぐらいぶたれたんだぞ！　信じないなら、見てみろよ！」

しめつける手に力をこめたまま、ヒュラスはテラモンをうつぶせにさせた。背中には縦横にみみずばれが走っている。

と、テラモンが体をひねり、ヒュラスの肋骨にひじを食いこませた。両足でヒュラスの頭をしめつけ、体を引き倒す。ヒュラスは地面にたたきつけられ、攻撃をよけようと横に転がった。

攻撃は来なかった。

「けんかしに来たんじゃないんだ」テラモンは息をはずませながら立ちあがった。

「へえ。わなじゃないといいけどな」ヒュラスは嚙みつくように言った。

「ぼくが信じられないのか！」

ヒュラスは額の汗をぬぐった。

テラモンは少しも変わっていなかった。チュニックも以前と同じなら、戦士の三つ編みも同じだ。あいかわらず、毛先がほどけないように小さな粘土細工でとめてある。敵同士だなんて、本当なのだろうか。

「無事でよかった」テラモンは悲しげな顔で言い、首をさすった。「ぼくらは、きみが盗んだ小舟の残骸を見つけたんだ。サメも見た。ぞっとしたよ」

「〝ぼくら〟ってだれだよ？」ヒュラスはおし殺した声で言った。「おじさんと家来たちか？」

テラモンはたじろいだ。「あの人がぼくのおじだって、なんでわかった？」

ヒュラスはそれを無視した。「スクラムのことはどうなんだ。埋めてくれたのか、それとも、それもうそだったのか？」

「もちろん、埋めてやったさ！」

「それじゃ、イシは？　本当にさがしてくれたのか？」

「うん、でも――」

「それに、海岸伝いに山の反対側にまわるっていうあの計画は？　ぼくを海で漂流させて、二度ともどってこられないようにする気だったんだろ！」

「ちがうんだ、ヒュラス。そうじゃない。きみが戦車で逃げた次の日、ぼくは山を越えようとした」

テラモンは顔を赤らめた。「父さんの家来が追ってきたんだ。つかまって、ラピトスに連れもどされた」

「そんなこと信じられると思うか？　きみはカラス族で、それをずっとかくしてたんだぞ！」

「カラス族なんて呼ぶなよ！　これまでは、ミケーネに肉親がいることしか知らなかったんだ。ちょっと前まで、会ったこともなかったし。きみに説明する時間もなかっただろ、つかまる前に逃がすのに必死だったんだ！」

「時間はたっぷりあっただろ。四年のつきあいなんだから」

「それなら、ぼくがラピトスでどんな暮らしをしてるか、ちょっとでも聞いてくれたことがあったか？」テラモンが言いかえした。「きみは村人と同じだ。外の世界のことなんか、どうでもいいと思ってるんだ！」

「へえ、ぼくのせいなのか」ヒュラスは皮肉をこめて言った。「それに、なにもかも、ぼくを助けるためだったって言うんだな」

「なんで、そんなに疑うんだ」テラモンは倒木にドサッとすわりこんだ。「こっちは真っぷたつに引きさかれそうなんだ。ここにいるだけで、自分の名誉をけがすことになるし、肉親を裏切ることになる」

「だから同情しろっていうのか」ヒュラスは冷ややかに言った。

テラモンはよそよそしい顔になってヒュラスをながめた。「きみにはわからないさ。つい何日か前まで、ミケーネに肉親がいるってことしか知らなかった。父さんが会わせないようにしていたんだ。それが最善だったから」テラモンはこぶしをぎゅっとにぎりしめた。「一族の全員が悪者なわけじゃないんだ、ヒュラス。父さんは悪くないし、ぼくもそうだ」

「あいつらがよそ者狩りをするのを、きみの父さんは止めなかった」

「すごくいやがってたさ。でも、どうしようもなかったんだ。きみはおじのクラトスを知らないだろ」

「それじゃ、なぜクラトスはよそ者を追ってるんだ」

テラモンは額をもんだ。「ミケーネでいくつも予言が出されたんだ。リュコニアでことが起きて、コロノス一族に危機がおとずれるって。それがなにかまでは告げられなかった。そうしたら、一族の大切な宝が盗まれたんだ。おじいさんのコロノスは、ふたりの息子をこの島に送った。宝を取りもどせるよう、神々に大がかりな生け贄を捧げさせるために。それからクラトスをリュコニアに来させた。クラトスと父さんは巫女に相談した。巫女はすごく奇妙なお告げを伝えた。〝よそ者が剣をふるうとき、コロノス一族はほろびるだろう〟」テラモンの顔は引きつっていた。「それでクラトスは、よそ者が盗んだと確信したんだ。一族の宝を」

「だからぼくらをさがして、皆殺しにしはじめたのか」

「このあいだは、そんなこと知らなかったんだ！」テラモンは声を張りあげた。「でも、きみが戦車で逃げたあと、手助けした罰として、ぼくは父さんにむちで打たれた。そうなんだ、ヒュラス、ぼくらのことはばれてしまった。そのあとで、聞かされたんだ。ぼくになにも聞かせずにいた理由も。お告げのことも。盗まれた宝のことも。そのときには、クラトスが追っているのはきみひとりになっていた。リュコニアに残っているよそ者は、ほかにいなくなっていたから」

「イシがいる」ヒュラスは言った。

「クラトスは、イシのことまでは追わないと思う。女の子だから」テラモンはまた額をもんだ。「父さんの家来につかまってラピトスに連れもどされたとき、クラトスもそこにいた。そして、海辺から知らせが入ったんだ。よそ者の少年が小舟を盗んで、霧が立ちこめた海に逃げたって。きみだとわかった。だから父さんにたのんで、クラトスの船に乗せてもらったんだ。きみをさがしたいからって。どうしても、どうしても忠誠を証明したいから、きみを助けたつぐないをしたいからって言ったんだ」

ヒュラスは話のつづきを待った。

「父さんはみとめてくれた。ぼくらが友だち同士なことも、クラトスには言わないでいてくれた。埋め合わせをしたいというぼくの言葉を信じてくれたんだ。それがどういうことかわかるかい？　ぼくはまた父さんにうそをついた。それに、もしもきみを助けようとしていることがクラトスにばれたら、ぼくは殺されるんだ！」

ヒュラスは答えにつまった。テラモンを信じたいけれど、危険はおかせない。「信じろって言うのか？　なにもかもだまっていたくせに。いっぺんだって話さなかったろ、肉親のことも、短剣のことも――」ヒュラスははっと口を閉じた。

ふたりのあいだに沈黙が落ちた。イトトンボがアザミのあいだを飛びかっている。はるか高い空では、アマツバメのかん高い鳴き声がしている。

テラモンは氷のような声で言った。「短剣だとはひとことも言ってないよな。どうして短剣だとわかったんだ？」

ヒュラスは答えなかった。友の顔に、なにかをさとったような表情が浮かぶのをじっと見ていた。

「ぼくは、きみがやったんじゃないと誓ったんだぞ。きみが盗むはずがないと父さんに言ったんだ。短剣のことなんて知りもしないはずだって」

「盗んだんじゃない」

「でも、知っているんだな。それを……持ってるのか？」

「うん」

テラモンは首を横にふりながら後ずさりをした。「ずっと、きみをかばってきたのに……」

「言ったろ、盗んだんじゃないんだ」

テラモンは聞いていなかった。「どこにあるんだ」

ヒュラスは鼻で笑った。「わざわざ持ってくると思うか？」

テラモンはなにか言おうと口を開きかけ、いったん閉じた。「うそっぱちじゃないのか？　本物だと、どうしてわかる？」

ヒュラスはためらった。でも、すでにしゃべりすぎてしまっていた。いまさらうそだと言ってもしかたがない。「柄のところに、丸に十字のしるしがある。敵を蹴ちらす戦車の車輪だ」

「だれかから聞いたのかもしれないだろ。証拠を見せろよ」

ヒュラスは少しのあいだ考えた。「夜明けに朝日が当たると、血を吸ったみたいに、刃が真っ赤に染まる。手ににぎると、とてつもなく強くなったみたいに感じる」

テラモンはあんぐりと口を開けた。「やっぱり、きみがやったんだな」

「盗んだんじゃないんだ、テラモン。本当さ。きのうまで、どういうものなのかさえ知らなかったんだ」

テラモンは棒を拾いあげ、アザミをなぎはらいながら、草むらのなかをうろつきはじめた。ヒュラスのほうに向きなおったとき、その顔は、いかにも族長の息子らしく大人びて見えた。「持ってくるんだ」テラモンはぶっきらぼうに言った。

「なんだって？」

「ぼくにわたすんだ。ぼくが見つけたと言うから。そしたらきみはもう追われない」

「でも、カラス族の手にもどったら、無敵になるんだろ。わたせると思うか？」

「きみの言うカラス族が、全員悪いわけじゃない。父さんとぼくなら、一族の名誉を守れる——」

ヒュラスはまた鼻で笑った。

「いいさ、それが信じられないんなら、こう言ったらどうだ？　ぼくに短剣をわたす以外、助かる道はない」

「いやだ。わたさない」

「どれだけ強い相手か、わからないのか？」テラモンが怒鳴った。「そうか、だから平気なんだな。怒ったときのクラトスを見たことがないから。それにおじたちはほかにもいるし、おまけにコロノスもいるんだ！」

ヒュラスはテラモンを見た。「こわいのか。自分の肉親がこわいんだな」

「当然だろ！　父さんだってそうさ。リュコニアの族長の父さんでさえそうなんだ！　きみだって、一族の力を知ればこわがるさ！　ヒュラス、これがたったひとつのチャンスなんだ！　浜辺の近くにきみの死体が浮いているのを見たけど、手がとどかなかったと言うことにする。短剣は波打ちぎわで見つけたって。逃げるのも手伝うよ。それで心配ないだろ！」

「イシはどうなるんだ？」

沈黙。テラモンは親指を下くちびるにおしあてた。「ぼくは……ぼくは居場所を知ってる」

ヒュラスは低い声で言った。「どこだ」

「ヒュラス——」

「どこなんだ！　つかまってるのか？　無事なのか？」

ヒュラスがつめよると、テラモンは一歩しりぞいた。「つかまってはいないし、無事だけど……」

テラモンは言葉を切った。「短剣をわたしてくれないと、居場所は教えない」

ヒュラスは見知らぬ人間でも見るような気持ちでテラモンを見つめた。「そんなことをするのか？　妹の命と引きかえってことか」

「そうじゃない！　短剣をわたしてくれたら教えるって言ってるんだ。わからないのか、ヒュラス、短剣を返さないかぎり、きみはずっと追われるんだ！　でも、イシの居場所をいま教えたら、きみは返さないだろ！」

ヒュラスはわめきちらしたかった。でもテラモンの言うとおりだ。「夜明けに会おう」とヒュラスは吐きすてるように言った。「北へ行くんだ。岩場に難破船が見つかる。夜明けにそこで待ってる。短剣を持っていくから」

テラモンは探るような目でヒュラスを見た。「うそじゃないよな」

「どう思う？」

テラモンはくちびるを噛んだ。「逃げるのは大変だぞ。クラトスは——」

「かまうもんか。もしも夜明けに来なかったら、ぼくにも短剣にも、二度と会えないからな」

36

夜明け

「わなに決まってるわ！」ピラはかすれた声で言った。

「わなだったら、とっくにはめられてるはずさ。それに、あいつはそんなことはしない」

「あら、そう？　女神の館にもそういう男の子たちがいるわよ。名誉がどうのって言うけど、口先ばっかりの」

「きみはテラモンを知らないだろ」

「あなたは知ってるわけ？」

ヒュラスは答えなかった。

真夜中なので、野営地に選んだしげみはマツやにのように黒々とした闇につつまれていた。ピラはぷりぷり怒りながら、手探りで泉まで行き、焼けた峡谷で体についた煤を洗い流し、指で髪をとかした。ヒュラスに腹が立ってたまらなかった。それに、目がさめてヒュラスがいないのに気づいたとき、ひどくあわててしまったのもしゃくだった。

冷たい水がほおにしみたけれど、気分はさっぱりした。だから、ヒュラスが水浴びにやってくると、場所を空けてやった。生まれてからいっぺんも髪をとかしたことがなさそうなので、もつれた髪のほどきかたも教えた。でも、どこもかしこもからまっているので、ヒュラスは片っ端から切り落としてしまった。

草をよりあわせたひもで残った髪をたばねるヒュラスを見ながら、ピラはちらりと不安をおぼえた。戦士は戦いの前に身を清める。ヒュラスは戦いに行くつもりなのだ。

それに、早く出発したがっていた。テラモンより先に難破船に着きたいんだとヒュラスは言った。仲間を連れてきていたらいけないから、と。

「へえ、それじゃ、わなかもしれないとは思ってるわけね」

ヒュラスは答えなかった。

ふたりは木立におおわれた斜面を進んだ。ピラは何度も木にぶつかったが、ヒュラスは影のように音も立てずに歩いた。やがて、ヒュラスは内緒話をするみたいにかたまって立っている大岩のそばで足を止めた。

「どうして止まったの?」ピラはあえぎながらきいた。

それには答えず、ヒュラスはピラのチュニックを少し切りとらせてくれないか、とたずねた。なんのために、とききかえすと、見てればわかる、とつぶやいた。亜麻布を切りとると、ヒュラスは短剣と同じ大きさの棒を見つけ、その布でくるんだ。そして本物の短剣をピラに手わたすと、布で巻いた棒のほうを自分が持った。

「ここならかくれるのにちょうどいい。ぼくがもどるまで、身をひそめているんだ」

ピラはとまどった。「でも……わたしもいっしょに行くわ」

「だめだ。今度ばかりは、手伝ってもらうわけにはいかない。それに、短剣を見張っていてもらわなきゃならないし」

言いかえそうとしたが、ヒュラスは言わせなかった。「ぼくがもどらなかったら、やつらが島から出たのがはっきりするまで、かくれているんだ。そして、なにがあっても、やつらに短剣をわたしちゃいけない」

ヒュラスは早くも木々のあいだを歩きだしている。ピラは走ってあとを追った。「ばかなこと言わないで、ヒュラス、わたしも行くわ！　ヒュラス？」

でも、ヒュラスは暗闇のなかに消えてしまった。さがしてもむだだとピラはさとった。

落ち着かない気持ちで大岩の陰にうずくまり、夜明けを待った。見なれない鳥が木々のあいだを騒がしく飛びまわっている。なにかばかでかい生き物が鼻をフンフンいわせ、つんとするにおいを放ちながらすぐそばまでやってきた。短剣をつかみ、追いはらおうとなってみせると、驚いたことに、その動物は言うことを聞き、ガサガサと斜面をおりていった。初めて見たけれど、あれがイノシシなんだろうか。

うずくまった姿勢のまま、ピラは目をさました。足にはアリが這いのぼっていた。空が白みかけている。

木々のすきまから見おろしてみると、波のうねる海と、細くのびた砂利の浜が見えた。少年がひとり、そこを歩いている。族長の息子、テラモンだ。約束どおり、ひとりで来たようだ。

だから？　とピラは苦々しく考えた。ヒュラスはかしこいけれど、ピラのように、策略と策略のぶつかりあう権力争いを見て育ったわけではない。短剣を持っていくにしろ、いかないにしろ、テラモンが妹の居場所を教えるなんて、本気で信じているんだろうか。

そよ風が海に吹きつけ、波間に大きくて黒い平らな面をつくった。まるで目に見えない巨人の足跡のようだ。背筋がぞっとした。あれはきっと、海の上を歩いて太陽を起こしに行く女神さまの足跡だ。ピラは不安になった。〈光り輝く者〉は、島を出ていこうとしているんじゃないだろうか。殺しあおうとする人間たちを見捨てて。

難破船で待っているヒュラスの姿が目に浮かんだ。女神さまはヒュラスのことをごぞんじだろうか。気にかけてくださっているだろうか。

斜面の下のほうで、なにかが動いた。

ピラはぎょっとした。

二十歩ほどはなれたところに、戦士がいた。兜をかぶった頭をふせ、ゆっくりと歩いている。テラモンの足跡をたどっているのだ。

青銅の鎧と腰からさげた剣、手には重たそうな槍。ピラははっとした。その手には灰が塗りたくられ、爪は黒く染まっている。

クラトス。

うつむいたまま、尾行をつづけている。

ピラはとっさに考えた。もしもクラトスが難破船まで行ってしまったら、ヒュラスは終わりだ。あとをつけるなら、短剣をうばわれないように、ここに置いていかなければならない。でも、短剣なしではヒュラスの役に立ちようがない。

クラトスが後ろをふりむき——動きを止めた。顔は見えないが、なにかを見つけたのがわかった。

ピラは息を殺したまま、クラトスがまわれ右をして、来た道をもどりはじめるのを見つめていた。こっちに近づいてくる。

ついにピラの真下までやってきた。

身をかがめると、地面からなにかをつまみあげた。そして起きあがった。ようすがおかしい。獲物の気配をかぎつけた狩人みたいだ。

クラトスは顔をあげると、斜面を見わたした。

見つかりっこないわ、とピラは心のなかで言った。ここにいるのも知らないはずだし。

そのとき、クラトスのてのひらで光るものが見え、ピラは胸が悪くなった。

それは、金でできた小さな両刃の斧だった。

*

警告を発するような真っ赤な太陽が顔を出し、空を燃えあがらせた。

ヒュラスは波打ちぎわに立ち、首をのばして難破船をながめた。

おかしい。いままでは遠すぎてよく見えなかったが、近くまで来てみて、ヒュラスはようやく自分のまちがいに気づいた。ピラといっしょに物を運びだしたあの船は、高くそびえた黒い岩礁の上に乗りあげてはいなかった。それに、波頭みたいな形に先がつきだした岬の下にもなかった。

あの難破船じゃない。

どういうことだろうと考えながら、ヒュラスは岩礁を見あげ、のぼれそうな場所をさがした。テラモンがひとりで来ようと、そうでなかろうと、すぐに逃げられるように、見通しのいい場所に陣取っておきたい。

全身の力をこめて飛びあがり、岩礁のなかほどに生えているネズの木にぶらさがった。どうにかこうにかよじのぼり、上までたどりつくことができた。そこまで来て初めて、斜面をおりなければ、岬の先端からそのまま難破船にわたれたことに気づいた。

岩礁に乗りあげた船はななめにかしぎ、酔っぱらったみたいに波に揺られている。ヒュラスはぬるりとした船板の上をそろそろと歩いた。一度は足をすべらせ、船倉に転がり落ちそうになった。帆柱の陰になっている船倉のなかには、黒っぽい水たまりができている。帆柱は真んなかあたりで折れそうだ。上半分がひどくかたむき、波が船体に打ちよせるたびに、きしむような、うめくような音を立てている。

武器になりそうなものといえば、一本の縄だけだった。ヒュラスはそれを片手でつかみ、もう一方の手で布の包みを持ったまま、割れた瓶の山の陰にかくれる場所を見つけ、そこにもぐりこんで待つことにした。

長くは待たずにすんだ。

テラモンは約束を守り、ひとりでやってきた。岩礁の下まで来ると、立ちどまった。「ヒュラス……いるのか？」潮騒にまじって、テラモンの声が聞こえてきた。

ヒュラスは答えなかった。

「ひとりで来たぞ。武器も持ってない。それと……一族の野営地のはずれに、きみに必要そうな物をかくしておいた。折れた枝がある、大きなイチジクの木のそばだ」

「なんでそんなことを？」出ていきながら、ヒュラスは言った。

テラモンは目をすぼめながら上を見あげた。ヒュラスが手にした縄に目をやったが、なにも言わなかった。「短剣を取りもどしたら、ぼくらはすぐに島を出る。そしたら、取りに行けばいい」のぼれる場所はないかと、岩場を見まわしている。

「そこにいろ」ヒュラスは警告した。

テラモンは顔をしかめた。「わかったよ。短剣は持ってきたか？」

ヒュラスは包みを持ちあげた。

テラモンはそっけなくうなずいた。

ケフティウ独特の紫色の布がきいたみたいだ、とヒュラスは思った。でも、友だちをだますのはやりきれなかった。

「見せてくれ」テラモンが言った。

「イシが先だ。イシの居場所を教えろ」

「短剣をわたすまでは言わない」

ヒュラスは首をふった。「居場所を言うまでわたさない」

太陽が昇っていく。音のない爆発のような輝きが、空に立ちのぼる暗い雲を赤く燃えたたせている。波はたえまなく難破船に爪を立てている。

テラモンは昔からうそをつくのが下手だった。

「居場所なんて知らないんだろ」ヒュラスは言った。

テラモンはたじろいだ。「伝言の岩で、イシの足跡を見つけたんだ。カエルのしるしを描いた石が置いてあった。足跡はメッセニアのほうにつづいていた。でも、いくらもたどれないうちに、父さんの家来につかまってしまったんだ」

「ってことは、居場所を知ってるっていうのは、うそだったんだな」

テラモンはむっとしたようにあごをつきだした。「なにも聞かないよりはましだろ」

「うそつき。ほら。受けとれよ」ヒュラスは包みを投げおろした。

テラモンは片手でそれを受けとると、亜麻布をむしりとった。棒が足元に転がった。「きみもうそつきだ」

ふたりはにらみあい、その瞬間、ヒュラスはふたりの友情が終わったことをさとった。「短剣をわたすと思ったのか？」

「約束は守ると思ってたよ」

「きみみたいに？」

テラモンは言いかえそうと口を開いた。と、その目が恐怖に見ひらかれた。「ヒュラス、あぶない！」

ふりかえると、槍が飛んでくるのが見えた。ヒュラスは飛びのいた。槍はこめかみをかすめ、音を立てて浜辺に落ちた。

テラモンがそれを取りに走った。「こんなつもりじゃなかったんだ！」

ヒュラスは答えなかった。戦士がひとり、ヒュラスのほうへと岬の上を歩いてくる。鎧は朝日を浴びて赤黒く光り、顔は青銅製の長い首当てと、黒く煤けたイノシシの牙の兜のあいだにかくれている。

クラトスだった。その手には、コロノス一族の短剣がにぎられていた。

37

袋のネズミ

鎧の重さをものともせず、クラトスはらくらくと歩いてきた。急ぐようすもない。ヒュラスには逃げ場がない。袋のネズミだ。後ろには、難破船と、荒々しい海しかない。眼下には槍をにぎったテラモンがいる。

ヒュラスは一歩後ずさりすると、潮騒に負けじと声を張りあげた。「ピラはどこだ？」

クラトスは片手を開き、なにかを落とした。それは岩の上をはずみながら落ちていった。金でできた小さな両刃の斧だ。

耳のなかでドクドクと脈が打ちはじめた。「ピラになにをした？」

クラトスは岬の先端までやってきた。兜をぬぐと、地面に置いた。首当てもそこに置いた。小僧ごときに、たいした防具などいらん。そう言いたげに、口元をゆがめている。

「テラモン、槍を投げろ」クラトスはおいに声をかけた。

浜辺にいるテラモンは、ためらった。「でも、こんなものいらないでしょう！　短剣があるんだから！　こいつはなにもしません！」

「こいつはよそ者だ。生きているかぎり、脅威となる」

「ぼくがどんな脅威だったんだ？」ヒュラスは叫んだ。「ぼくの犬がどんな脅威になる？　妹がどんな脅威だったというんだ？」

「テラモン、槍だ」クラトスが命令した。

「できません！」テラモンは叫びかえしたが、その声にはすがるようなひびきがまじっていた。「そんなことさせられない！」

クラトスはその言葉を無視した。槍など必要ない。腰には剣をさげているし、手にはコロノス一族の短剣がある。

クラトスがギィーッと音を立てて難破船に乗りこんだ。青銅の鎧が日ざしを浴びて光る。クラトスは無敵だった。

ヒュラスはいちばんするどい瓶のかけらを拾いあげた。そんなもの、役には立たない。それを投げすてた。こっちは縄しか持たない子どもで、相手は背丈が三倍もある強者だ。まともに戦えば、一瞬で殺されてしまう。

かくれる場所をさがしながら、ヒュラスは考えた。なんとか生きのびようと、これまで必死で逃げかくれしてきたのに、こんなにあっけなく最期をむかえるのか？

クラトスはますます近づいてくる。鎧がカチャカチャと音を立てている。つんとする灰のにおい。昇りゆく朝日を受け、その顔は青銅色にふちどられているように見える。黒い瞳がキラリと光った。

クラトスは楽しんでいる。スクラムを殺したときも、イシを狩りたてたときも、きっと楽しんでいた。そして、楽しみながら、ピラにもなにかをした。

「あの子はどこだ！」ヒュラスは怒鳴った。あの子とはピラのことなのかイシのことなのか、自分でもわからなかったが、叫ばずにはいられなかった。ただつっ立って、運命を受け入れるわけにはいかない。「あの子はどこなんだ？　なにをしたんだ？」

＊

よろよろと立ちあがろうとしたピラは、うめき声をあげてしゃがみこんだ。頭がくらくらする。吐き気がこみあげた。

あんなに大きな人間があんなに速く走れるなんて、とても信じられなかった。悪夢のように、クラトスは斜面をかけあがり、悪夢のように、ピラのサンダルがぬげ、チュニックが枝に引っかかり、逃げるピラの足を止めた。背中をぎゅっとつかまれた。ピラは悲鳴をあげ、その手に噛みついた。クラトスはわめき声をあげると、ピラをなぐりとばした。そして――なにもわからなくなった。死んだと思われたらしく、目がさめたとき、クラトスは消えていた。それに短剣も。

なにもかも吐いてしまうと、ピラは手の甲で口をぬぐった。ほおは燃えるようで、肩も痛む。灰と汗のにおいが鼻に残り、口のなかは、吐いたものにまじって血の味がする。

若木につかまり、なんとか立ちあがると、ピラはクラトスを追いはじめた。

木立のなかであとをつけるのはむずかしく、すぐに足跡を見失ってしまった。どうってことはない。左手に海を見ていけば、難破船までたどりつけるだろうから。

急がなきゃ。斜面を進みながら、ピラは自分をしかりつけた。浜辺までおりたほうが歩きやすそうだけれど、クラトスに見つかるかも。もしそうなったらという想像を、ピラは頭からふりはらった。

ふいに木立がとぎれ、風の吹きすさぶ崖の上へと出た。ハヤブサになって見おろしているように、眼下のようすがなにもかも見わたせる。

難破した船は、一隻ではなく、二隻だった。ヒュラスといっしょに物を運びだしたほうの船は北にあり、もう一方はそれより南の、ピラのすぐ真下にある岩礁に乗りあげている。二隻のあいだに、青緑色の細長い入り江が見えているが、崖の一部が海にくずれ落ちていて、入り口がふさがっている。入り江のなかに、大きな銀色のものがいくつも動いているのが見える。

ピラははっと気づいた。あれがスピリットがはぐれてしまった群れなのだ。たぶん、浅瀬の砂におなかでもこすりつけようと、何日か前に入り江に入ったのだろう。そして地揺れのせいで閉じこめられてしまった。きっと、ピラが島ですごした最初の晩に起きたあの地揺れだ。それからずっと、出られずにいたにちがいない。閉じこめられ、おなかをすかせ、自由をうばわれて。

一瞬のうちに、ピラにはすべてがのみこめた。

そのとき、ヒュラスの姿が見えた。

海を背にして、難破船の上に立っている。クラトスがそこに向かって歩いている。岩礁の下の浜辺では、テラモンが槍をかかげて立ちはだかっている。ヒュラスはあたりを見まわしているが、どこにも逃げ道はない。武器も持っていない。クラトスはどんどん近づいていく。

ピラは歯を食いしばり、斜面をおりようと、イバラのしげみをかき分けはじめた。

どっちへ進めばいいのか。貴重な時間をむだにしている自分に腹を立てながら、道をさがした。

ようやくしげみを出てみて、ピラはぼうぜんとした。いつのまにか岬の上から浜辺へとおりてしまっていた。

ばか、ばか、と自分をののしり、つまずきながら砂利の上を歩いた。息があがり、サンダルはすぐにぬげそうになる。はだしになると、ピラはかけだした。

テラモンはまだ気づいていない。叫びながら、難破船の下の岩礁をよじのぼろうとしている。こっそりしのびよって、石でなぐりつけて、槍をうばってから、難破船までどうにかあがって……。

テラモンは岩礁のなかほどにあるネズの木に飛びつき、のぼりはじめた。

「ねえ、ちょっと！」ピラは声を張りあげた。

ふりむいたテラモンは、驚きのあまり転げ落ちそうになった。

「もうじゅうぶんでしょ。この卑怯な裏切り者！」

テラモンは怒りに顔をゆがめた。「だまれ！　なにも知らないくせに！」

ピラはうなり声をあげながら岩礁に飛びついた。でも、岩がぬるぬるしていて、ネズに手がとどかない。ほかにのぼれそうな場所も見あたらない。

頭上からは、荒々しいヒュラスの叫び声がひびいてきた。なにが起きているんだろう？

テラモンはのぼりつづけている。片手に槍を持っているので動きはぎこちないが、じきにてっぺんまでとどきそうだ。ピラは小石をつかむと、テラモンめがけて投げはじめた。「裏切り者！」

「ヒュラスを助けるんだ！」テラモンは怒鳴った。

「うそつき！」

ねらいをさだめようと一歩さがったとき、足元に転がっていた石につまずいた。ピラは砂利の上に倒れ、波しぶきをかぶった。

ひざをついて起きあがった瞬間、はっとした。つまずいた石をじっと見おろした。テラモンの叫び声も、風や潮騒の音も耳に入らなくなった。それは石なんかではなかった。

そんなはずないわ、とピラは思った。

それでもやっぱり、それはそこにあった。泡立つ波に洗われながら、行ったり来たりしている。

ピラの目の前にあるのは、純白の大理石でこしらえられたほら貝だった。

洞窟で見つけたのと同じものだ。

38

船上の戦い

クラトスは、剣を片手に、短剣をもう一方の手に持って向かってきた。ヒュラスは役にも立たない縄をにぎりしめたまま、体を横にして船倉のふちをすりぬけた。

浜辺で叫び声があがった。テラモンの声と、もうひとりは——まさか、ピラか？

クラトスが右側から襲ってきた。つられて左に飛びのいたが、今度は左から切りつけられた。まさに間一髪、ヒュラスは身をかわし、刃はそれた。足元に櫂が一本転がってきた。ヒュラスは足をすべらせ、帆柱にしがみついた。帆柱がかたむき、船倉に落ちこみそうになる。黒々とした水を見て一瞬ひやりとし、どうにか体を立てなおした。ふりむいてみると、船べりまで追いつめられてしまったのがわかった。そこから落ちたら、波のえじきになって一巻の終わりだ。

クラトスはさらに近づいてくる。

遠くの波間から、光るものが飛びだした。

いまは助けてはもらえないよ、とヒュラスは心のなかでスピリットに呼びかけた。けがをしないように、急いで逃げるんだ。

スピリットがまたジャンプし、今度は盛大にしぶきの音をあげながら、水中に飛びこんだ。その瞬間、ヒュラスはスピリットの言いたいことを理解した。飛びこんで！　ぼくが安全なところまで運んであげる！

助かるにはそれしかない。でも、なにかがヒュラスを引きとめた。「妹はどこだ？」ヒュラスはクラトスにたずねた。「妹になにをした？　どうせぼくを殺すんだろ、その前に教えてくれ！」

クラトスは、黒い目をぎらつかせながら、ふたたびせまってくる。ヒュラスが縄をむちのように打ちこむと、剣をにぎった手にうまく当たり、クラトスはうめき声をあげて手の力をゆるめた。剣はバシャンと音を立てて船倉のなかに落ち、ヒュラスは歓声をあげた。

クラトスは櫂を取りあげると、岩陰からカニをつつきだす漁師のように、ヒュラスに向かってつきだした。ヒュラスは櫂の先端をつかんだ。大失敗だった。クラトスがそのまま櫂をつき立てると、ヒュラスはあやうく船から落ちそうになった。

荒く息をつきながら、ヒュラスは櫂のとどかない場所まで逃げた。縄はなくしてしまった。手近には、ほかになにも見あたらない。

クラトスは櫂を投げすてた。コロノス一族の短剣が手のなかでギラリと光る。それさえあれば、ほかに武器はいらないのだろう。よく見ると、短剣はひもで手首に結びつけられている。船倉のなかにたたき落としてしまうこともできない。

クラトスは暑さをものともせず、力強い身のこなしを見せている。ヒュラスのほうは汗びっしょりで、息もあがっている。そう長くはもちこたえられそうにない。

と、ヒュラスはまずい場所に立っていることに気づいた。足元の水面からは、巨大な歯のような岩がつきだしている。チャンスは消えてしまった。いま飛びこんだとしても、スピリットに助けてはもらえない。体がばらばらになるだけだ。

クラトスはなおも近づいてくる。

＊

雲が集まりはじめ、風が強くなってきて、ピラの髪を顔にまとわりつかせた。急がないと。ヒュラスが死んでしまう。それでも、ピラはじっと立ちつくしたまま、波しぶきに揺られている大理石のほら貝から目をはなせずにいた。

これはきっと危険なものだ。ふれるのさえ恐ろしい。いったいどうなるんだろう、もしも……。

背後で叫び声がした。ピラはぎくりとした。カラス族の戦士たちが、真っ黒な波のように浜辺めざしておしよせてくる。黒いマントをはためかせ、手に手に槍を持っている。

難破船の上で、また大声があがった。ヒュラスだろうか。

ピラはほら貝を拾いあげ、木立めざしてやみくもにかけだした。大理石はひんやりとしてなめらかで、そのパワーが体のなかで鳴りひびくような気がした。耳鳴りもする。カラス族の叫び声も聞こえなくなった。まちがいない、これは洞窟で見たあのほら貝だ。ふちのところにある、小さな欠けにも見おぼえがある。

戦士たちがすぐそばまでせまってきた。

ピラは立ちどまった。深く息を吸いこむ。そしてほら貝の先に口を当て――吹き鳴らした。

39

咆哮と永遠の沈黙

最初のうち、ヒュラスは雄ヒツジの角笛の音を聞いたのだと思った。でもそれは、海のように寄せては返す、深いこだまみたいな音だった。

ヒュラスは動きを止めた。クラトスも動きを止めた。浜辺でも、カラス族たちが立ちつくしている。

音はだしぬけにやんだ。こだまもかき消えた。

呪文がとけたかのように、戦士たちは槍をかかげると、走りだした。クラトスも足を踏みだした。

絶体絶命だ。こだまの音も、助けにはならなかった。死の瞬間をおくらせただけだ。

ヒュラスは急に、逃げてばかりいるのにいやけがさしてきた。広い場所に飛びだして、両手を広げてこう叫んでやりたくなった。わかったよ、さっさとやっちまってくれ！

その瞬間、岬から耳をつんざくような轟音が聞こえてきた。大きな岩がぐらり、としたかと思うと、斜面を転がり落ちた。地鳴りがはじまった。難破船がガタガタと揺れる。立っているだけでせいいっぱいだ。クラトスでさえ足をふんばっている。

地鳴りは咆哮に変わり、岬の付け根に亀裂が走った。目に見えない斧が岩にふりおろされているみたいだ。亀裂は黒い稲妻のように広がり、船に向かってジグザグにのびてくる。船は〈海の底の雄牛〉にこづきまわされているようにぐらついた。ヒュラスは上下左右に揺られながら、必死で足場をたもとうとしたが、こらえきれずに船倉へ転がり落ちた。

口から水を吐きだしながら、腰まである黒い水のなかで立ちあがった。クラトスはどこだ？

頭上の帆柱がかしぎ、櫂や縄がまわりに落ちてきた。船倉の壁が激しくかたむき、船は岩礁から海中にすべり落ちそうになっている。やがて波がおしよせ、ヒュラスは足をすくわれた。

壁からつきだした梁に頭をしたたか打ちつけた。必死でそれにしがみついたが、ふたたびおしよせた波にさらわれ、壁にたたきつけられた。

クラトスが黒い水のなかからおどりでてきた。ヒュラスは体をよじって逃げた。間に合わない。短剣が腕をかすめ、ヒュラスは悲鳴をあげた。クラトスに髪をつかまれる。つかみかかってみても、青銅の鎧には歯が立たない。クラトスはヒュラスの頭をのけぞらせ、短剣でのどをかき切ろうとした。

驚いたような叫びとともに、クラトスが倒れこんできた。その体の下からヒュラスが這いだしたとき、銀色をしたものが暗がりのなかに消えるのがちらりと見えた。スピリットだ。後ろからクラトスに体当たりしたのだ。次の攻撃にそなえ、勢いをつけようと、いったんはなれていったのだろう。

水面に顔を出すと、スピリットの背びれがクラトスに向かっていくのが見えた。今回はクラトスにもすきはなかった。スピリットが短剣をよけようと体をひねった。水が赤く染まる。だれの血だ？

スピリットか？　クラトスか？　スピリットはどこだ？

ヒュラスは一瞬のチャンスをとらえた。クラトスの注意がそれたすきに、かたむいた船倉の壁をよじのぼり、両手で帆柱の先につかまると、全身の重みをかけてそれを揺さぶった。太い柱は、すぐには動かなかったが、やがてぐらりと揺れた。そしてうめくような音を立て、ポキリと真っぷたつに折れた。ヒュラスが飛びすさった次の瞬間、帆柱はクラトスの上に落下した。〈地を揺るがす者〉の咆哮は、うなり声からつぶやきに変わり、やがて静けさがおとずれた。打ちよせる波の音と、みだれた自分の息づかいだけが聞こえてくる。おしまいに、岬の上から小石が二、三個、パラパラと転がり落ちた。クラトスはどこにも見あたらない。帆柱の下じきになって、即死したのだろう。

スピリットの姿も見あたらない。海にもどったのだろうか。

船はまだ沈みつづけていた。水は腰の高さを越えてあがってきている。ヒュラスは疲れはててていた。船倉から這いだして、浜辺まで泳いでもどる力など残っていそうにない。もしもスピリットがむかえに来てくれなければ——もしもスピリットが……。

しっかりしろ、とヒュラスは自分をふるいたたせた。ここであきらめるわけにはいかない。

船倉の壁が目の前に立ちはだかっている。ヒュラスは息をはずませながら、もつれた帆につかまり、よじのぼろうとした。

石のようにかたい手がヒュラスの足首をつかみ、引きずりおろした。

クラトスの手だ。夢中で蹴りつけても、容赦なくヒュラスを引きずりおろそうとする。ウナギのように身をよじり、足をばたつかせながら、いつ短剣でグサリとやられるかとヒュラスはおびえた。

短剣は襲ってこなかった。渦巻く暗い水のなかに引っぱりこまれたとき、その理由がわかった。クラトスは片手で戦っていた。短剣を持っているほうの手が帆柱におしつぶされ、短剣もろともぬけなくなっているのだ。

船はがくんと揺れると、さらに深く沈んだ。胸まで水があがってくる。クラトスは黒髪をヘビのように揺らめかせ、水面に顔を出そうとしながら、はさまれた手を引きぬこうともがいている。

むだだった。目が合ったとき、クラトスが死を覚悟したのがわかった。クラトスはおびえも見せず、ヒュラスをにらみつけた。そう、わたしは死ぬ――だが、おまえも道連れだ。

ヒュラスは空いているほうの足を力いっぱい蹴りおろした。クラトスの手の力がふっとゆるみ、ようやく足が自由になった。

水をかきながら反対側の壁まで逃げたとき、クラトスが聞きなれない耳ざわりな言葉を口にするのが聞こえた。雷鳴がとどろいた。やがて、たたきつけるように雨が降りはじめた。

ククク、とクラトスが不気味に笑った。「神々は願いを聞きとどけられた！　おまえにはもう、なにもできまい！」

ヒュラスは最後の力をふりしぼり、帆をつかむと船倉から這いだした。ふりむくと、クラトスが空気を求めてあえいでいた。その黒い目に、勝ちほこったような色が浮かんだ。おぼれ死にはしても、クラトスはコロノス一族の短剣を取りもどしたのだ。

ククク……という笑い声がもう一度ひびいた。やがて海がクラトスをのみこみ、永遠の沈黙をあたえた。

*

〈海の底の雄牛〉の足踏みが止まり、土砂降りの雨もやむと、ピラはよろよろと起きあがった。岬の一部がくずれ落ち、浜辺の真んなかには大きな亀裂が入っている。テラモンは砂利の上にすわりこみ、言葉もなくこめかみをさすっている。地揺れが起きたとき、岩礁から転がり落ちて頭を打ったのだ。

夢でも見ているように、ピラは戦士たちが自分の前を通りすぎ、岩礁をよじのぼろうとするのをながめていた。浅瀬を歩きまわっている者たちもいる。追われているのはピラではなく、ヒュラスだった。ヒュラスは波にさらわれそうになりながら、かろうじて水面に出ている難破船の端にしがみついている。気をつけて、とピラが大声をあげるより早く、ヒュラスは自分をねらっているカラス族たちに気づき、海に飛びこんだ。

飛びこんだところで、助かる見こみはなかった。追っ手はすぐそばにいる。暗い水のなかで、ヒュラスの金髪が日ざしを受けてきらめき、かっこうの目じるしになっている。

ピラは浅瀬に入り、そばにいた戦士につかみかかったが、あっけなくおしのけられてしまった。テラモンは飛びまわりながら、戦士たちに攻撃をやめろと命令している。でも、風に命令するようなものだった。戦士たちは槍を水面につき立てたり、水中に投げこんだりしている。漁師がカワカマスにするように、ヒュラスを串刺しにしようとしているのだ。

ふいに戦士たちがたじろいだ。驚きの声をあげ、後ずさりをしはじめる。槍もおろしてしまった。テラモンはてのひらを目の上にかざしながら、海に目をこらしている。

太陽のなかからイルカたちがあらわれた。弧を描いて飛びあがり、また水面へと飛びこみながら、ヒュラスのほうへ泳いでくる。

こんなにたくさんのイルカがいたなんて、とピラは思った。イルカたちはキラキラと体を光らせながら矢のように向かってくると、ヒュラスのまわりに銀色に輝く輪をつくった。〈地を揺るがす者〉のおかげで、スピリットの仲間たちは入り江から出ることができた。そして、ヒュラスを助けにやってきたのだ。

戦士たちがじりじりと海から引きあげるのを見ながら、ピラは勝利のおたけびをあげた。しもべたちを傷つけたら女神の怒りをかうかもしれない、とだれもが恐れているのだ。

スピリットが波間から飛びだしてきて、ヒュラスの上を飛びこすのが見えた。もう一度水面に顔を出すと、ヒュラスとならんで泳ぎはじめた。ヒュラスは両手でその背びれをつかんだ。恐れおののいた戦士たちが見守るなか、スピリットはヒュラスを背に乗せたまま、もう一度大きなジャンプをしてみせた。

そして、少年とイルカはいっしょに水にもぐると、深みへと姿を消した。

40

一族の宝

イルカはうれしかった。〈底にいる者〉は尻尾を打ち鳴らすのをやめ、群れの仲間も自由になった！

うれしさのあまり、イルカは口を尾びれにくっつけてくるりとまわり、それから母イルカや妹や仲間たちと顔をこすりつけあい、脇腹に胸びれをおしつけあった。みんなでいっしょに〈青い深み〉を泳ぎまわり、しきりに声をあげ、海全体をイルカの喜びの歌でみたした。海草の切れ端みたいに体にまとわりついていたさびしさがはがれ落ちて、遠くへはなれていくのを感じた。

それから、仲間たちをしたがえて〈境目〉へと急ぎ、悪い人間たちから少年を救いだした。そうしていま、ふたたび〈青い深み〉までもぐり、魚を追いかけているところだった。

なによりうれしいのは、少年もいっしょにいることだった。これでやっと、自分の美しい海を見せてあげることができるんだ！ ふたりでキラキラ光る魚の群れを追いかけて、少年にイルカの狩りがどんなものか教えてあげられる。銀色の泡の網のなかにイワシを追いこむときの興奮も、もがきまわる魚を、ひれや骨ごとバリバリたいらげるときの喜びも。

そしてふたりいっしょに遊んでから、〈黒い底〉までもぐっていこう。

*

カラス族の恐怖はまたたくまに遠ざかり、ヒュラスはほっとしていた。いまはスピリットといっしょに、やわらかい緑の光につつまれた世界を、飛ぶように進んでいた。

スピリットの背びれにしっかりとつかまりながら、なめらかでかたい背中にほおをおしあてた。落っこちないように、スピリットがふくらはぎを胸びれでおさえてくれているのがわかる。銀緑色のイルカたちがすうっと横を通りすぎ、やさしげな黒い瞳でヒュラスをちらりと見ると、青い世界のなかに溶けこんでいく。ピィーピィー、カチカチというにぎやかな音が海にひびきわたり、イルカたちの喜びがヒュラスにも伝わってきて、皮膚がぞくぞくし、体がふるえた。

しばらくすると、スピリットは海底にある山のそばまでもぐっていった。揺らめく海草の森や、赤や金色の魚の群れが視界をかすめる。やがて山は遠ざかり、青の色が濃くなっていき、ヒュラスは寒さをおぼえはじめた。

もういいよ、とヒュラスは頭のなかでスピリットに呼びかけた。もうもどらなきゃ。

でも、スピリットはうれしそうにカチカチと音を放ちつづけ、気づいてはくれなかった。

かたい脇腹をこぶしでなぐってみても、スピリットはやさしくたたかれたとしか思っていないようだった。おさえられた足をほどこうともがいても、胸びれの力が強すぎた。スピリットはヒュラスを守っているつもりなのだ。

暗闇が近づくと、群れの放つ音が激しさをまし、ヒュラスはブーンというざわめきの網につつみこまれた。さらに深くもぐると、頭がキンと痛くなってきた。息をつめ、指で鼻をつまんだ。痛みは少しましになったが、すぐにもどってくる。

ヒュラスはまたスピリットの脇腹をなぐった。反応はない。
胸がつぶれそうに重い。めまいもしてきた。息がしたくてたまらない。
空気を吸わないと！　ヒュラスは頭のなかで叫んだ。スピリット！　空気を吸わなきゃならないんだ！

それが聞こえたかのように、スピリットはふいに顔をあげ、尾びれを力強くひとふりすると、上へと引きかえしはじめた。

海底にいる群れの声が驚くような速さで遠ざかっていく。はるか上方に、かすかな光が見えた。やがてそれは輝きに変わった。めまいも痛みも消えていく。それでもまだ、息苦しくてたまらない。

一気に上へのぼっていくと、ゴーッという音が聞こえ、頭上に白い波が立っているのが見えた。やがてふたりは光のなかに飛びだし、ヒュラスは必死で空気を吸いこんだ。

息をはずませ、ぶるぶるとふるえながら、ヒュラスはスピリットの背中にぐったりと身をあずけた。スピリットは岸辺へとそっとヒュラスを運んでいく。プシューという規則的な息づかいが静かに聞こえている。ヒュラスは気づいた。自分はいま、あやうく死にかけたのに、スピリットにとっては、ほんのひともぐりにすぎなかったのだ。

やっとのことで浅瀬にたどりつくと、ヒュラスは海草の上に背中からすべり落ちた。打ちよせる波に体が揺られる。目は塩でひりひりする。頭もズキズキと痛む。

ようやく頭がはたらくようになり、カラス族のことを思いだしたヒュラスは、ひじをついてよろよろと起きあがった。

スピリットが運んでくれたのは、ネズのしげみの陰になった小さな入り江だった。見おぼえのない場所だ。でも、人目につきそうにないし、カラス族の姿も見あたらない。ヒュラスの頭に、クラトスとテラモンと短剣のことが浮かんだ。なんだか、ほかのだれかの身に起きたことのように思えた。

スピリットがそっと爪先に顔をおしつけてきた。これがイルカ流のあやまりかたなのだろう。きみがずっともぐっていられないなんて、知らなかったんだ。ごめんね。

ヒュラスはぎこちなく足をのばすと、返事のかわりにスピリットをつついた。

わかってる、ぼくこそごめんよ、と伝えたかった。いっしょに海のなかで暮らせなくてごめん。

でも、間に合わなかった。スピリットは行ってしまった。

*

安らかに眠ってくれよ、とテラモンは心のなかでヒュラスに呼びかけ、おじのなきがらを焼く薪の山のなかに、黒いポプラの枝を投げ入れた。

おじの死を悲しむふりをしながら、じつは友の冥福を祈っているなんて、そんなの意味があるのだろうか。それでも神々は願いを聞いてくださるのだろうか。

テラモンはヒュラスの無事を祈りつづけていた。血に染まったぼろぼろのチュニックが浜辺にうちあげられているのを、少女といっしょに見つけるまでは。いまでもまだ信じられない。ヒュラスが死んだ？　もうもどってこないのか？

たき火はパチパチとはぜながら、油をしみこませた流木をのみこみ、なきがらに燃えうつった。きのうの土砂降りがやんだあと、空は晴れあがり、水面もミルクのようになめらかだった。テラモンは日ざしのまぶしさに目を細めながらたたずんでいた。肉の焼ける脂っぽいにおいが、のどの奥までしのびこんでくる。テラモンは顔をそむけ、さざ波にもの悲しく洗われる小石をながめた。ヒュラスのなきがらが海のどこかにただよっているところが目に浮かんだ。とむらいの儀式さえしてやれなかった。

テラモンは熱い灰をてのひらですくい、それを顔に塗りたくった。ひりひりするが、そうせずにはいられなかった。自分を罰せずにはいられなかった。なにもかも自分のせいだ。難破船でヒュラスと待ち合わせなどしなければ、おじはまだ生きていたのに。そしてヒュラスも。

遠くにいる男たちが、新たな尊敬のこもった目でテラモンを見ていた。テラモンが死んだおじの冷たい指をこじ開け、コロノス一族の短剣を取りあげる姿を見たからだ。それにいま灰を顔に塗るところも。よくやった、と感心しているのだろう。亡くなった人間の役目は若き肉親が受けつぐ、そういうものなのだ。

誇らしく思うべきなのはわかっていた。なんといっても、一族の宝である短剣を取りもどしたわけだから。でも、感じるのは恥ずかしさだった。

リュコニアにもどるまでのあいだ自分が隊長をつとめるのだ。そう考えても、心は晴れなかった。自分にその力がないのはわかっているし、戦士たちもそう思っているのではないかと不安だった。夏を十三回すごしただけの若造が、倍も年上の男たちの指揮なんてとれるんだろうか。

きのう、おじの副官のイラルコスにたずねられた。本人が守っていたしきたりにのっとって、クラトスのなきがらを火葬にするべきか、それともリュコニアまで運んで、ふつうどおりに先祖の墓地に埋葬するべきか。なきがらを焼くと考えただけでぞっとしたし、おじが守っていたそのしきたりにもぞっとした。でもそれを口には出せず、結局はかわりにイラルコスに決めてもらうことになった。

「これであなたは英雄ってわけ」背後であざ笑うような声がした。

テラモンはかっとなった。

ケフティウ人の少女は、泥まみれの小さなタカみたいに見えた。全身汚れきっている。母親の指示で、テラモンたちの船には、少女の世話係のエジプト人奴隷が乗りこんでいた。その奴隷に再会したときは大喜びしていたが、少女は清潔なチュニックにはがんとして着がえようとしなかった。おまけに、ほおについた三日月のような傷を見せつけるように、髪を後ろでくくっている。

「あっちへ行けよ」テラモンは怒鳴った。

「どんな気分なのかしら？」少女はとりすました顔で言った。「大事な短剣は取りもどせたし、ヒュラスは死んだ。自分が誇らしい？」

「誇らしいだって？」テラモンはちらりとあたりを見まわし、だれも聞いていないことをたしかめた。「ヒュラスは親友だったんだぞ！」

　薪の山が火の粉をあげてくずれ落ちた。少女はテラモンをにらみつけた。「峡谷を丸ごと焼いたのは、あなたのおじさんでしょ？」

「うるさい！」

「奴隷に見に行かせたの。もう緑が顔を出してきているって。じきに生け贄のことなんてうそみたいに、元どおりになるわ」

　テラモンはむっとしたまま波打ちぎわのほうへ歩きだしたが、しゃくにさわることに、少女はあとを追ってきた。「わたしはどうなるのよ」

「リュコニアに連れもどす」テラモンはぼそっと答えた。「そこにきみのお母さんがいるから、あとはまかせる」

「そうじゃなくて――」

「言いたいことはわかる。お母さんがぼくの父とどんな取引をしようと関係ない。きみと結婚なんてしない」テラモンは少女の傷をわざわざ指さした。「そんな顔じゃあな」

少女は高らかに笑った。「なら、やったかいがあったわ」

テラモンは石を拾い、海にほうりなげた。

船のそばでは、イラルコスが〈地を揺るがす者〉への生け贄にブタを殺している。リュコニアまでの航海の安全を祈っているのだ。それを見て、テラモンは生まれて初めて生け贄を見たときのことを思いだした。夏を四回すごしたころのことで、毛むくじゃらの雄ヒツジののどから血がどっと噴きだすのを見て、肝をつぶしてしまった。「効き目はあるの？」とたずねると、父のテストールはテラモンの手をぎゅっとにぎり、「それは神々がお決めになることだよ」と答えた。

脂っぽいにおいのする黒煙が立ちのぼるのをながめながら、テラモンははっとした。たしかにそうだ。なにもかも、神々の思し召しなんだ。どうしていままで気づかなかったんだろう。ヒュラスと父とのあいだで板ばさみになったのも、神々の思し召しなんだ。自分がしたことも、神々が決めたことだった。どうしようもなかったんだ。

どうしようもなかったんだ、と考えると、少し気持ちが楽になった。なにもかも、自分のせいじゃない。

テラモンは頭のなかで誓いを立てた。故郷にもどったら、山にのぼって伝言の岩に行こう。そしてヒュラスとイシのために、ヒツジを生け贄に捧げよう。

「そうだ。そうすればいい」

つい口に出してしまい、またあざ笑われるのを覚悟したが、少女は聞いてもいなかった。目の上に手をかざし、船が錨をおろしている浅瀬を指さした。

「見て」少女は小声で言った。「イルカがもどってきたわ」

イラルコスが戦士たちを連れて近づいてきた。「よそ者を助けに来たのと同じイルカです。どういうつもりでしょう」

「わたしがきいてみるわ」少女が平然と言った。

テラモンは鼻を鳴らした。「だめだ！　きみを海に近づけたら、逃げようとするに――」

「それなら、しばりつければいいでしょ」少女はピシャリと言った。「逃げられるのがこわいなら、あの岬の先っぽにある木にしばりつけて、船から見張らせればいいわ」

テラモンは顔を真っ赤にした。「こわいんじゃない。きみを信用してないだけだ」

少女は立ちあがった。やせっぽちで、うす汚れたチュニックを着ているのに、なぜか威厳がただよっている。男たちはだまってその姿を見つめた。

「わたしが女神さまのしもべと話すのを止めるなんてできないはずよ」少女はテラモンに言った。

「わたしはケフティウ人よ。イルカの言葉もわかるわ」

テラモンがだまっていると、少女は男たちに向かって言った。「あのイルカとふたりきりで話をさせなかったら、女神さまがお怒りになるわ。そうしたら、うちへは帰れないわよ」

41

別々の世界へ

「ヒュラス！」ピラは声をひそめて呼んだ。「そこにいるの？」

しばられた体をせいいっぱいのばし、岬の突端の岩場の下をのぞきこむと、泳いでくるスピリットが見えた。少しはなれたところに停泊している船の上では、見張りがお守りをにぎりしめ、呪文をとなえながら、こちらに目を光らせている。ピラはじろりと見張りをにらむと、顔をそむけた。

見張りからは見えない側の岩場の下には、ネズのしげみがある。そこから金髪の頭がひょこっとあらわれた。安堵のあまり、体の力がぬけた。「生きてたのね！　しるしのついた石を見つけたから、あなたが合図のために置いたんだろうって思ったけど、自信がなくて。だいじょうぶなの？」

「きみのほうこそ。木にしばりつけられてるじゃないか！」

「これはただ、逃げないようにするためよ」

ヒュラスはのぼってこようとしたが、ピラは止めた。「そこにいて。船から見張られてるから」

「見えやしないさ、だいじょうぶ――」

「いいから！　わざわざ危険をおかすことないわ」

ヒュラスは顔をしかめた。上半身ははだかで、チュニックの切れ端を腰に巻いている。くたびれきっているように見える。難破船のなかで、クラトスとのあいだにどんなことがあったのだろう、とピラは思った。たずねたら、聞かせてくれるだろうか。

目と目を見交わすと、ふたりのあいだにへだたりがあるのが感じられた。なんだかこれまでいっしょに乗りこえてきたことが、みんな現実ではなかったみたいな気がした。

ピラはやりきれなかった。これじゃ、元の自分に逆もどりだ。母の言いなりに動かされるただの物、ゲームのこまだ。

ヒュラスに話したら、この気持ちをわかってもらえるだろうか。それとも、おなかいっぱい食べられるだけありがたく思えよ、とまたいやみを言われるだろうか。ふいにヒュラスが見知らぬ相手に思えてきた。目つきのするどい、自分のことしか頭にないリュコニア人に。

「石を見つけたとき、ひとりだったか？」ヒュラスがきいた。

「いいえ」ピラは、テラモンといっしょにやぶれた血染めのチュニックを見つけ、ヒュラスがわざと置いたのだと思ったことを話した。そばにある石に、とげのようなしるしがきざみつけられているのに気づいたことも。「あれ、ハリネズミのつもりでしょ」

「テラモンも見たのか？」

「いいえ。それはたしかよ」

「なら、あいつはぼくが死んだと思ってるんだ」

ピラはうなずいた。「チュニックを見つけたとき、しゃがみこんで泣いてたわ。ふしぎなんだけど、ほんとに悲しそうだった」

ヒュラスはまた顔をしかめた。「〈地を揺るがす者〉を起こしたのはきみなんだろ？」

ピラはためらった。「あのほら貝がどうやって洞窟からあそこまで動いたのか、わからなかった。でも気づいたの。スピリットがやったんだって」

スピリットがふたりの目の前を横切り、船のほうへ泳ぎはじめた。男たちが船べりから身を乗りだし、捧げ物の魚をちらつかせている。スピリットの背びれにつかまり、海のなかを泳ぎまわった日のことが頭をよぎった。なにもかも終わったんだ、とピラは思った。たまらなかった。

「やつらの手に短剣がもどってしまった」ヒュラスは歯を食いしばりながら言った。

「でも、あなたはつかまっていないわ。生きているかぎり、あなたは脅威なのよ。巫女のお告げが――」

「お告げなんてどうでもいい。とにかくイシを見つける」

「お告げは女神さまの言葉なのよ、ヒュラス。ちゃんと意味があるわ。なにもかも、女神さまの思し召しなのよ。あなたがここに来たのだって、女神さまが――」

「なんのためにだよ?」ヒュラスが声を張りあげたので、ピラはあわててさえぎった。でも、見張りたちはサバに飛びつくスピリットにすっかり気を取られている。

「なんのためにだよ?」ヒュラスは小声で噛みついた。「これじゃあ、最初に逆もどりしただけだ。妹をなくし、友だちもなくし……なにもかもなくしたんだ！　島から出られたとしたって、それからどうすりゃいい？　ひとりぼっちでいかだに乗って、海をただようしかないんだ、前と同じようにな！」

ピラは最後に残った金の腕輪をはずし、ヒュラスに投げると、「あげるわ」とぶっきらぼうに言った。「船が通りかかったら、それで船賃をはらえばいいわ。そしたら、あんなお粗末ないかだに乗ることないでしょ」

ヒュラスは疑わしげに腕輪をいじくった。「でも、こんなものでリュコニアまで行けるのか？」

「ヒュラス、それは金なのよ。その気になれば、エジプトまでだって行けるわよ。それでもまだ船が丸ごと買えるぐらいよ！　小さいかけらに分けるといいわ。オリーブぐらいの大きさがあれば、リュコニアまで行くにはじゅうぶんだから」

「へえ。そうか、ありがとう」

「いいのよ」ピラはそっけなく言った。金なんかあってもなにになる？　自由を買えるわけじゃない。ゆううつが胸におしよせた。

　ふたりの戦士が岬の突端に近づいてきた。そばにはユセレフもいて、しばりつけられたピラを見てふんがいした顔をしている。

「わたしを連れもどしに来たのよ。あなたはかくれてて」

「きみはどうするんだ」

　ピラはつばを飲みこんだ。「母の言いなりにはならないつもり。逃げてみせるわ。もう一度。あなたは？」

「なんとかしてリュコニアに帰る方法を見つける。イシも見つける。そしてカラス族が追ってこない場所も見つける」

「見つけなきゃいけないものだらけね」

　ヒュラスは片ほおをゆがめて笑った。「きみもな」

「かくれて」ピラはせかした。

　でも、かくれるどころか、ヒュラスはピラのほうへとのぼってきた。「思いだした、これを見つけたんだ。ほら、受けとって！」

ピラはしばられた体をのばし、手をさしのべてそのなにかを受けとった。濃(こ)い灰色(はいいろ)の小さな羽根で、青みがかった灰色の縞模様(しまもよう)が入っている。

「ハヤブサのだ。入り江(いりえ)で見つけた。いいお守りになるかと思って」

「こんなすばらしいものもらったの、初めてだわ」ピラはつぶやいた。「なのに、わたしはなにもあげられない」

ヒュラスはにやりと笑った。「ピラ、たったいま、金のかたまりをくれたとこだろ!」

「そうじゃなくて、お守りのことよ」くやしいのは、持ってはいるのに、それを野営地(やえいち)に置いてきてしまったことだった。焼けた峡谷(きょうこく)からユセレフがライオンのかぎ爪(づめ)を持ちかえってきたので、それをヒュラスにあげようと思っていたのだ。でも、あとの祭りだった。

目を落とすと、ヒュラスがもつれた金髪(きんぱつ)のあいだからじっと見つめていた。「一度は逃げのびたんだ。また逃げられるさ」

答えようとしたが、のどになにかがつっかえた。

「きみは勇気があるし、へこたれない。きみならやれるさ、ピラ」

ピラはつとめて笑顔(えがお)をつくった。「がんばってね、ヒュラス」

「きみもな」

また会えるかしら、とたずねたかったけれど、ユセレフと戦士たちがすぐそばまでやってきていた。ふりむくことができるようになったとき、ヒュラスは消えていた。

*

船がテラモンとピラを運び去ったあとも、ヒュラスは浜辺(はまべ)でその姿(すがた)を見送りつづけた。

船が行ってしまうまでは強風が吹いていたが、そのあとはぱったり風がやみ、島は静まりかえった。水面をかすめて飛ぶカモメの姿もない。スピリットも見あたらない。仲間といっしょに狩りに出かけたのだろう。

それでいい、スピリットはいま幸せなんだ、とヒュラスは自分に言い聞かせた。でもそう感じることはできなかった。スピリットといっしょに暮らせないのはわかっている。海にもぐったときにはっきりした。スピリットは愛する海を見せてくれようとしただけなのに、ヒュラスは死にかけたのだ。スピリットもそうさとったのだろうか。ヒュラスにはわからなかった。船のそばに少しだけ姿を見せたとき以外、近づいてこようとしなかった。

テラモンが置いておくと言っていたものは、教えられたとおり、折れた枝のあるイチジクの木の下で見つかった。満杯の水袋に、チュニック、ベルト、そして飾りけのない青銅のナイフまで。さらにヤギ皮の袋には、つぶしたオリーブとかたいチーズと塩漬けのサバが、ぎっしりつめこまれていた。テラモンは約束を守った。ヒュラスはその考えを頭からしめだした。

北へ歩いていくと、〈地を揺るがす者〉が浜辺につくった亀裂のところまでたどりついた。難破船は跡形もなくなっていた。そこにあるのは、たえまなくおしよせる波ばかりだった。

ククク……というクラトスの不気味な笑い声が頭でひびいた。あの聞きなれない耳ざわりな叫び声は、どういう意味だったのだろう。おまえにはもう、なにもできまい。なぜあんなことを言ったのだろう。

流木をわたして亀裂を越えると、ヒュラスは岬の上にのぼり、ピラといっしょに物を運びだした難破船の前を通りすぎた。ピラのことは考えたくなかった。それにこれから先のことも。たったひとりでいかだに乗り、スピリットにさよならしないといけないなんて。

結局、いかだには近づくことさえできないことがわかった。すでに海へと勢いよくこぎだしたあとだったのだ。いかだを盗んだ男は、帆柱を立て、難破船にあった帆まで取りつけていた。ただし、風のないいまは、その帆もだらりとたれさがっている。男は足をふんばり、片手で舵をにぎって、潮の流れに乗って岩礁のあいだをぬけようとしていた。〈怒れる者たち〉をあざむこうと髪をかりこんでいるが、ヒュラスにはひと目でわかった。

「アカストス！」浅瀬に飛びこみながら、ヒュラスは叫んだ。

アカストスはふりかえり、一瞬ぎょっとした顔を見せた。やがてどこか愉快そうに叫びかえした。

「ノミ公！　生きてたのか！」

ヒュラスはかっとなった。「ひどいじゃないか！　それはぼくのいかだだ！　返せ！」

アカストスはまた笑いだしそうにしながら、首を横にふった。

「それはぼくのだ！　ぼくがつくったんだ！」ヒュラスは怒鳴った。

「たしかにな。でも、おまえもおれの船を使っただろう。山育ちにしては、なかなかうまくつくったもんだな。帆だけは忘れたがな」

なんとか話をつづけさせようと、ヒュラスは、どうやってカラス族からかくれていられたのかとたずねた。

アカストスは体をこわばらせた。「カラス族だって？　ここに来たのか？　この島に？」

「上陸してきたんだ！　浜辺で戦いになった。それからピラが、〈地を揺るがす者〉を起こしたんだ。でも、いまはもういなくなった」

「ちっとも知らなかった」アカストスはつぶやいた。「どうやら、またしても神々にもてあそばれたようだな」そしてヒュラスに向かって言った。「だがな、ノミ公、おまえは〈地を揺るがす者〉のことをわかっちゃいないぞ。あれは起きたんじゃない。眠ったまま、尻尾をちょっと動かしただけだ。本当に起きたりすれば、山が割れ、火の川が流れだし、海が陸に襲いかかる……〈地を揺るがす者〉が目をさましたら、まちがいなくわかるさ」アカストスは舵に向きなおった。

「連れていって！」ヒュラスは叫んだ。冷酷だが、アカストスはカラス族じゃない。たとえ〈怒れる者たち〉に追われていても、ひとりぼっちよりはましだ。「お願いだから！」

「だめだ、ノミ公。おまえはツキが悪い。これ以上、悪運をかかえこむわけにはいかないんでな」

どこからともなく一陣の風が吹き、小さな帆をふくらませた。「おや、こいつは驚きだ」アカストスの声が水面をわたって流れてきた。「風袋ってのはちゃんと効くんだな。どうせいんちきだろうと思っていたのに」アカストスはヒュラスに手をふった。「がんばれよ、ノミ公。カラス族どもにつかまるなよ！」

ヒュラスは水に飛びこみ、泳ぎはじめたが、いかだはすでに風を受けて速度をあげはじめていた。

「ぼくはノミ公じゃない！　ヒュラスだ！」そう叫んだが、遠くはなれたアカストスの耳にとどいたかどうかはわからなかった。

遠ざかるいかだの後ろを、海のしみのような黒い影が追っていくのが見えた気がした。アカストスは追われていることを知っているのだろうか。いつまで逃げきれるのだろうか。

*

夕闇がおとずれると、ヒュラスはひとりさびしくオリーブとチーズを食べた。

ヘビに嚙まれたふくらはぎの傷は痛まなくなり、腕の傷もようやくなおりはじめていた。山でカラス族に襲われてから、半月がすぎようとしていた。イシのことがやけに遠く感じられた。

寝つかれないので、波打ちぎわまで歩いて細い月が昇るのをながめていた。みがきあげられた黒曜石のような水面に、月影が銀の糸を投げかけている。

沖のほうで、黒っぽい矢がヒュッと動いた。

「スピリット！」ヒュラスは叫んだ。

でも、スピリットは近づいてこようとしなかった。警戒するように遠巻きに泳ぐだけで、どんなに口笛を吹いても、水面をたたいても、呼びよせることはできなかった。

スピリットはまだ、海にもぐったときのことを気にしているのかもしれない。「いいんだよ！」理解してはもらえないだろうと思いながらも、ヒュラスは呼びかけた。「わかってる、きみの世界を見せてくれようとしたんだろ！　わかってるよ！」

でも、その言葉を聞いたのは波だけだった。スピリットはすでに遠ざかり、銀色の月明かりの下へと姿を消していた。

＊

イルカは悲しかった。またもや失敗してしまい、どうやってそれをつぐなっていいのかわからなかった。

美しい海を見せてあげたかっただけなのに、もう少しで少年を死なせてしまうところだった。少年がぐったりしてしまったときは、本当に恐ろしかった。自分はなにをしてしまったんだろう？　浅瀬まで連れてもどることができてほっとしたが、あやまろうとすると、少年に蹴られてしまった。

そのあとも、二、三度あやまろうとしたけれど、勇気が出ないまま引きかえしてしまった。

群れの仲間たちは、しょげているイルカに気づき、顔や脇腹をこすりつけて元気づけようとしてくれた。妹でさえ、海草とカニを持ってきてくれた。でも、イルカはおざなりに反応しただけだった。いまは遊ぶ気にも、狩りをする気にもなれなかった。

少年は友だちだったのに。〈境目〉のそばでしかいっしょに泳げなくても、イルカ同士のように話ができなくても、ふたりの心は通じあっていて、それでじゅうぶんだったのに。

イルカは少年が恋しくてたまらなかった。少女と同じように、もうすぐ少年も海をわたって遠くへ行ってしまうのじゃないかと心配だった。そうしたら、二度と仲直りもできなくなってしまう。

*

二日後、ヒュラスは外国船の船尾にたたずみ、背びれ族の島がゆっくりと遠ざかっていくのをながめていた。

イルカの姿がないかと、目が痛くなるほど海を見まわしていたが、これまでのところ、少しも見あたらなかった。胸のなかに、冷えびえとした穴があいているような気がした。このままスピリットがあらわれなかったら？

船長が近づいてきて、ひとにぎりの干したイワシをくれた。うなずきながらそれを受けとったものの、食べる気にはなれなかった。

船長はヒュラスの横に立ち、船乗りらしいきびしい目つきで波間をながめていた。ケフティウ人と同じようにベルトのついたキルトをはいているが、肌は浅黒く、両方の耳にあけた穴から、飛びはねる小さな魚の形をした骨細工をぶらさげている。船長がどこの人間なのかも、船がどこをめざしているのかもわからなかった。北には向かっているので、リュコニアに近づいていることだけはたしかだろう。それでじゅうぶんだった。

船長がなにやら話しかけ、指先をすぼめて口に持っていった。食べろ、だろう。ヒュラスがまたうなずくだけなのを見て、船長は肩をすくめ、はなれていった。

乗組員たちのあいだにどよめきが広がったかと思うと、とつぜんイルカたちが姿をあらわした。ふしぎなほどにぴったりと動きをそろえ、つややかな背中を弓なりにして波の上に飛びあがりながら、緑色の水のなかを矢のように泳いでくる。ヒュラスの目頭が熱くなった。群れがそろって見送りに来てくれたのだ。どこを向いても、船が立てる波に乗るイルカたちが見えた。みんな、軽々と船を追いこしていく。そのとき、ヒュラスの心臓が飛びあがった。スピリットだ。

こぎ手たちのふしぎそうな顔にはおかまいなしで、ヒュラスは船べりから身を乗りだした。スピリットはらくらくと船にならんで泳ぎながら、ヒュラスのほうに近づいてきた。黒い目でヒュラスを見つめたかと思うと、ふっとそらした。許してくれる？　ときいているみたいだ。

ヒュラスはイルカ流に心のなかで答えようとした。なにを許せっていうんだい。そして、口に出してそう言った。「なにを許せっていうんだい！　最初から怒ってなんかないさ。ぼくはきみの世界では暮らせない、それだけなんだ。きみもぼくの世界では生きられない。そういう決まりなんだ」のどにかたまりがこみあげた。「そういう決まりなんだ」

スピリットが近づいてくると、プシューという息づかいが聞こえた。力いっぱい腕をのばすと、一瞬、ヒュラスの指に背中がふれ、ひんやりとしたなめらかな手ざわりが伝わってきた。またきみに会えるかい？

スピリットは遠ざかり、海のなかに姿を消した。やがて高々と水上にジャンプし、空中で体をひねると、バシャンと音を立てて脇腹から水に飛びこんだ。ヒュラスは水しぶきでずぶぬれになった。ぬれた髪をはらいながら、ヒュラスはにっこりした。確信はないけれど、答えはきっとこうだ——また会えるよ。

理解できたことを伝えようと、船べりからイワシを一匹投げると、スピリットはそれを受けとめ、パクッと飲みこんだ。

きみはずっと友だちだよ、とヒュラスは頭のなかで語りかけた。

黒い目にまた見つめられ、スピリットが理解してくれたことがわかり、ヒュラスはうれしくなった。

でも、群れはもう引きかえしはじめていた。

スピリットもしばらくのあいだ船とならんで泳いだあと、向きを変えると群れのほうにもどっていった。最後にもう一度、ふたりの目が合った。スピリットは背中を弓なりにすると、尾びれをはねあげ、消えていった。ヒュラスにはついていくことのできない、紺碧の世界へ。

緑の帆がふくらみ、船はきしむような音を立てて波間を走りつづけた。ヒュラスのほおにはかわいた涙がこびりついていた。

船長がやってきて、陶器の瓶を手わたしてくれた。ヒュラスは感謝のしるしにうなずき、中身を飲んだ。ワインに水、ハチミツ、煎り麦をまぜたものだった。くらりとするほど濃厚で、元気が出た。

ヒュラスが瓶を返すと、船長は波間を指さし、手で弓の形をつくり、胸にこぶしを当てて、最後にヒュラスを指さした。

「そうです」ヒュラスはうなずいた。「あのイルカはぼくの友だちです」

船長が舵のところにもどったあと、ヒュラスは自分の言葉について考えた。イワシの残りを食べ、最後の一匹を船べりから投げて捧げ物にすると、少し気分がよくなった。

ピラの言うとおりかもしれない、とヒュラスは気づいた。なにもかも、女神の思し召しなのだ。半月前、女神のお告げが火種になり、カラス族がリュカス山の野営地を襲った。そのためにヒュラスはさすらうことになり、島にたどりついた。そこでスピリットと出会い、ヒュラスとピラが手助けしたことで、スピリットは群れのもとにもどることができた。それならば、いつかはイシを見つけることだってできるかもしれない。

島は小さくなり、水平線上のぼんやりとした影になっていた。その手前で、銀色のものがキラリと光った。スピリットが体をひねって大ジャンプをしたのだと、ヒュラスにはわかった。

さよなら、とヒュラスは手をふって叫んだ。そして笑い声をあげた。日の光が水面できらめき、自分は生きている。それに自由だ。なんだってできる。

緑の帆がいっぱいにふくらんだ。船は大きくかしぐと、まばゆい泡をかき分けてひた走っていく。背びれ族の島が海の向こうにゆっくりと沈んでいくのを、ヒュラスはじっとながめていた。

（第二巻につづく）

作者の言葉

ヒュラスとピラの物語は、三千五百年前の青銅器時代を背景にしています。そしてもうおわかりのように、古代ギリシアと呼ばれる場所が舞台となっています。でも、青銅器時代のギリシアは、大理石の神殿や古典的な彫刻でおなじみの古代ギリシアとは、かなり異なっています。青銅器時代はそのはるか昔の時代なのです。当時の神々や女神たちには、ゼウスやヘラやハデスといった、はっきりとした名前はまだつけられていませんでした。

のちの時代に比べると、青銅器時代についてわかっていることは多くありません。そのころの人々は文字をほとんど残していないからです。それでも、その当時に驚くべき文明が栄えていたことはわかっています。それがミケーネ文明とミノア文明です。そこは神々と戦士たちの世界でした。

ここで、物語に登場する地名について、かんたんにふれておきたいと思います。ヒュラスがアカイアと呼んでいるのは、ギリシア本土の昔の名前です。リュコニアは現在のギリシア南西部のラコニアをもじって、わたしがつけたものです。ミケーネという名前は、よく知られているので、そのまま使うことにしました。ピラの故郷であるクレタ島の大文明は、ミノア文明と呼ばれていますが、この作品では〝ケフティウ〟という呼び名を使っています。しかし、古代世界にはよくあることなのですが、自分たちの文明のことを当時の人々がどう呼んでいたかは、さだかではありません。ある文献には、彼ら自身が〝ケフティウ人〟と名乗っていたと書かれていますし、別のところでは、それは古代エジプト人が使っていた呼び名だとも書かれています。また、〝エジプト人〟という言葉そのものも、もともとはギリシアでの呼び名だったとされていますが、この作品ではそのまま使用しています。ミケーネと同じように、変えてしまうとどうにも不自然になってしまうからです。

　ヒュラスとピラの世界を生みだすにあたって、わたしは青銅器時代のエーゲ海世界の考古学を学びました。とくにその時代の墓や要砦、工芸品、武器についてくわしく調べました。でも、そのころの人がどんなことを考え、どんな信仰を持っていたのかについては、もっと最近の、いまも伝統的生活を送る人々の考えかたを参考にしました。以前にわたしが『クロニクル　千古の闇』というシリーズ作品で石器時代を描いたときと同じです。ヒュラスの時代の人々の多くは、石器時代のような狩猟や採集ではなく、農耕や漁で暮らしを立てていました。それでも、昔の狩猟採集民の持っていた技術や信仰の多くは、まちがいなく青銅器時代にも引きつがれていたはずです。ヒュラスのように、貧しく孤立した生活を送る人々のあいだには、とくに色濃く残っていたことでしょう。

　地理的な背景についてですが、青銅器時代のギリシアには、いくつもの族長領が大きな山脈や森にへだてられて点在していた、と多くの人が考えています。さらに、現在よりも雨が多く、緑も豊かだったとされ、陸にも海にも、現在よりはるかに多くの野生動物が生息していたと言われています。

〈女神の島〉は、特定のギリシアの島をモデルにしてはいませんが、ここ数十年のあいだに滞在したイタカ島や、ケファロニア島、アロニソス島を念頭に置きました。さらに最近では、リュコニアのイメージをふくらませるために、ラコニアにも滞在し、スパルタのアクロポリスやエウロタス川もおとずれました。近郊にひっそりと残るメネライオン遺跡には、大変想像力をかきたてられました。ヒュラスの山の暮らしを実感するために、タイゲトス山脈に広がるランガダ峡谷も歩き、ランガダ・パスと呼ばれる山道のてっぺんで数日をすごしました。そこではまだ野生のイノシシが暮らしていて、ある朝、五匹のウリ坊を連れた用心深い母イノシシと出会って、ちょっぴりひやりとしたこともありました。

ヒュラスとピラがかくれた洞窟のようすを知るために、ラコニア南西部のディロス湾にある広大なブリチャダ洞窟にも入ってみましたし、小規模ながら大変参考になる地元の博物館にも足をのばしました。そこでわたしは、かつてその洞窟に暮らしていた人々を襲った悲劇について知りました。そして石灰化した遺体のひとつをこの目で見たとき、ピラと〈消えた人々〉との出会いの場面を思いついたのです。

さらに、ケフティウをイメージするためにクレタ島にも滞在し、クノッソス宮殿やフェストス宮殿の遺跡のほか、イラクリオンやアルハネスの博物館をおとずれたことで、ピラの故郷について多くのヒントを得ることができました。

スピリットは、もちろん、この物語の重要なキャラクターのひとりです。スピリットについてよく知るために、わたしはフロリダに行って人間に慣れたイルカといっしょに泳いでみました。ヒュラスとピラと同じように、一頭のイルカの背びれにつかまらせてもらったりもしました。さらに、大西洋の真んなかにあるアゾレス諸島へも行き、何日かかけて、いろいろな種類の野生のイルカを観察しました。スジイルカに、タイセイヨウマダライルカ、マイルカ、ハナゴンドウ、そしてスピリットと同じバンドウイルカ。野生のイルカの自然な生態を見てみると、イルカたちがふしぎなほどにぴったりとそろって泳ぐことがわかりました。シュノーケリングをしながら、わたしはイルカたちの神秘性を強く感じました。そこから、ぼうっと光る〝青い火〟のなかで泳ぐヒュラスの気持ちをイメージすることができたのです。

そしてなにより、野生のイルカを見たことで、スピリットが紺碧の世界のなかでどんなふうに暮らしているのか、ありありと思い描くことができました。

*

ラコニアやクレタ島をおとずれたとき、数えきれないほどたくさんの方々から、貴重な案内と手助けをいただきました。また、アゾレス諸島のポンタ・デルガダの海洋生物学者のみなさんは、イルカたちのじゃまにならない範囲で、できるだけそばまで近づけるように力を貸してくださり、イルカの生態についての知識をこころよく教えてくださいました。お礼を申しあげます。また、ユニバーシティ・カレッジ・ロンドン考古学研究所でエーゲ海考古学を研究されているトッド・ホワイトロー教授にも深く感謝します。こころよく時間をつくってくださり、先史時代のエーゲ海世界についての質問にいくつもお答えくださいました。いつものように、根気よくわたしを支えてくれたすばらしいエージェントのピーター・コックスにも感謝します。そして大変有能なパフィン・ブックスのふたりの編集者、エルヴ・ムーディとサラ・ヒューズは、ヒュラスとピラの物語をこのうえなく熱心に読んでくれ、生き生きとした独創的な感想を寄せてくれました。

ミシェル・ペイヴァー

二〇一二年

訳者あとがき

ある日とつぜんあらわれた、恐ろしい敵。顔に灰を塗りたくり、長いマントをまとい、槍や短剣や弓矢を持った、黒ずくめの戦士たちです。妹とはぐれ、愛犬も殺され、わけもわからないままはじまる必死の逃避行。いったいなぜ、自分は追われるのだろう――

いまから三千五百年ほど前の古代ギリシア。十二歳の少年ヒュラスは、幼いころ妹のイシとともに村長に拾われてからずっと、〝よそ者〟としてさげすまれてきました。村のなかに入ることさえ許されず、ヤギ飼いとしてこき使われ、寝起きするのは山奥の洞穴です。でも、一本の青銅の短剣を手にしたことから、はるかに大きな試練にさらされることになります。はたして、その短剣との出会いは偶然だったのでしょうか。それとも、〈父なる空〉や〈野の生き物の母〉といった、森羅万象に宿る大いなる神々の思し召しなのでしょうか。謎とふしぎとスリルがいっぱいの、壮大な歴史冒険ファンタジーのはじまりです。

自分の力だけを頼りに生きてきたヒュラスは、とてもたくましい少年です。生きのびるためには、ときには手段を選ばないこともあります。一方、大巫女の娘として生まれたピラは、恵まれた生活を送ってきましたが、ただひとつ、自由だけは与えてもらえません。そしてテラモンも、族長の息子としての使命と、ヒュラスとの友情のあいだで苦しんでいます。生まれ育った環境がちがい、〝あたりまえ〟なことも、抱えている悩みもまったくちがう三人。そんな彼らが、ぶつかりあい、そして理解しあっていくところが、この物語の大きな魅力のひとつだと思います。

もうひとつ楽しいのは、ところどころイルカのスピリットの視点から語られている部分があることです。ヒュラスを見たスピリットが、頭からは海草が生えていて、尾びれのかわりにカニみたいな足が二本生えている、と表現する場面など、くすりと笑ってしまいますね。ときにはちょっとした誤解も起こるけれど、ふしぎにわかりあえてしまう、そんなふたりの心の交流は、なんともほほえましくて、心を温かくしてくれます。

舞台となっている青銅器時代のギリシアは、作者の言葉にもあるように、現代のわたしたちには、あまりなじみのない世界かもしれません。でも、この物語には当時の暮らしや豊かな自然がとても生き生きと描かれていて、読んでいると、まるでヒュラスやピラやテラモンといっしょに野山をかけまわり、薬草で傷をいやし、お墓にもぐりこみ、二輪戦車を走らせ、船に揺られ、洞窟を探検しているような気持ちになります。作者のペイヴァーさんは、この土地の歴史や地理や文化をくわしく調べ、それに加えて、現地にもたびたび足を運んでさまざまな風物や遺跡を見てまわられたそうです。そうして得られたたくさんの知識や体験をもとに、この物語は生みだされたのです。

　作中には、ピラの住む〈女神の館〉で行われている〝牛飛びの儀式〟のようすが登場しますが、これはクレタ島のクノッソス宮殿の壁画に残されていて、いまも見ることができます。〝柄の左右に三日月形の刃が背中合わせについた青銅製の両刃の斧〟とは、一般にラブリュスと呼ばれるもので、これもクレタ島で数多く出土しています。また、テラモンの住む要砦にある〝円形の炉〟はミケーネ文明に特徴的なものです。ヒュラスとピラは洞窟に入るときに〝大ウイキョウ〟をたいまつに使いますが、これはおそらく、ギリシア神話の〝プロメテウスの火〟のエピソード——プロメテウスが大ウイキョウの茎を使って天界の火を盗み、人類に火をもたらした——にちなんだものでしょう。

　作者のミシェル・ペイヴァーさんは、一九六〇年に中央アフリカのニアサランド（現在のマラウイ共和国）に生まれ、三歳のときにイギリスに移住しました。オックスフォード大学で生化学を学んだのち、ロンドンで弁護士として活躍します。その後、ペルーやエクアドル、南アフリカ、フランスなどを旅したことがきっかけで、作家に転身することになりました。石器時代のヨーロッパ北西部を舞台とした歴史ファンタジー『クロニクル　千古の闇』シリーズ（評論社刊・全六巻）は、各国で高い評価を受け、最終巻の『決戦のとき』で二〇一〇年のガーディアン児童文学賞を受賞しています。

　新たにはじまったこの『神々と戦士たち』シリーズは、全五巻となる予定です。現在のところ、原書は第三巻まで刊行されています。この先、ヒュラスにはどんな運命が待ちうけているのでしょうか。冒険(ぼうけん)のつづきを、どうぞ楽しみに待っていてください。

二〇一五年五月

中谷友紀子

神々と戦士たち
I
青銅の短剣

2015年6月30日 初版発行

著者
ミシェル・ペイヴァー

訳者
中谷友紀子

ブックデザイン
鈴木成一デザイン室
(協力=遠藤律子)

イラストレーション
玉垣美幸

発行人
山浦真一

発行所
あすなろ書房
〒162-0041 東京都新宿区早稲田鶴巻町551-4
電話03-3203-3350(代表)

印刷所
佐久印刷所

製本所
ナショナル製本

 ISBN978-4-7515-2756-6 NDC933 Printed in Japan